騎士&魔法
3
「艾爾，你也稍微反省一下。」
正在挨亞蒂罵的艾爾。
他失控的舉止
害自己險些沒命。
Hisago Amazake-no
天酒之瓢
插畫／黒銀

「我懷念的故鄉！」
身長逼近兩公尺，
渾身上下練就一身結實壯碩的體魄。
他是弗雷梅維拉王國第一王子・里奧塔莫思的次男
——埃姆里思。

「……埃切貝里亞
騎士團長。」
艾爾仰望那名身材修長的少女，
她是騎操士學系新生，
同時也是隸屬藍鷹騎士團的諾拉。

澤多爾各／澤多林布爾 Tzendorg / Tzendrinble

主要搭乘者／阿奇德・歐塔、亞黛爾楚・歐塔

spec

總高度／ 15.3m

啟動重量／ 45.5t

裝備／騎槍、斧槍、盾

牽引索

可動式追加裝甲

explanation

由銀鳳騎士團所開發，下半身為馬，因此又被稱作人馬型騎士的異形幻晶騎士。

為了維持超出規格的巨大結構，搭載兩具魔力轉換爐，結果成了超高額的機體。運作上需要兩名騎操士，史無前例地裝設了雙人駕駛座。澤多林布爾是以澤多爾各為原型，經過結構改造和最佳化的量產機。即使如此，需要兩具魔力轉換爐的事實依然沒有改變，使其作為量產機的價格居高不下。由於澤多爾各上機體操作的術式已完成，因此澤多林布爾只需一人駕駛，操縱本機的負擔也相對增加。該如何培養騎操士的課題，如今尚待解決。

卡迪托雷 Karrdetolle

主要搭乘者／銀鳳騎士團員

spec

總高度／ 10.1m

啟動重量／ 18.6t

裝備／各式一般武裝

輔助腕及各式選擇裝備

explanation

為弗雷梅維拉王國的一般量產機──加達托亞的後繼，是最新銳的量產機。結合了王國傳統技術與應用在特列斯塔爾上的各種最新技術，造就超乎量產機規格的高性能機體。未來將以本機作為雛形，發展出各式各樣的衍生機。

戈德力歐 Gordesleo

－主要搭乘者／埃姆里思・耶爾・弗雷梅維拉

spec

總高度／ 10.5m

啟動重量／ 19.5t

裝備／大劍

魔導兵裝

「獸王咆哮」

explanation

以弗雷梅維拉王國的最新銳量產機 —— 卡迪托雷為原型改造的王子專用機。
應搭乘者的要求，賦予強大的輸出動力，並加強裝甲厚度。
全身呈現出獅子般的形象設計，金色外裝更襯托出機體的氣派。另有一架除了外表之外，其他規格皆相同的兄弟機 ——『銀虎』存在。

騎士&魔法 3

Knight's & Magic

INTRODUCTION

大暴走

在第三集中，主角——艾爾涅斯帝的暴走依然永無止境。
他一架接一架地做出脫離常識的新型機，
有時還會讓自己置身險境。
為所欲為、隨心所欲的艾爾，在實現理想的道路上勇往直前，
最終將影響範圍遍及王國全土，其規模早已不能以兒戲視之。
艾爾究竟會衝向何方？
喜愛他的破天荒行動的各位讀者，想必這次也能樂在其中。
來吧，就請各位拭目以待這名少年爆衝的模樣！

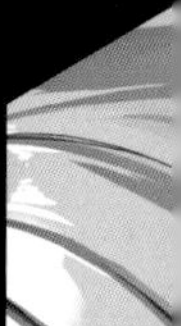

輕小說

騎士＆魔法
3

天酒之瓢

插畫/ 黑銀　　譯者/ 郭蕙寧

illustration 黑銀

騎士&魔法 3

Knight's & Magic

CONTENTS

序幕　銀鳳騎士團，始動

不曉得是從何時開始的。

等注意到時，『艾爾涅斯帝·埃切貝里亞』便發現自己一個人飄浮在黑暗中。

這一片漆黑的單調空間看似無邊無際，唯有他白皙的肌膚和耀眼的銀紫色頭髮與周遭景色產生強烈對比。

他感覺不到腳下踩的大地，只有一種漂浮於水中的虛無感。

說來奇怪，他對此並不在意。甚至於似乎對這可謂異常的狀態也沒有興趣，只一臉漠然地凝視著空間的彼端。

終於，在停滯的空間裡出現了除他以外的異物。

那是個印有彩色圖案的長方形箱子。仔細一瞧，上面畫的是擺出帥氣姿勢的『機器人』圖案，旁邊還有標示機器人名稱的『標準字』。箱子四面有詳細的『商品說明』——表示這是『塑膠模型』的箱子。

而箱子不只一個。

各式各樣的箱子接連浮起，像要把艾爾包圍一樣團團圍住。他對上面畫的每一個機器人都有印象，也不可能忘得了——這些全是他『遭遇交通事故』之前買的東西。

「啊啊……對了，這些是『沒組到』的。機會難得，得把它完成才行。」

先不說早已失去的東西怎麼會在這裡，他甚至對『艾爾涅斯帝』面前會出現『塑膠模型的箱子』這件怪事也不是很在意。他只露出平靜的笑容，很自然地採取跟平常一樣的行動。

他手上握著鉗子，切割墊、美工刀、鑷子、銼刀，以及黏著劑等工具整齊地擺在面前。這是他『過去』的習慣。將工具和一片片模型框架整齊擺好後，才莊嚴肅穆地開始組裝，彷彿在進行什麼儀式一般。這曾經是他的一貫流程。

準備萬全的艾爾心情好得不得了，蓄勢待發地朝浮在空中的箱子伸出手。打開箱子，拿出模型零件，開始閱讀組裝的說明書。

這是一段沉溺於個人嗜好中的幸福時光，但不曉得怎麼回事，箱子冷不防地移動，避開他的手，好幾次伸手都搆不著箱子。不止如此，箱子們還離他愈來愈遠，眼看就要消失在不知名的黑暗深處。

「咦、咦？請等一下，我什麼都還沒做耶。明明還有好多好多『沒裝完』，還想一直一直做下去!!」

他連忙追上去，但每當伸出手快要搆到的時候，箱子又溜出他的手心逃掉了。

氣急敗壞的艾爾終於認真起來展開追逐。手裡的鉗子在不知不覺間發生變化，成了銃杖『溫徹斯特』。

魔力與魔法術式流進他愛用的異形魔杖中，在觸媒結晶的作用下轉換為魔法現象。『大氣壓縮推進』——因魔法爆炸而產生的空氣壓力，讓艾爾的身體有如被彈飛似地加速，達到常人所不能及的壓倒性速度。可惜的是，他還是碰不到箱子。只見它們在只差一步就能到手的地方搖晃著，像在嘲笑他的努力。

「別想逃……不會讓你們逃走。我的、我的塑膠模型!!」

只差一點，伸出去的手就要碰著了。艾爾最後竟然一頭撲向箱子。

他總算成功把它抓進懷裡，牢牢地抱住箱子不肯放開。

『塑膠模型的箱子』應該是厚紙板做成的東西才對。

然而，懷裡的觸感卻讓人感覺莫名熟悉，還有種軟硬適中的彈性。

他這才頭一次產生強烈的疑惑，有如彈起似地抬起頭——

——然後，夢醒了。

殘留的睡意頓時一掃而空。

艾爾眨眨眼，接著深深嘆了口氣。意識是清醒的，心情反而糟糕透頂。

「……是『夢』啊。居然停在這裡……既然是夢，至少讓我做到最後啊。」

光線透進薄薄的窗簾，逐漸增加亮度。天已經亮了。回想起前一刻逐漸變得模糊的夢境，即使他心裡不是滋味，還是習慣性地準備起床。

此時，他才發現有東西近在眼前，而自己也正被壓著的事實。

由於距離太近，原本還以為是棉被，但仔細一瞧，那個並非『東西』，而是『某個人』。

艾爾稍微抬起頭，就立刻認出那是誰了。摟著艾爾入睡的那個人，正是和他一起長大的少女——『亞黛爾楚（亞蒂）・歐塔』。他好像明白了夢境結束的原因。

「……啊啊，對了，昨晚是一起睡的。」

他不明白發生了什麼事，一時摸不著頭緒，但又很快想起了原因。

那是昨晚的事。

對於在前幾天把他和旁人捲進去的某起事件中，被排除在外這點，似乎讓亞蒂很不高興。

於是，在她宣布要對艾爾處以『抱枕之刑』後，就鑽進他的床裡，現正執行中。

亞蒂睡得香甜，像是什麼煩惱都沒有的樣子，臉上表情十足安心。因為那張睡臉看上去實在太幸福了，讓艾爾遲疑了一下要不要叫醒她。

如果他沒被緊緊摟在懷中動彈不得，說不定就會放著讓她繼續睡了。

「亞蒂，早上了，起床吧。」

動不了也沒辦法，艾爾搖著亞蒂的肩膀想叫醒她。片刻之後，她呆呆地睜開眼睛——然後綻開笑容，反而將艾爾抱得更緊。

「……嗯——是艾爾耶……呵呵，好溫暖，好幸福……」

冬天正是眷戀溫暖被窩的時期，而抱在懷裡顯得剛剛好的少年又發揮了強大的保暖功能。

「該起床了，亞蒂。不能因為冷就一直睡。」

「……再三小時、就好……」

看來是沒完沒了。她用臉頰磨蹭著艾爾的頭髮，露出洋溢著幸福的笑容，眼看又要踏上睡眠樂園的旅程。

用嘴巴說大概沒用了，艾爾死了心，決定採取非常手段。他悄悄把手伸進睡衣下襬，以纖細又謹慎的動作搔她的側腹到背部。亞蒂安靜地睡了一會兒，接著很快地產生抽動的反應，開始胡亂揮舞手腳。

「……！……!!呼呀!?等、住、住手艾爾，很癢，很癢啦!!」

掙扎了半天，亞蒂終於壓住艾爾的手，阻止進一步的攻擊。她維持這個姿勢垂下視線，與露出溫和笑意仰望她的艾爾四目相對，不禁滿臉通紅，含淚地呻吟：

「艾——爾！嗚嗚，總覺得你最近很壞心眼欸……！」
「沒這回事。早安，看樣子妳終於醒了。來，這是個清爽的早晨呢，我們快起床吧。」
然後，他拉著心不甘情不願的亞蒂起身。
亞蒂因突然襲來的寒氣顯得一臉不悅，相較之下，艾爾則是伸展著全身四肢，而且不曉得為什麼揮起手臂。
「現在不是輸給寒冷的時候。來吧，開始『銀鳳騎士團』的活動了。在夢裡雖然無法實現，但這次我可不會放棄！」
「……？騎士團成立以後，你是不是變得異常興奮啊？」
見到艾爾鼓起莫名其妙的幹勁，亞蒂疑惑地偏著頭，最後還是被他催著離開了被窩。
「沒錯，模型是夢……可望而不可及的夢。那麼我就要做出『替代品』……！我豈能就此輕言放棄！」
那是睽違許久的前世夢境。
這給了艾爾相當古怪的——而且有些本末倒置的動機。
但在此時，他這份超越世界界線的思念，還需要一段日子才得以開花結果。
「請等著我，我的機器人們！」
總之，他今天也很有精神。

第五章 人馬騎士篇

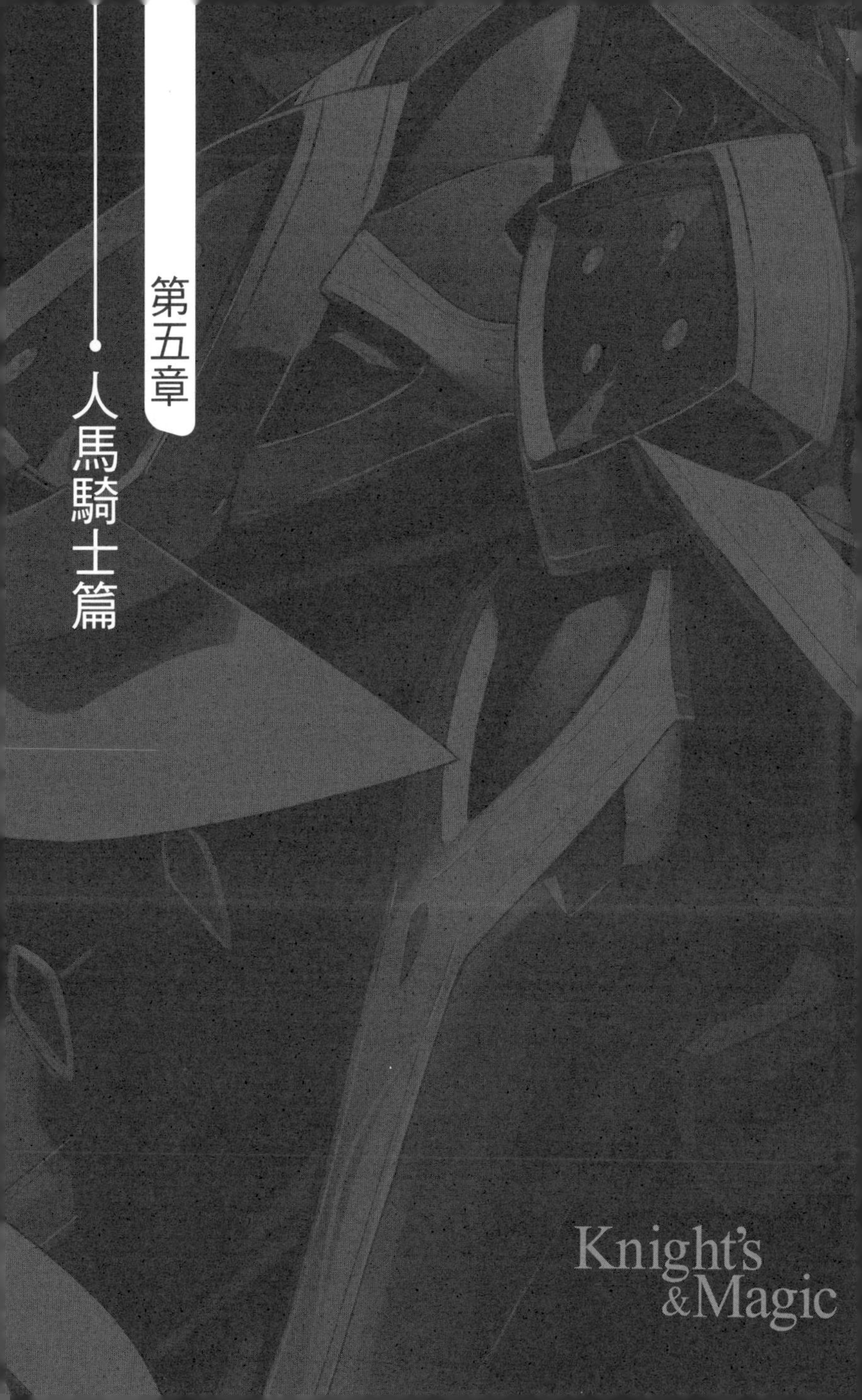

第十九話　萊西亞拉騎操士學園，震撼

那是在某個天色晴朗的冬日發生的事。

「唔，『銀鳳騎士團』回萊西亞拉了嗎？」

『弗雷梅維拉王國』第十代國王——『安布羅斯・塔哈沃・弗雷梅維拉』將手肘支在寶座上低語。他今年五十七歲，在這個世界算是相當高齡的老人家，卻是精神矍鑠，不顯老態，但這樣的他如今也有些鬱悶。

「是，今早載送他們的馬車出發了，想必傍晚就能抵達學園市。」

與安布羅斯交談的是迪斯寇德公爵，即『克努特・迪斯寇德』。在這弗雷梅維拉王城中『雪勒貝爾城』的謁見廳裡，除了他們還有其他幾位人物。

「嗯，還需要他們發揮力量啊，畢竟這陣子的麻煩事還挺不少。」

讓安布羅斯傷透腦筋的，正是最近接連襲擊弗雷梅維拉王國的數起事件。『西方曆一二七七年』，這一年成為弗雷梅維拉王國史上少有的、動盪不安的一年。

導火線是從春天，師團級魔獸『陸皇龜』引發的大規模魔獸災害——通稱『陸皇事變』而起。那次事件犧牲了多名『幻晶騎士』與其駕駛者『騎操士』，更破壞了一部分包圍魔獸領域『博庫斯大樹海』的國境防線。

在那之後僅僅過了半年，王國還沒從陸皇事變的災害中恢復過來，又遭遇另一次攻擊。位於王國北部『迪斯寇德公爵領地』的入口，『卡札德修要塞』被來路不明的賊人襲擊。偏偏卡札德修要塞裡正好存放了『陸皇事變』後開發的最新模型機『幻晶騎士特列斯塔爾』，負責守衛卡札德修要塞的『朱兔騎士團』全軍應戰。經過慘烈的戰鬥之後，要塞失火，更讓包括模型機在內的騎士團元氣大傷。

這次事件被視為陸皇事變的衍生，人稱『卡札德修事變』。

「……說到那些『賊人』，雖然不曉得是哪來的蠢蛋，但還真會給我們找麻煩。沒想到屏障『西方諸國』的我國還得小心背後。看來過了這麼長一段時間，西方諸國早已忘了他們能逃過魔獸爪牙的理由，真沒出息。」

安布羅斯毫不掩飾臉上的不悅，因為卡札德修事變可以說是比陸皇事變更為棘手的問題。

在陸皇事變中，引起災禍的是『魔獸』——不具理性的野獸，可說是與天然災害同類的東西。相反的，引發卡札德修事變的賊人則是有理性的『人類』。

弗雷梅維拉王國是『澤特蘭德大陸』東方唯一的人類國度，該國扮演西方諸國的屏障，抵擋名為『魔獸』的災害侵襲，因此好幾個世紀以來都與人類之間的戰爭無緣。這次被捲進人類紛爭的卡札德修事變，可謂是對弗雷梅維拉王國的建國原因本身最大的質疑。

「事已至此，也不能就這麼坐以待斃，何況模型機也被帶走了。」

賊人襲擊卡札德修要塞的目的，便是搶走剛完成的模型機。那夥人不知為何，盯上了比過去的幻晶騎士更加強大的模型機。而經過一番激戰後，還是讓賊人成功奪走了其中一架機體。

「遺憾的是，要奪回機體也為時已晚了。目前我們該做的，就是把眼光放遠向前邁進，不過在這之前，還有件事非做不可。」

安布羅斯望向在克努特身後等候的集團。

「就是把體內的『蟲』揪出來。竊取模型機情報的『賊人的耳目』應該就在某個地方，而且至今仍潛伏在我國……現在就是爾等大顯身手的時候了，『藍鷹騎士團』。」

聞言，克努特身後的人們抬起頭來。這群被稱作藍鷹騎士團的人身上既沒有氣派的鎧甲，也沒有騎操士那樣便於行動的皮甲，完全是一身市井鄉民的衣著打扮。這樣的集團被稱作『騎士團』，顯得相當怪異。

「是！儘管長久以來只與魔獸為敵，但期間我等也沒有荒廢『技藝』，定會盡快呈上結果。」

騎士團中央的男人代表眾人如此回答。

那個男人外貌極為平凡，毫無特徵可言，群體中還有年輕女性，也有老人，每個人都像是隨時可以融入街景的『普通』路人。他們只有一項共同特徵，那就是不時從眼中閃過、彷彿能洞悉一切的犀利目光。

安布羅斯對他的回答很滿意，點點頭轉向克努特。

「嗯。那麼，克努特，藍鷹騎士團的指揮就全權交給你了。別忘了上回的失態，這次要扳回一城給朕瞧瞧。」

「……謝陛下，臣必定會將賊人一網打盡。」

克努特深深低下頭，垂下的眼眸深處，隱約可見異常鋒利的光芒。畢竟冠上卡札德修之名的事變，遭賊人襲擊而重創的卡札德修要塞就在他治理的公爵領地內，而且他本人對被搶走、破壞掉的模型機原本也抱有莫大期待。

卡札德修事變可說是當面甩了他一個耳光，也難怪他會對賊人恨之入骨。

如安布羅斯所言，這個任務不僅有機會一雪前恥，還能藉此宣洩他的憤怒，想必能讓他一展在弗雷梅維拉王國內為人稱道的狠辣手腕吧。

安布羅斯對他的回答顯得很滿意，而後臉上表情一變，放鬆下來。

「朕很期待各位接下來的表現，不過這事暫且不提，畢竟事關那個『淘氣少年』。既然給了他騎士團，朕看他早晚會露出本性吧。若要順利進行，還是得派個詳知內情的人跟在他身邊……是吧，克努特？」

方才就連烈火般的憤怒都沒有表露出來的克努特，這回卻明顯僵住臉。不曉得那個『瘋狂的夢想家』會幹出什麼好事，他在這方面比那些賊人還危險。

「……是，關於他們也請交給臣。臣會安排好，讓他們能在萬全狀態下工作。」

即使如此他也非做不可。要一雪在卡札德修受到的恥辱，就需要銀鳳騎士團做出的『成果』。

被帶到國外的模型機、留在國內的危險份子，弗雷梅維拉王國正處於不穩定的局勢。他們團結一致，試圖迎接這個建國數百年以來最大的考驗。

◆

當王城內正在進行左右國家未來的會談時，銀鳳騎士團正在——

「喂——看到萊西亞拉囉，終於回來了。」

馬上的人悠閒地這麼說道。正確來說，所有人都正搭著馬車移動。一行人前進的方向是歐比涅山地山腳處的其中一座城鎮——圍繞『萊西亞拉學園市』的城牆正逐漸顯露出來。那裡擁有弗雷梅維拉王國最大的教育設施——『萊西亞拉騎操士學園』，亦是這個可稱作是學生騎士團的——銀鳳騎士團的根據地。

總算是抵達學園市，他們在通過正門的同時終於鬆了口氣。經歷了製造模型機、被捲入卡札德修事變，甚至組成銀鳳騎士團的一連串事件，眾人一直處於緊繃狀態下，對直到前些日子還是學生的他們來說，這樣的擔子不可謂不沉重。

馬車一路駛向萊西亞拉騎操士學園，然後就在學園解散了。雖然大多數學生住在學校宿舍，但也有學園市本地的學生，像艾爾涅斯帝，還有他的童年玩伴——雙胞胎阿奇德和亞蒂爾楚便是如此。三人肩並著肩，走向埃切貝里亞邸。

「喔——好久不見的艾爾家！啊——真是累死我了！」

「嗯，真想在家裡好好休息一陣子呢。」

總算到家門口的他們不禁發出歡呼。艾爾的母親『瑟莉緹娜・埃切貝里亞』一聽到聲音就迫不及待地飛奔而出，一把抱住艾爾，艾爾也緩緩回抱母親。

「我回來了，母親。」

「歡迎回家，艾爾。沒受傷吧？這樣我就放心了。怎麼樣？他們對大家一起做的幻晶騎士滿意嗎？」

「嗯，他們都很喜歡！雖然有些『小失敗』把它弄壞了，可是他們希望我們再做更多。」

「哎呀，那太好了。今天的晚餐我可要大顯身手，讓你們吃了可以好好工作。」

「好的，我很期待！」

這對母子一邊互相擁抱，交談的內容卻是亂七八糟。據說一旁的父親見了這幅溫馨的光景，是既感到安心，又忍不住想仰天長嘆。

夕陽沒入歐比涅山地後方，厚重的夜幕籠罩了整個『萊西亞拉學園市』。

這一天的晚餐，埃切貝里亞家與素有來往的歐塔家齊聚一堂。兩家的母親緹娜和伊爾瑪更是大展廚藝，桌上擺滿了一道道豐盛菜餚，簡直像在舉行嘉年華。很快地，餐桌便籠罩在一片喧鬧和樂的氣氛中。

大家天南地北地閒聊，沒多久，大部分的料理就都進了孩子們的肚子裡。基本上算是『騎士』的他們食慾非常旺盛。兩位母親看著孩子們滿足的樣子，露出了高興的笑容，開始動手收拾被一掃而空的餐具碗盤。

就在用餐完畢，大家稍做休息時，艾爾來到父親馬提斯和爺爺勞里面前。

「我有件事要告訴父親和爺爺。陛下有令，任命我為『騎士團長』。」

開門見山劈頭就是這句話，艾爾毫無修飾的開場白，讓爺爺和父親不約而同地噴出口中的茶，並被剩下的茶給嗆著。早預料到的孩子們則安穩地待在射程外。

「咳！咳、艾、艾爾……！你說你被任命為什麼!?」

「『騎士團長』。正確來說，是新成立了以我為團長的『銀鳳騎士團』。」

笑咪咪的艾爾望著僵住的馬提斯以及按住額頭的勞里，奇德和亞蒂事不關己地從旁望著那幅光景。

「……是、是嗎？真是好消息？不過這樣一來，學園那邊要怎麼辦？既然要擔任騎士團長，是已經決定『退學』了嗎？」

花了好一段時間才解除定格狀態的馬提斯首先注意到的就是這點。『從學園退學』這件事本身不足為奇。就算這個國家的大多數國民都能上學，但也並非所有入學的人都可以修完全部課程。

由於學生們可依各自的家庭狀況自由選擇就學期間和形式，因此肄業、只上完初等部而沒有升中等部的也大有人在。

為了工作而退學的情況算是比較幸福的了，儘管突然就以『要當騎士團長』這個理由退學並不尋常。

「不，在陛下的體諒下，我的銀鳳騎士團將以萊西亞拉這裡作為據點。又因為騎士團本身的性質有些特殊，所以我既為騎士團長，同時也預定維持學生身分直到畢業。」

「艾爾……爸爸是說過任何事都會協助你，不過這樣有點過頭囉……」

『在學園上學的學生騎士團長』——聽見這大概要算前無古人，後無來者的名詞，馬提斯不禁有種雖然沒喝酒，卻開始頭痛的錯覺。

「因此，當上騎士團長後也不需要搬家。雖然這麼說不太好意思，不過銀鳳騎士團將以騎操士學系使用的設施作為據點。我想再過幾天，陛下就會下達正式通知了。」

「什、什麼……艾爾啊，你終於連學園都佔領了……」

勞里飄渺的視線望向天空，灰色雲彩的彼端似乎浮現老友那張燦爛的笑容。看樣子，他的老朋友似乎在遇見自己的孫子後，漸漸恢復往日的玩心了。兩人湊在一起的所作所為總讓人跌破眼鏡。雖然他已覺悟早晚有一天會發生這種事，卻怎麼也沒料到竟會來得如此迅速。

勞里總算從打擊中恢復過來。他板起臉，那是身為學園之長，又像是以身為教育者而感到自豪的表情。

「……不過啊，就算要配合你，我身為萊西亞拉的校長也有不能讓步的地方。艾爾，騎操士學系明年也有新生要入學，如果銀鳳騎士團要使用學園設備，新生不就無處可去了嗎？即使是陛下的命令我也無法接受。」

見勞里嚴肅地凝視自己，艾爾也端正姿勢，點頭回答：

「當然，銀鳳騎士團不會搶走『學長姊們』的學習場所，而且真要說起來，銀鳳騎士團的目的是『製造前所未有的幻晶騎士』，就像特列斯塔爾那時候一樣。為此，以後也會繼續開發新技術吧。」

聽著艾爾笑吟吟的回答，勞里更是止不住背後冒出的冷汗。那夥人已經創造出『特列斯塔爾』這項跨時代的技術結晶，若是組成騎士團、正式開始活動，到底會暴衝到什麼地方呢？至少勞里是想像不出來。

「所以，我想把這些技術也傳承給騎操士學系的學長姊、學弟妹們。目前已經確定，我們的特列斯塔爾將會大大影響到今後的機體開發，所以學習這些技術對學長姊們來說並不吃虧。」

這個國家正以艾爾和銀鳳騎士團為中心發生巨大改變。這過於巨大的歷史洪流令勞里感到恐懼，但他臉上的表情卻顯得清爽舒暢，彷彿剛才的苦澀都是假的一般。

「唔，若是能攜手合作的話，這就不算壞事了。」

「是的，大家一起加油吧！一定會很有趣的！」

艾爾的笑容燦爛得令人睜不開眼睛。幾天後，銀鳳騎士團的存在，將於國王安布羅斯的名號下正式傳到學園，而那就是學園生活掀起軒然大波的開端。

◆

自銀鳳騎士團在萊西亞拉騎操士學園落腳以來，已過了半個月左右的時間。

騎操士學系的學生們聚集在熟悉的學系工房裡，他們已接下國王的正式任命，成為名符其實的銀鳳騎士團團員。只不過，真要說有什麼改變的話，也就只有頭銜罷了。

在學園的日子一如往常，也難怪真實感會逐漸淡去。

「哎呀……我們一個不小心就變成騎士團囉。仔細想想還真好笑。」

『老大』，即『達維・霍普肯』感觸良多地說道。『艾德加・C・布蘭雪』搖搖頭。

「老大你當時人在現場是還好，我可是在臥床養傷的時候就被點名加入了。」

「你明明一臉悲壯地擔心自己不會被選上啊。」

「沒這回事，應該沒有……」

『海薇・奧柏里』笑得不懷好意，對於她的調侃，艾德加的舉動顯得愈發怪異。

「哎，好不容易才開始做新型機體，變得有趣起來了呢。就這樣結束也沒意思，陪陪我們的團長大人也不錯。」

『迪特里希・庫尼茲』聳聳肩，一旁的老大像是注意到什麼，砰地拍了拍手。

「對了，既然銀色少年是團長，我們是一般團員的話，還是得注意稱謂比較好嗎？像團長少爺之類的？」

「大概就是這麼回事吧。那麼，團長同學怎麼樣？」

「太隨便了吧。好歹也是騎士團，應該稱呼他騎士團長。」

「不不，要滿懷敬意地叫他騎士團長閣下才對。」

不知不覺間，團員們開始拿艾爾開起玩笑。說起來，銀鳳騎士團原本就是個有著最年輕騎士團長的奇妙騎士團。考慮到成立原因和目的，規矩也比一般騎士團更為寬鬆，不能否定有些草率成章的部分。

「……我不喜歡那種奇怪稱呼。總覺得很不自在，跟以前一樣叫我我還比較高興呢。」

此時，騎士團長本人現身了，當然，他臉上帶著一副莫名疲倦的神情。

「先不說這個，大家聚在這裡正好，我帶來銀鳳騎士團的第一份工作。」

「要我們快點開工是嗎？你還是老樣子，這麼性急啊。」

艾爾指向背後，從那裡傳來金屬摩擦和沉重的腳步聲。聲音來源很快便揭曉了。從他身後出現的，是身長二・五公尺左右的魔導機動全身鎧甲──『幻晶甲冑』。

「哦？這不是你做的玩具嗎？你想用那種東西做什……嗯？喂，操縱的該不會是……」

老大說到一半，語氣轉為驚訝。

在場眾人都知道，艾爾等人駕駛的幻晶甲冑曾在卡札德修事變中大顯身手。

然而，他們也很清楚目前的幻晶甲冑還是有缺陷。由於控制所需的魔法能力過高，若是沒有少數人類才擁有的特殊才能──這裡指的少數人類是艾爾和雙胞胎──就沒辦法正常駕駛。

可是，現在從幻晶甲冑的頭盔中露出臉來的搭乘者，則是艾爾的童年玩伴──『矮人族』少年『巴特森』。

「巴特少年不像你那麼會用魔法吧？這傢伙是怎麼回事？給我老實招出來。」

就算巴特森是跟艾爾從小玩到大的同伴，但他終究只是鍛造師，沒有強大的魔法能力。

「呵呵呵，這正是我和巴特森聯手改良的成果！巴特森，說明就拜託你了。」

聞言，巴特森就代替艾爾一步向前，得意地敲敲幻晶甲冑的胸甲。

「好，過去的『摩托比特』型只有艾爾這樣的傢伙才能開，但是這架『摩托力特』型不一樣。因為加裝了小型化的魔導演算機！如各位所見，對魔法一竅不通的我也能駕駛！」

之前，在老大他們建造特列斯塔爾的期間，巴特森曾與艾爾等人進行摩托比特的製作。所以只要談到幻晶甲冑，沒有人比巴特森更清楚，簡直到摸透了每個角落的程度，這一點就連老大也不得不承認。

「噢噢！這可有趣了，可是你說小型的魔導演算機？那東西從哪裡弄來的？」

「我們開口拜託迪斯寇德公爵，他馬上就幫我們準備好囉。」

艾爾說得容易，老大則輕輕嘆了口氣。魔導演算機的保密程度雖然還不至於像魔力轉換爐那樣嚴格，但相關情報也屬於機密事項，是秘而不宣的。如今卻只因為艾爾的一句拜託就提供給他，可見高層對銀鳳騎士團抱有很高的期待。至於自己也身處這個集團的事實，老大則不願

正視。

「呵呵呵，還有呢，接下來才是重點，巴特森可以像這樣駕駛，代表老大你們——各位騎操鍛造師也辦得到。」

老大瞇起眼，仔細斟酌他話裡的意思，然後很快抓到了重點。這種名為幻晶甲冑、單獨一架就能發揮絕大力量的機械，它的利用價值相當地高。

騎操鍛造師處理的是高達十公尺的巨人兵器——幻晶騎士。它的每個組成零件都非常巨大，還需要動用大量人力，加上起重機或推車才能搬運。如果使用幻晶甲冑，或許只要少數人就能處理那些零件了，光是這樣就能大大減輕負擔。

「原來是這樣，看樣子似乎會變得很有趣！好，巴特少年，我們要多製造一些幻晶甲冑了，來幫忙。」

「嗯，交給我吧！我也是銀鳳騎士團的一員！我會好好努力！」

巴特森拍拍胸脯答應下來。就這樣，幻晶甲冑『摩托力特』踏出了鍛造師們作業用裝備的第一步。

之後並沒有花費多少時間，銀鳳騎士團對幻晶甲冑的依賴性，就到了沒有幻晶甲冑就無法進行鍛造作業的程度。

如同當初所預料的，幻晶甲冑在處理巨大零件上展現了優秀的能力。不僅如此，不曉得是出於便利性，抑或者只是因為懶得爬上爬下的關係，騎操鍛造師們甚至發展出穿著幻晶甲冑，直接進行鍛造作業的壯舉，這樣的活用方式就連艾爾都沒料到。

騎操士學系的老師們，在接收銀鳳騎士團劃時代的鍛造技術時也受到了衝擊。結果，這些技術不單影響了鍛造，還被廣泛應用到各式各樣的作業上。

既然影響了弗雷梅維拉王國最大的教育機構——萊西亞拉騎操士學園，就代表早晚會流通到全國各地去。從這時開始，萊西亞拉騎操士學園……不，這個國家的教育內容將會產生天翻地覆的變化，而震源所在的銀鳳騎士團，也安靜但又令人無法忽視地日益壯大。

大山脈歐比涅山地將澤特蘭德大陸從中一分為二，其山麓部分以王都坎庫寧為始，還有其他如萊西亞拉學園士等在國內被稱為大都市的城鎮存在。這裡是『西弗雷梅維拉街道』的起點，也是這個國家誕生的搖籃。

從這些大都市搭乘馬車往南幾天的車程中，有個隱身於蓊鬱森林裡，遠離喧囂的城鎮，其名為要塞都市『杜佛爾』。

坎庫寧和萊西亞拉都有城牆保護，這在魔獸環繞的國家裡是必要的防禦，一定規模以上的都市也多半擁有城牆。

杜佛爾也不例外，但它的城牆卻因為某些原因，遠比一般規模的城牆來得堅固牢靠。都市的結構也很獨特，類似住家的建築只有寥寥數間，過半城市佔地都被唯一一個設施所佔據，其規模甚至凌駕於萊西亞拉騎操士學園。

固若金湯的城牆，以巨大設施為核心的都市結構，這些才是杜佛爾之所以被稱為要塞都市的原因。

這個巨大設施的真面目是『國立機操開發研究工房』——通稱『國機研』——的開發工房群。所謂的國機研，就是弗雷梅維拉王國唯一且最大的幻晶騎士研究機構。負責蒐集幻晶騎士相關的各種技術，並建造新型機體。自建國以來的漫長歷史中，他們一直努力不懈地投身其中。幻晶騎士原本就需要以百年為單位來研發，因此這裡不僅是研究設施，平時也作為機體製造的設施運作著。

這廣大的開發工房內充斥著各式各樣的設備和如高山般的試作機體。正因為走過一段不算短的歷史，不斷堆積的物事四處亂疊，簡直只能用混亂來形容。不過，若是讓某個機械宅撞見，肯定會感到欣喜若狂就是了。

在這樣有如混亂化身的第一工房一隅，有一大群鍛造師正在進行某項作業。他們圍著四架幻晶騎士，外形有些粗糙，風格與加達托亞等制式量產機各異其趣。這些是他們建造中的模型機嗎？並非如此，這群人熱衷投入的作業與建造完全相反，而是正在『解體』這些幻晶騎士。

「這到底是怎麼弄的……連肌肉的連結方法都不一樣，需要增強到這種地步嗎？」

「這是小的手臂嗎……居然加上這種東西，還讓它動起來，真教人難以置信。」

這些被解體中的機體在作業前就受到不小損傷，其中某些機體的狀態可說是嚴重毀壞。機體名為『特列斯塔爾』——在卡札德修事變中曾一度落入賊人手裡，不得已只好把它們破壞。

照理說，應該搶先進行修復作業，但『原製造者』銀鳳騎士團早已如脫韁野馬般擅自進行到下一個階段了，使這些機體的去向懸而未決。因此決定，與其直接廢棄它們，不如提供國機研當作研究資料。

「唔，真想在完好的狀態下開始解體。」

鍛造師們臉上的神情猶如得到玩具的孩子一般，始終沉浸在作業中。每拆下一個零件，每發現一組新的結構，便會引發與現存機體相差懸殊的特列斯塔爾之謎的論戰。當然，他們的手未曾閒下來過。

特列斯塔爾這種機體，運用了艾爾從名為『地球』的異世界帶來的知識與構想，與這個世界沒有明確的因果關係。猶如從天而降般出現的神秘機體激起了鍛造師們強烈的好奇心。他們把組成巨人的每一個零件都仔細地拆下來，貪婪地想將這些技術據為己有。

然而，儘管鍛造師們懷有無限熱忱，用普通辦法來解體巨人的進展卻不是那麼順利。問題果然還是出在『水平相差過於懸殊』上。他們遲遲無法理解與現存機體迥異的奇特構想，有時甚至得花上一整天討論。如果少了和機體一起提交的『設計圖』，他們的作業或許會無止盡地延續下去吧。

一個新的人影出現在充斥著鍛造師的堅持和熱情的開發工房中。來者個頭矮小，但體格結實，臉部表情隱藏在許多皺紋下，仔細編起的頭髮和鬍子幾乎要超過自己的身高。引人注目的外貌，表明了他是一名年長的『矮人族』。

「蓋斯卡工房長……」

迎接他的鍛造師，表情裡混進一絲苦澀。『蓋斯卡・約翰森』工房長——他身居管理這個第一開發工房一職，可說是鍛造師們的頂頭上司。

「我看你們又花了不少時間……作業當然已經完成了吧？」

彷彿生鏽工具發出摩擦般的奇妙嗓音讓鍛造師們背脊發涼。眾人一個哆嗦停下動作，用有些尷尬的眼神看著彼此，遲疑地開口：

「我們發現了幾個很有意思的部分。工房長，但這些機體畢竟有很多現存機體中沒見過的結構，還需要一點時間才能調查完畢，這簡直就是藏寶圖啊。愈是調查，新的發現就愈多。只是我們完全搞不清楚，到底是用了怎樣的思考方式，才能做出這種東西出來……如果沒把設計圖一起讓給我們，還不曉得要花多少工夫研究。比如說……」

注意到屬下又犯了一沉迷就開始囉嗦的壞習慣，蓋斯卡揮揮手打斷他的話頭。

「原來如此，是這樣啊，所以你們瞭解到什麼程度了？還有，這些派得上用場嗎？」

他一問完，那名鍛造師就閉上嘴，原本滔滔不絕的模樣就像不曾發生過一般。從他們的反應不難看出沒什麼好消息。蓋斯卡被皺紋覆蓋下的小眼睛瞇得更細了。

「呃，就像我剛才說的，原本的構想就南轅北轍……雖然不是不能模仿，但我認為還需要一點時間才能徹底理解。」

鍛造師沒有再解釋下去，因為他從蓋斯卡眼中看出了隱含的怒意。

「……你的意思是，我國機研引以為傲的技術人員，對這些區區學生們做出來的東西束手無策嗎？」

「絕無此事……！已經得出成果了。例如這個結晶肌肉的使用方法，這種構造能發揮比過去更強大的力量，相較之下或許更容易應用。」

鍛造師的回答似乎完全無法讓蓋斯卡滿意，他的表情依然嚴肅。那名繼續報告的鍛造師早已是汗流浹背，而且一想到接下來應該傳達的內容，就讓他滿心只想逃離這個地方。

「這個，工房長……其實還有幾個問題……」

見他戰戰兢兢地開口，蓋斯卡臉上的表情消失了。

「結構部分再過不久就能解決……不過還有其他問題。這架機體似乎對魔導演算機進行過大幅改造，即使構文技師們傾盡全力，至今仍無法掌握全貌……」

「你說什麼……但是，假設他們改寫了魔導演算機，也能從機能反推回術式吧？」

「我們確實接收了設計圖，可是光看內容……根本不懂他們是如何操作這個機能的……」

見蓋斯卡又翹起眼角，鍛造師們的臉色更是蒼白如紙。

「你們幾個聽好了，陛下有令，要我們開發出完全的新型……完全的新型啊！這可是睽違將近一百年的大工程!!這個計畫一旦實現，我們將會名留青史。你們怎麼能在最初階段就慌了手腳!!」

就算想解釋，也沒辦法提出實際的成果證明。夾在憤怒的長官和現實間的鍛造師們直冒冷汗，現況卻完全沒有好轉的跡象。

把他們從這種兩面不是人的窘境中拯救出來的，是來自第三者的發言。

「喂喂，蓋斯卡，你這樣破口大罵，反而會嚇得他們弄掉手裡的鎚子吧？」

聞言，雙方出現戲劇性的反應。蓋斯卡猛地回過頭，鍛造師們反而露出得救的笑容。

「哎呀，歐法所長……沒想到一直怨嘆著『黏在椅子上，身體都要生鏽了』的你會大駕光臨，今天吹的是什麼風啊？」

『歐法・布洛姆達爾』是國機研之首，位居所長的人物。外表看上去十分年輕，披著寬鬆長袍的瘦高身材，與矮人族的蓋斯卡呈現明顯對比，頭上纏繞著布料鮮豔的頭巾。其中最引人注目的，或許是那雙細長的眼睛吧。

蓋斯卡大概也沒料到他的出現，臉上瞬間掠過震驚的神情，又在旁人發現以前咂舌掩飾過去了。

「當然是為了看那個『新型』啊。製作出整架新型機，可是自開國以來首次發生的奇事。我想最好來聽聽解說，就留了一點時間。各位鍛造師，雖然這是陛下親自下達的命令，但急也不是辦法。就算進展緩慢也無妨，重要的是要把工作確實做好。」

鍛造師們很現實地立刻表示理解，並在有人開口干涉以前迅速回到工作崗位。很快的，現場只留下一臉苦澀的蓋斯卡和歐法。

「所長，這樣我很為難。負責監督各工房以至鍛造師是我們工房長的權限，你這樣越過我下達指示，很難做事啊。」

「喔，這麼說也對，但我想太過著急也不好，才好心給他們忠告。」

「我明白所長的立場，不過毋須擔心……我告辭了，還有其他地方要檢查。」

蓋斯卡轉身快步離去。歐法目送著他的背影，輕輕聳肩。

「真是，蓋斯卡也真頑固……雖然有能力，但太不知變通可不行。做任何事最重要的就是量力而為，尤其像現在這種『正在測試我們的情況』更是如此。」

歐法對新型機感到好奇是事實，但他之所以到現場來看，其實是另有所圖——他聽說某個新型騎士團成立的謠言，而且那個騎士團還大張旗鼓地做出了百年來的第一架新型機。

「……雖然難以置信，但陛下確實成立了我國機研以外的開發工房，還集結提出新型的開發人員。相對的，我們明顯落於人後。」

在解體作業的嘈雜聲中，沒有人聽見他的低語。他原本就不是要說給別人聽的。

「在試探我們嗎？或者……打算下一劑猛藥？沒想到陛下這麼壞心眼，不如說兩者皆是吧？故意成立別的組織，讓我們互相『競爭』……是我多慮了嗎？無論如何，得把『罩子』放亮些，就算『聽得很清楚』，還是有其限度。」

他的自言自語就這麼溶入喧囂之中，消失不見了。

「『臭小子』……懂得討陛下歡心就那麼得意……給我走著瞧。」

蓋斯卡一邊咒罵著，一邊踏著粗魯的腳步前進。一種和聽取鍛造師報告時不同的情緒惹惱了他。

雙眸在凹陷的眼窩深處燃燒著怒火，他用殺人般的目光注視特列斯塔爾的殘骸。

「次世代制式量產機……對，只要完成這個，我就會名留青史，也不用再看那小子的臉色了……!!」

他懷著陰沉怒火下定決心，嘴角綻開不祥的笑意。

為了實現他的野心，他再次朝著不爭氣的屬下們大聲喝斥。

第二十話　銀鳳騎士團，疾走

西方曆一二七八年年初。

剛過完年，冬日正深的時節，歐比涅山腳降下瑞雪。

儘管還不到冰封的程度，卻仍薄薄覆上一層白雪，足以抑止人們出門。少數外出的人也紛紛穿上厚重的外套，頂著凜冽強風快步前進。

稀奇的是，有一大群騎士團在寒風陣陣的中央大道上闊步前行。他們並非一般騎士，而是比三層樓建築更高的巨人——幻晶騎士。

居民們從大道兩旁的房子裡好奇地望著這幅光景。

他們所為何來？在這個缺乏娛樂的時期，一點點小事都會馬上引起軒然大波。如果又跟巨人集團有關，想必有好一陣子會成為茶餘飯後的焦點吧。騎士團一行自然對這種事不以為意，只肅然整齊地前進。他們的終點就在這座城市名字的由來——萊西亞拉騎操士學園。

騎操士學系的工房裡，今天也一如往常地響起鍛造的鐵鎚聲。只不過，揮舞著連矮人族也拿不住的巨大鐵槌的，並非活生生的人類，而是幻晶甲冑『摩托力特』。

摩托力特的外形在這段期間內發生了巨大變化。畢竟它的原型『摩托比特』是戰鬥機體，用來幹活是有點大材小用了。

再者，大家貪圖方便而開始大量使用，導致短期間內需求量大增。於是為了加速製造工程，大膽簡化了整體構造。

軀體部分尤為顯著，上面完全沒有裝甲包覆，操縱者就坐在相當於腰的部位，再用等同脊椎的主要支架上的皮帶固定身體。周圍只有被稱為『鐵柵欄』的框架保護。雖然幾乎沒有防禦力，但好處是內部不會積聚熱氣，因此在鍛造工作上深獲好評。

「嗯——這是個問題。」

乍看之下一帆風順的銀鳳騎士團，背後卻浮現某個隱憂。

「是呀……陸皇事變那時壞了一半，修理之後改造成特列斯塔爾……結果又壞掉了嘛。」

在托爾沉吟的艾爾身邊，海薇嘆了口氣。

幻晶甲冑的引進明明很順利，銀鳳騎士團在這幾個月卻沒有太大的進展，原因就出在他們留下的幻晶騎士上。老實說，數量不夠。

銀鳳騎士團的幻晶騎士，原本就是與騎操士學系共用的。

最初，學園擁有的實習機總共有二十架，其中有一部分在陸皇事變中毀壞，而剩下的十架和修好的古耶爾，即是目前所擁有的全部了。

「要是又拿這些剩下的亂搞，明年的騎操士學系就沒辦法運作了。有點不太好出手啊。」

聽了老大發的牢騷，大夥兒也表示贊同。銀鳳騎士團的存在意義，就是創造新型的幻晶騎士——然而，這也需要足夠的材料。接二連三的重大事件劇烈消耗他們現有的資材，不過老實說，之前做了一大堆的幻晶甲冑也是原因之一就是了。

「唔唔，虧我還挪用上課時間思考各種該做的東西，不能馬上行動真的很讓人焦急呢。」

「不，團長同學，上課要認真點比較好吧。」

海薇出聲提醒莫名自豪的艾爾。這時，迪特里希盤起胳膊，像是想到了什麼。

「嗯？對了，上次不是有說會多少補充一些機體嗎？我記得好像有聽誰說過？」

「是的，原本說好了，會給我們加達托亞來取代交出去的特列斯塔爾……但這也是迪斯寇德公爵的提案。」

聰明的他們聽到這裡就明白了。畢竟，那位公爵的領地就是卡札德修事變的舞台。

「……這樣啊。那不管公爵大人再怎麼厲害，也沒辦法馬上準備好。好，目前就暫時做甲冑的作業訓練吧。」

「說的也是，那我就趁這段期間繼續研究來充實內容好了。我會在上課的時候思考的。」

「你為什麼要在上課時想啊？」

就在他們如此打發時間時，工房外忽然傳來慌張的氣息。眾人面面相覷，探頭察看外面的情況。只見一群湊熱鬧的學生們無視那薄薄覆蓋的積雪與校舍間冰冷的空氣，興奮地跑了過來。仔細一聽，像是在異口同聲地說著：「校門口那裡……」「騎士團……」之類的單字。察覺到有異的艾爾和老大當下朝著校門跑了過去。

◆

在上課時使用幻晶騎士的萊西亞拉騎操士學園，校門旁有個停機場。那裡被使用的機會不多，不過現在正並排著巨人軍團。一群看熱鬧的人不畏寒冷，在不遠處圍觀著。

巨人整齊劃一地排開，做出單膝下跪的姿勢，這些是弗雷梅維拉王國的制式量產機──『加達托亞』。數量正好是二十架，相當於兩個中隊。有了這些戰力，已經足以媲美一個小型要塞了。

供應暖氣的魔法設備和本身運動產生的熱量，讓加達托亞的表面散發出稀薄的蒸氣。並列的巨人騎士團在霧氣包圍下，營造出莊嚴的氣氛，圍觀的群眾不由得為之讚嘆。

從機體上爬下來的騎操士正對隨隊步兵下達某些指示。在那群匆忙的人中，艾爾發現了某個熟面孔，那個人隨即也察覺穿過人群的艾爾。他搖晃著如熊一般魁梧的身軀，被濃密鬍鬚掩蓋的嘴角浮現笑意——這名壯漢就是朱兔騎士團長『摩頓・弗雷霍姆』。

兩人自卡札德修事變以來，已經有數個月不見。他一來到艾爾面前，就板起臉打直背脊，俐落地敬禮。

「迪斯寇德公爵閣下有令，前來移交兩個中隊的加達托亞予銀鳳騎士團，請您確認，埃切貝里亞『騎士團長』。」

「好，我確實收到了，弗雷霍姆騎士團長。您執行任務辛苦了，也請您代我向公爵閣下問好。」

兩人互相致意，不過，正經的面具也只維持到這裡為止。先放鬆下來的是摩頓。他看著眼前努力挺直矮小背脊的少年，終於忍俊不禁，噗哧地笑了出來。

「噗！呼哈哈，你、你這『騎士團長』還挺有模有樣的喔，艾爾涅斯帝。」

「呃——弗雷霍姆團長……這麼說就太過分了。」

「哈哈！太見外了吧，叫我摩頓就好。既然彼此都是騎士團長，先不提年紀，待遇都是相同的。不如說，比起駐紮在要塞的我，直接隸屬於陛下的你地位或許更高。」

聞言，艾爾臉上露出曖昧的笑容，只偏了偏頭說：

「那麼，關於接收加達托亞一事……」

「啊啊，之前說過要交付過來代替新型的吧。雖然在這期間紛擾不斷而延遲了，但我可是依約帶來囉。」

「可是，朱兔騎士團在卡札德修事變後，損失應該相當慘重才對。我是很高興，但先交給我沒關係嗎？」

經過卡札德修事變的洗禮，朱兔騎士團遭受了幾近覆滅的損害。

若是把這些全給了艾爾他們，對迪斯寇德公爵會是多大的負擔啊？看到艾爾掩飾不住困惑的樣子，摩頓則給了他一個爽朗的笑容。

「別擔心，暫時會從其他要塞派人填補空缺。還有，這可是出自閣下之口，他說：『保護要塞的工作其他人也能做到，可是你們的工作只有你們才有辦法，哪一方優先就無須多說了。』」

艾爾將視線轉向身後，抬頭仰望從進氣口飄散出蒸氣的加達托亞。由沉默的鋼鐵與結晶形成的巨人，在他眼中卻看得出許多感情。

「……公爵閣下的意思我明白了。請轉告閣下，我們將傾盡全力以不違背閣下的期待。」

「好，我自己也很期待你們的成果，說不定近期內也要請你們幫我看看我的騎士團長專用機哪！」

摩頓摸摸（？）艾爾的頭，在簡短的道別後便率領朱兔騎士團回卡札德修了。留下的二十架加達托亞就由騎操士們分別操作。在這一年中，銀鳳騎士團的騎士們雖見識過不少場面，但操作制式採用機似乎又是另一種截然不同的體驗。在全搬進工房之前，又是好一陣手忙腳亂。

原本冷清的工房裡又充滿了許多幻晶騎士，而且還是第一線的現役機體，沒有比這更好的素材了吧。

「好，從各方面來說都沒有退路了，這下真的麻煩了。」

「話是這麼說，但你看起來倒是非常開心嘛。」

艾爾站在一字排開的加達托亞前，臉上露出開心到不行的笑容。那模樣不管怎麼看都是一副心懷不軌的樣子。

◆

工房一隅，有個用隔板簡單區分開來的小空間，銀鳳騎士團的成員正聚集在這個通稱『會議室』的場所。他們各自找了椅子隨意坐下，站在面前的果然是騎士團長——艾爾涅斯帝。

「各位，進攻吧。」

「攻去哪裡啊？」

奇德一臉興味索然，不曉得他的吐槽究竟有沒有傳到艾爾耳裡。看到艾爾紅著臉、興奮得不能自己的樣子，大家心裡大致上都想著同一件事：「這下不管說什麼都沒用了。」

「只是開個玩笑。不過，銀鳳騎士團達成使命的時候到了。」

「也對，畢竟都收了這麼大方的訂金嘛，可不能交出半吊子的成品。」

所有人點頭表示瞭解。他們原本就是為了『那個』目的而組成的集團，在場沒有人會否定這點。

「命令是——創造能讓『國立機操開發研究工房』嚇破膽的機體，最好擁有獨具一格的性能，而且在外表上易於辨認。」

艾爾打開放在一旁的手提箱，從裡面拿出一疊紙。他把這些資料貼到會議室的黑板上，接著說：

「呵呵呵，我有很多很多好點子哦！說到前陣子的卡札德修之戰，雖然出了很多問題，不過可惜的是讓特列斯塔爾跑掉了。這是為什麼？因為有人阻撓？因為敵人抵抗？不，姑且不論這些，我認為有部分原因是出在雙方只能達到相近速度的關係。現在，這個國家沒有擅長移動的機體，因此，接下來我打算做出速度取勝的新型機！」

「哦，意思是接著要做輕型機體嗎？」

幻晶騎士的『速度』通常取決於機體重量，而模仿人類形象的幻晶騎士，其移動方式指的就是兩隻腳。負擔愈重，速度就會愈慢；負擔愈少，速度則愈快，這道理不言自明。另外，結晶肌肉的品質或機體結構也會多少產生影響，但這些基本上都在誤差範圍內，因此一般都認為快速等於輕量。

「各位忘了特列斯塔爾的例子嗎？有所求，就要賦予相應的外形，即使它『異於人形』也一樣。」

然而，『理所當然的道理』只適用於雙腳步行的人類。這個世界同樣有很多跑得比人類快的生物。艾爾在過去的世界看過發展到極致的機械設計，從中選出最切合問題，印象也最深刻的答案。

艾爾拿出的『設計圖』上描繪的機體——

會議室裡的團員們首先看到的是全體圖，上半身的形狀比想像中還普通，整體平衡有些奇特，但這只不過是小事，異常的是下半身。腰部以下有如裝了另一副軀體似地巨大。令人感覺強而有力的粗壯大腿，以及經過強化，足以負荷本身動作和龐大重量的腳。

最大的差異還不只如此，從旁邊的圖樣中可以看出——腳分明『有兩隻以上』，具體來說是四隻。

腰部以下簡直有如另一種動物。那是他們也很熟悉、可謂騎士之友的動物——『馬』。

艾爾提出的設計圖，上頭的機體兼具人與馬的身體，是不折不扣的怪物——『半人半馬』。

「……這個，銀鳳騎士團該不會打算專門做怪東西吧？」

經過足足十分鐘的沉默後，老大這句好不容易擠出來的感想代表了在場所有人的心聲。

「該說怪東西嗎……不……這個要怎麼形容？結果這到底是什麼？」

「腳程快，外觀一目瞭然的機體。」

「欸？這麼說也沒錯，可是……欸？」

迪特里希的思考開始陷入混亂。相對的，艾爾的回答則是簡潔俐落。

在特列斯塔爾上搭載輔助腕時，鍛造師們曾聽見常識崩壞的聲音。而如今，聽見的則是給常識補上最後一刀後，其鬱悶而死的慘叫聲。但也不曉得是因為習慣，或是加入銀鳳騎士團時已經有所覺悟——他們只是感到『傷腦筋』而已，就接受了這樣的設計。

「做到這種程度，我想就能讓國機研的各位嚇破膽了。」

「別說嚇破膽，搞不好會因為火冒三丈或心臟破裂而死吧？退一百……一千，不對，一萬步講，就當『馬』沒問題吧，但為什麼要裝『上半身』!?」

如果完全做成『馬型』的幻晶騎士，就算受不了這樣愚蠢的想法，或許還不會這麼排斥。這個世界也不存在結合人的軀幹和馬的下半身的生物——半人馬，牠們終究是童話和幻想中的生物。

想賦予虛構的生物形體……艾爾難不成是個文藝派的設計師嗎？這讓鍛造師們擔心得背脊

發冷。

「問我為什麼嗎？這個嘛……因為很帥！」

「當真是因為這個理由嗎!?」

在場全員跟著喊道。艾爾自認為這個理由相當充分，不料卻遭到所有人的吐槽，大概也多少覺得理虧吧。只見他望著遙遠彼方補充道：

「哎，除了這個以外呢，我想想……只做成普通的馬型機體不利於戰鬥，這樣就算追上了也沒意義。特地載著另一架機體移動也是多此一舉，所以為了在高速移動中也能獨自戰鬥，才會裝上和人一樣的上半身。總之，我追求的就是以一架幻晶騎士重現與騎兵相同的機能。」

見艾爾好歹有個正當理由，鍛造師們一齊鬆了口氣。他只是沒考慮到常識，目的其實非常具體，也不會過於不切實際。

「啊——我知道你想說什麼、想做什麼了。你的構想應該可以說是歪打正著吧，不過這點我們先不管它，一般人會因為這種理由裝上馬的身體嗎……」

老大和鍛造師們端詳著剩下的設計圖，心裡已經達到某種說不上是覺悟還是死心的境界。

「而且看這設計圖，居然還給我認真考慮過構造……我說啊，這種構造可是見都沒見過哦？你到底是從哪挖出來的？」

「連接部分讓我煩惱了好一陣子，不過下半身幾乎都是以馬的骨骼為基礎哦。」

艾爾在設計方面的知識與經驗，原本就是潛入鍛造師學系的課堂學到的，異常認真的學習態度讓他比一般人優秀，卻教人疑惑他到底是從哪想出這種點子的。其實，設計特列斯塔爾的實際經驗，才是提升他能力的關鍵所在。

那次經驗讓艾爾腦中的知識與構想直接連結起來。影響平衡的重量分配、支撐的金屬製框架。以真實的馬作為參考的同時，又考慮到繩索型結晶肌肉的動力輸出而重新分配的肌肉，設計圖上甚至詳細記載了從依據用途而設計的外裝形狀。

「唉……我開始覺得特列斯塔爾可愛多了。拜託，居然提出這麼有趣又亂來的點子，根本沒時間放下鎚子啊。」

老大放棄吐槽，臉上露出技術人員的神色。即使忍不住苦笑，也沒表示反對。這時，迪特里希客氣地舉起手。

「構造部分就交給鍛造師們了。還有一件事我有點擔心……特列斯塔爾那時也受到慘痛教訓。萬一這匹『馬』被偷了，這次一般機體可追不上它吧？這樣一來，不會搞得比上次麻煩嗎？」

身為『當事人』的他神色複雜。雖然並不打算讓人再次把機體搶走，但光靠小心防範就想擋住敵人，可就太天真了，應該要設想在最糟的情況下還會遇到第二次襲擊。假使這架機體被搶，就像要人類用雙腳去追逃走的馬那種情況，不用比就知道輸贏了。

「不用擔心，迪學長，我也擬定了幾個防竊對策。總之先試做看看吧，順利的話再開始進行其他機體。」

艾爾自己也不想重蹈覆轍。聽著艾爾自信滿滿地斷言，迪特里希輕輕聳了聳肩。

鍛造師們還沒從新型機帶來的衝擊中恢復過來，便又開始投入作業了。

他們動用一切知識與經驗解讀艾爾的設計，予以補強或變更，做出預定的形狀。看著大夥兒開始侃侃而談、你來我往的模樣，艾爾顯得很滿足。

「既然要做與之前截然不同的新型，肯定得花一番功夫，頂多只能做一架吧。」

「……你好像話中有話呢。」

艾爾沒有回答艾德加，只加深了笑容。艾德加總覺得再問下去會很恐怖，不禁轉開視線。

「這個暫且不提，我對這匹『馬』挺有自信的。但是，只有一架不代表就能安心了吧？」

「嗯，我懂你的意思……只是現在已經夠辛苦了，如果還要再做，就算老大再怎麼厲害也不可能吧？」

光想起去年的地獄，海薇便不由得流露疲倦的神情。即便『馬』的製造難度和特列斯塔爾相同，依然能想見接下來將有一段嚴酷的日子等著他們。銀鳳騎士團的人手也有限，剩下的就只能靠時間解決了。

「所以，要花上一番工夫的新型機體就只做一架，其他的……我想做『選擇裝備』。」

聽見陌生的名詞，艾德加和海薇頭上冒出許多問號。艾爾先不說明，而是拿出更多設計圖遞給他們，上面畫著將複數裝甲板組合起來，包覆在幻晶騎士肩膀附近的裝備。類似外套型追加裝甲，卻又與之不同，他的裝甲板內側還能看出有些複雜的結構。

「命名為『可動式追加裝甲』。簡單來說，如果背面武裝是用輔助腕舉起武器，這個就是拿盾的構造。」

「唔唔……艾爾涅斯帝，這想法很好，可是盾不穩穩拿著就沒意義了。想獲得足夠防禦，只靠輔助腕的話太脆弱無力了。」

「嗯，只有這樣的話是沒錯，可是你想想，為了彌補幻晶騎士的強度，要做什麼處理？」

「用強化魔法……是這麼回事啊。」

艾德加像是想通了，又重新看過設計圖。輔助腕的力量比原本的手腕小，藉由追加強化魔法來支撐不足的魔力輸出，就是這個裝備的原理。

「計算上可以提高一定的防禦性能，至於它的缺點，就是運作時會增加魔力消耗吧。」

「這想法真有趣。雖然要看時間場合，不過應該派得上用場。」

「是啊。我想試做幾套這種裝備，再各自裝上，到時就拜託你們確認使用感想了。」

艾德加等人苦笑著表示瞭解。看來，他們這些騎操士接下來也沒得閒了。

銀鳳騎士團依照它的成立目的，為了使艾爾的想法成形而展開行動，製造、操作『人馬型』與『選擇裝備』，想必需要投入騎士團的所有人力。扣除掉這些人手，剩下的就是把想到的東西全擺出來而心滿意足的艾爾，以及奇德、亞蒂、巴特森這些愉快的夥伴了。

「嗯嗯，讓我們不斷做下去吧。那麼，在各位努力工作的這段期間，我們也來做我們能做的事吧！」

「欸欸!?艾爾，還有嗎？」

亞蒂一臉錯愕地睜大眼。艾爾剛才丟了一大堆機體、裝備之類的提案出來，居然還說要繼續追加。她明白艾爾涅斯帝就是這麼亂來，但活蹦亂跳到這種地步，讓人已經超越佩服，覺得傻眼了。

「嗯。其實呢，想是想出來了，只不過有一些小問題。」

「又來了嗎？又要開始過因試做而昏天暗地的每一天啦——」

巴特森想起了去年那段在摩托比特、攜帶式大型弩砲和鋼索等裝備中打滾的日子，真是既痛苦又快樂的每一天。

「呵呵呵，交給我吧！奇德、亞蒂，我們在使用『大氣壓縮推進』的魔法時，是怎麼做的？」

「怎麼做……不就在後面讓它爆炸嗎？」

「對，那是利用爆炸產生的反作用力的魔法。那麼問題來了，如果連續使用『大氣壓縮推進』會怎麼樣？」

「呃——我想想，會一直被推出去，速度變得很快……嗎？」

亞蒂偏著頭，想像著使用『大氣壓縮推進』的自己。

「對，在原理上可以持續施加反作用力，也就是能一直加速。這道理不只人類，對幻晶騎士也適用。」

「難不成你想一邊駕駛著幻晶騎士，一邊持續使用『大氣壓縮推進』？」

他們知道艾爾擁有構築戰術級規模魔法的能力。從剛才的對話延伸思考，才會產生讓幻晶騎士持續加速的聯想。不過，艾爾緩緩搖頭，說：

「那就真的是『天方夜譚』了。持續施展足以影響幻晶騎士的魔法可是很累人的。」

「呃，一般不會用一句很累人就輕鬆帶過吧。」

「所以和魔導兵裝一樣，事先準備紋章術式的裝置，再把那個裝到幻晶騎士上。這樣就完成了只要還有魔力供給，就能移動的『推進器』。」

「……欸──理論上或許是這樣啦──」

聽完理論，想像製作的步驟程序和效果，巴特森僵住臉，就連雙胞胎都像是聽見什麼恐怖至極的故事一般。

「先不說巴特，我們要做什麼呢？」

「你們兩人在魔法術式方面非常值得信賴，所以我們一起來做紋章術式吧。過幾天我會借一架加達托亞來實驗看看，到時候再請巴特森幫忙。」

三人面面相覷。想起艾爾言出必行的前科，結果還是答應了。

就這樣，一架新型機體、幾種新裝備，以及前所未見的推進器即將悄悄地在『這個世界』誕生。

第二十一話　強敵與決心

時光飛逝，籠罩弗雷梅維拉王國的冬天過去，春天降臨了。

春天是相逢與別離的季節。修完課程的學生們陸續畢業，新生取代他們入學。有人升上新學年，也有人升學至下一個階段。學生們新舊交替，又或是與去年差不多的老面孔們共同邁向新的一年。

學園各處都沉浸在興奮雀躍的情緒中，而高等部騎操士學系也迎來一群以騎操士或騎操鍛造師為目標，從中等部升上來的新生。他們滿懷希望與熱情，卻不知道從今年開始，騎操士學系將化為常識已死的魔界。

幻晶騎士『加達托亞』由教官領路邁步前進，腳下大地隨著它的每一步震動。目睹這一幕的新人騎士和鍛造師們高聲歡呼。長久以來，制式量產機加達托亞一直都是守護弗雷梅維拉王國不受外敵侵擾的機體，在國內的知名度也特別響亮，已稱得上是幻晶騎士的代名詞了。新人騎士暗自欽羡著：『不愧是萊西亞拉，居然擁有制式量產機！』，同時又因為自己有幸實際接觸這些機體而喜悅得渾身顫抖。

一行人的目的地是加達托亞走出來的工房。工房內部還是老樣子，充塞著鍛造的熱氣，還能看到維修台上排排坐著許多加達托亞。工房盡頭的鍛造場上，鍛造師正忙於進行打鐵、製造零件的作業。新人騎士們期待地探頭窺視自己即將學習成長的場所，很快又疑惑地偏著頭，頭頂上浮現出問號。

製造零件的鍛造師——他們本身不足為奇，也是鍛造師學系的學生們見識過不只一次的光景。奇怪之處在於鍛造師們『穿著』的東西上，那怎麼看都是鎧甲。不用說，鎧甲是一種防具，而非鍛造時所需，說起來應該算是累贅才對。

當然，鍛造師們穿的不是什麼普通鎧甲，而是幻晶甲冑『摩托力特』。雖然是去年年底剛引進的，但銀鳳騎士團的鍛造師們卻已經能熟練運用，揮舞著鐵鎚敲出有力響聲。

見到這一幕，新生裡的鍛造師們想起去年的某件事。畢竟製造摩托力特的前身——『摩托比特』的不是高等部，而是中等部的學生，也就是他們自己。如果記得沒錯，幻晶甲冑應該還無法實際運用才對，沒想到竟然能量產，並且配備在鍛造作業上，簡直令人難以置信。

「噢，新生！終於到場啦!!」

新生們正目瞪口呆地望著工房時，裡頭傳來一聲不輸給鐵鎚的招呼，讓大家嚇得抖了一下。出現在他們眼前的是一名矮人族學生——不對，應該說『原本』是學生——如今則是掛著

『銀鳳騎士團騎操鍛造師隊長』這嚇人頭銜的老大，即達維・霍普肯本人。個子不高，卻有副精壯結實的體魄——這也是矮人族的特徵，再加上長期從事鍛造行業練出來的手臂，使達維渾身散發出有如是用鋼鐵所打造一般的剛毅氣息，光他一個人的存在便足以震懾所有新生。

「哈哈！我等好久啦。哎，最近要做的事稍微有點多，我可是很期待你們的表現。接下來會好好鍛鍊你們，很快就要你們上陣啦，皮給我繃緊點!!」

「唉，喂喂，老大，這不只一點都不親切，聽起來根本是威脅了哦。」

老大突如其來的發言讓新生們嚇得目瞪口呆，從旁嘆著氣緩頰的則是艾德加。他的金髮剪得稍短，歷盡滄桑的皮甲穿在身上顯得儀表堂堂，展現身經百戰的風采。儘管年紀尚輕，但從更年輕的新生眼裡看來卻是威嚴十足。順帶一提，他現在也在囊括了兩個中隊的銀鳳騎士團裡頭擔任『第一中隊長』一職。

「那麼，再一次向各位新生致意，騎操士學系很歡迎各位的加入。我想你們還有很多不清楚的地方，因此我先簡單說明。從今年度開始，騎操士學系的各設施都將由國王陛下直屬的特設騎士團——『銀鳳騎士團』徵用，而在這裡的都是團員。至於你們，雖然是騎操士學系的新生，但同時也會獲得銀鳳騎士團附屬的見習騎士身分，這一點請各位記清楚。」

這番開場白要說扯也真夠扯了，所有新生不約而同地露出一副嚇傻的表情，隨後為之嘩然。儘管為時已晚，但他們這才察覺今年的騎操士學系已經和去年大不相同了，『國王直屬騎士團』這頭銜尤其無比嚇人，讓他們突然冒出冷汗。看來，這裡根本不存在入學前想像的普通學生生活，事態發展遠遠超乎他們的想像。

「騎士團的事暫且不提，你們就跟以前一樣操作、製造幻晶騎士就好了。偶爾也要使用幻晶甲冑，還有其他改變做法的部分，希望你們努力早點習慣。

「稍微訓練一下後，就要麻煩你們先進行加達托亞的改造　做好心理準備啊。」

在場的都是新生，依照慣例，一年級先以協助學長姊的方式累積經驗，第二年再開始正式接觸。但老大和艾德加等於是要他們跳過好幾個階段。這樣的發展可謂急轉直下。而像是要給混亂的他們最後一擊似地，更大的災難現身了。

「啊，新生的……學長姊們？到了呀。」

在充滿鋼鐵與火焰的空間裡，突然冒出很不協調的——有如鳥語啁啾般的嗓音，打斷了他們的思考。眾人環顧四周，看到一名矮小少年走了過來，一頭銀紫色頭髮隨風飄揚。不用說，他就是銀鳳騎士團長艾爾涅斯帝・埃切貝里亞。

看到艾爾，新生們驚訝的表情變得微妙地扭曲起來，並非因為不認識這孩子。不如說，正因為他們幾乎所有人都認識艾爾，才會感到驚訝，並產生「你怎麼會在這裡」的疑惑。這要提到去年發生的陸皇事變。當時為了支援困在森林裡孤立無援的中等部騎士——也就是現在騎操士學系一年級的大多數學生——而四處奔走的不是別人，正是艾爾、奇德和亞蒂三人。就算撇開這件事不談，艾爾原本在騎士學系就小有名氣，即使沒當面見過，也能馬上知道是他了。

艾德加打心底同情這群新生，但清了清喉嚨之後，依然用勸告的語氣緩緩開口：

「對了，還有一件重要的通知，剛才提到的銀鳳騎士團，身為中心人物，也是騎士團長的……就是這位艾爾涅斯帝・埃切貝里亞。我想大家應該都有聽過他的名字。」

面對點頭行了一禮的艾爾，腦袋還跟不上的新生們頓時啞口無言，那困惑的模樣連老大都不禁感到同情。艾爾察覺在場氣氛變得緊繃，露出微妙的苦笑看向艾德加。

「啊——我想大家有很多話想說，不過明天就會正式開始了，今天先到此為止吧。」

新生們根本沒把艾德加做的總結聽進去，只領悟到一件事，就是自己的人生即將開始失去控制。

◆

第一天就遭受重大打擊的騎操士學系新生陸續離開，每個人毫不掩飾臉上的疲憊。然而，其中有一人採取了不同行動。那個人低調且若無其事地離開集團，趁所有人移動時走回工房。

「……埃切貝里亞騎士團長。」

艾爾看見延伸到腳邊的修長影子，轉頭回望。那個人穿著騎操士學系準騎操士使用的皮革製簡易防具，看起來是新配發的，怎麼看都只是新生裡的其中一人，但艾爾對那個人有印象。他笑著點頭回應，向走在前頭的老大和艾德加打了聲招呼。

「不好意思，可以請兩位先回去嗎？我有些事要談。」

老大和艾德加看了一眼彼此，接著走回工房。艾爾和那名新生則前往無人使用的會議室。

「真沒想到，隸屬『藍鷹騎士團』的妳竟然會變成騎操士學系的新生。」

「原本就預定派屬下擔任『聯絡人員』，另外還有其他任務，才會以這種形式派遣。」

艾爾仰望身高有些差距的對方，露出理解的表情。這個人名為『諾拉・弗克貝里』。如艾爾所言，她其實是隸屬藍鷹騎士團的騎士。

『藍鷹騎士團』——這個名字並沒有對外公開。再說，不論調查哪個要塞，都不可能找到名為藍鷹的騎士團。他們沒有實體，其真實身分便是所謂的『間諜』。很少人知道他們的存在，掌握其全貌的恐怕只有國王安布羅斯一人。至於對艾爾來說，除了介紹給他的連絡人員諾拉以外，他對這個集團也是一無所知。

身為間諜集團成員的她之所以會加入新生行列，理由跟他們肩負的任務有關。

「妳會來報告，表示已經有什麼成果了嗎？」

諾拉撥了一下半長不短的頭髮，面無表情地點頭肯定，接著用有些平板的語調說：

「首先報告前幾天的『調查』結果。我們已經完成『重新調查銀鳳騎士團的人，以及萊西亞拉騎操士學園所屬人員的出身』一事，結果發現數名有可疑經歷的人。」

在組成銀鳳騎士團的前後，國王安布羅斯還對藍鷹騎士團下達了一道命令——就是『徹底調查萊西亞拉騎操士學園』。於是在某公爵的全力以赴下，騎士團從賊人最有可能潛伏的所在展開一場迅捷至極的調查行動，就這麼達成了目標。

「……根據以上報告，可以判明模型機的情報，是由事先潛入內部的異己份子所洩漏。」

「果然如此啊，雖然我也很難想像有其他途徑。可是，異己份子也不是最近才出現的，這表示學園從很早以前就有他國人士滲透了。」

諾拉依舊沒有笑容，只點頭表示同意。

「屬下猜想，敵人可能定期把異己份子送進來，而根據循線調查的結果，也發現每年都有去向不明的畢業生。」

由於學園每年招收大批學生，因此一向只能做最低限度的身家調查。況且，只要學習態度認真，也不會被退學，這麼一來就能自動獲得最新的知識。艾爾在心裡苦笑，她們的調查一定非常徹底。諾拉對情報本身不予置評，淡然地接著報告下去：

「這些問題人物已經『處理』完畢，也鎖定連絡途徑了。看來卡札德修事變後也讓敵方元氣大傷。趁著這個機會，我們正在國內展開排除敵對勢力的行動，同時為了預防間諜滲透，會安排部下在學園及都市內張開『結界』。以後您不必擔心再發生同樣的事情。」

所謂『結界』，換句話說就是諜報網，也是監視網。艾爾再厲害，對諜報戰也是一竅不通，當然也想不到對應的手段，於是就把防諜方面的工作全權交由她們處理。艾爾對她們萬無一失的對策感到很滿意，點頭輕笑。

「我明白了，以後也全交給妳們這些專家了。有問題的時候再跟我說，沒有的話，定期向我報告就好。」

「遵命，屬下會以聯絡人身分直接參加騎操士學系的課程。有事的話會經由屬下向您轉達。」

報告完畢的諾拉恭敬地行了一禮離去。艾爾揮手目送她，抑鬱地瞇起眼，嘴邊卻露出危險的笑容。

（間諜已經被揪出來了嗎？雖然覺得『無聊』不太好，但還是希望他們多少掙扎一下。哎，我看他們總有一天會再來找麻煩，現在先盡可能做好準備吧。）

沒有人知道他的本意，這件事反而可說是救贖。

陷入沉思、精神不集中的艾爾沒發現有人從暗地裡觀察著他。那個人猶豫了一會兒，最後還是悄悄地從會議室離開了。

◆

「……艾爾看起來好開心……」

從會議室離開的人影——更正，是亞蒂無精打采地走著。

「雖然艾爾總是被人當成玩具，可是也沒看他聊得那麼開心過……」

這是個很嚴重的問題。大多數女性和艾爾說話時都會摸摸他的頭，或者把他當玩具，因此讓他熱衷談話的機會其實不是那麼多。加上他的興趣極為特殊，話題的選擇非常極端，談得來的女性就更少了。這表示那個人對亞蒂造成相當大的威脅，至少她是這麼想的。

她回想起那名對話的女性：就女性而言算高䠷的身材，體型修長苗條。說話方式沒什麼情感起伏，五官卻很端正。果然很危險。雖然感受到危機，但亞蒂發現了某個事實。

「……對了！跟艾爾說過話的女生大多是高個子。該不會……他喜歡長得高的女性!?」

雖然對自認領悟真理的亞蒂不好意思，可是她誤會了，其實只是因為艾爾比他身邊的人（含女性）來得矮的緣故。更遺憾的是，在場沒有人能糾正這個誤會，因為這基本上都是她的雙胞胎哥哥的任務。

「如果是這樣，我應該也很有機會才對！只是，如果艾爾喜歡的是比自己可愛的人，那我會非常困擾就是了……」

艾爾的身高比一般標準低，亞蒂在同齡女性中卻反而算高的。她並不覺得討厭，可是就因為身邊有個『體現了何為可愛』的艾爾，因此她也會拿自己的外在和他比較。但從她沒因為性別而把艾爾當成例外這點來看，她的喜好也相當特殊。

「啊，可是他們看起來好像很開心，到底在說什麼呢……艾爾有興趣的話題，我只想得到幻晶騎士或騎士團之類的事。」

藍鷹騎士團的情報事關重大，連亞蒂也不知道他們的存在。這已經超出了她的想像範圍。

「果然是強敵……不能再悠哉下去了！但我對幻晶騎士又沒那麼瞭解……做得到的頂多只有操作幻晶甲冑？但這樣好像會變成後勤呢。嗯，還是騎士好。要和艾爾在一起，我也需要一架幻晶騎士！得想辦法弄到手……對了！」

亞蒂想到好點子，猛地揮出拳頭。她跑了出去，眼中蘊含著堅定的決心。

「艾爾！我也想開幻晶騎士！」

當天晚上，在埃切貝里亞家的艾爾房間。

艾爾和奇德正悠閒地在銀板上刻入紋章術式，用來製造之前提到的推進器。與他們瘋狂的舉動相反，那隨意又天真無邪的模樣簡直就像正在塗鴉的孩子們一樣。

對一現身就做出如此宣言的亞蒂，兩人停手，抬起頭。

「怎麼了啊？『我愛幻晶騎士！』這種宣言不是艾爾的專利嗎？」

「你仔細想想，奇德，我們也是銀鳳騎士團的一員，所以我覺得開幻晶騎士也沒什麼奇怪的！應該說我想開！」

她直挺挺地站著，說得趾高氣昂，兩人的疑惑只有愈來愈深。果不其然，艾爾絕不會無視任何跟幻晶騎士有關的請求。

「我不太懂，不過妳想開的話非常歡迎。嗯，我想想……那順便請你們兩位幫個忙吧。」

「太好了！不愧是艾爾，最喜歡你了!!」

「欸？我也被算在內了？是無所謂啦。」

艾爾身上掛著立刻飛撲過來的亞蒂，從桌子裡拿出一張設計圖。展現在雙胞胎面前的，正是銀鳳騎士團建造中的最新機體──『人馬騎士』的圖紙。

「請你們協助製造這台『人馬騎士』，等完成時就直接駕駛它吧。」

面對展現在眼前的『巨作』，原本還以為一定是從加達托亞開始上手的亞蒂，就這麼帶著滿臉笑容僵住了。

「喂喂，艾爾，一開始就要我們開最新型喔？是很有趣，我也非常歡迎啦，不過為什麼是我們？其他還有很多像艾德加學長或迪學長那樣的老手，讓他們來開不是比較好？」

奇德仔細端詳圖紙，看起來有點傻眼。艾爾點頭，表示明白他的疑問。

「這台『人馬騎士』非常特殊。畢竟它的上半身是人形，下半身則是馬。當然，操縱感覺也和以往截然不同，想必難度不是特列斯塔爾能比擬的。」

雙胞胎連普通的幻晶騎士都沒開過，不用想也知道『半人馬型』的幻晶騎士操縱起來有多困難。

「所以我換了個想法——既是融合兩種要素的機體，那就讓『兩個人來駕駛就好了』！反正還在建造中，就裝上兩人的駕駛座吧。馬身部分很大，也有多餘空間，應該裝得下吧。」

至少在現階段，找遍這個世界的任何角落都找不到什麼雙人駕駛的幻晶騎士。既然幻晶騎士是人形，在操作上也只和一名駕駛的身體緊密連結，雙人座就沒有意義，更從來沒有人有過這種想法。如果老大聽到這番話，大概又要傷透腦筋了，但不巧的是奇德和亞蒂都對幻晶騎士不太瞭解，只覺得艾爾說什麼就是什麼，輕易地接受了。

「當然，因為要由兩個人操縱一個機體，默契不夠好可不行，所以身為雙胞胎的奇德和亞蒂是最合適人選。另外，這個可以說是真正的目的……」

對他們來說，接下來這番話反而更有衝擊性。

「希望你們在操作時，能夠同時構築運作人馬騎士的魔法術式。」

構築魔法術式。兩人從艾爾那裡學到各式各樣的術式，但還沒達到能獨力組成的程度。頭一次嘗試竟然就被交付如此重責大任，實在讓人始料未及。

「以最終目標來說，我想讓騎操士可以獨自一人用騎馬的感覺操作。原本想做相關的控制裝置，但沒想到相當費工夫，目前還停留在基礎的部分，所以一開始我想用人力操作，再不斷調整術式……你們願意嘗試的話就是幫了我大忙。」

「我們辦得到嗎……」

也難怪奇德會猶豫。如果是艾爾親自上陣那倒還好，他不僅有能力，也幹出過不少實績，但他們兩個的能力都還是未知數。況且，這還關係到銀鳳騎士團的最新機型，是大家共同打造出來的成果。突然要讓他們負責可說是收尾的部分，還是造成不小壓力。

「沒關係，交給我們！可是艾爾，那個魔法術式的做法不會很難嗎？」

「你們既然能操縱幻晶甲冑，那原理基本上就是相同的，放心吧。基礎的部分交給我，做法也會好好教你們。」

重振精神的亞蒂舉起手，無視煩惱的奇德。奇德差點滑了一跤，像是要她再想清楚似地瞪了她一眼。這對雙胞胎個性不同，相似之處卻很多。亞蒂很有幹勁，那麼奇德呢？

他也並非不願意，只是比較慎重。他對幻晶騎士有興趣，也想過要駕駛看看。看著亞蒂那張「你在煩惱什麼我都知道」的笑容，他也只好舉雙手投降。

「啊——我知道了啦！既然要做，就做個厲害的！」

「沒錯！呵呵，要和艾爾一起做對吧？好期待！」

之後，他們的生活稍微忙了起來。開始了一邊幫忙艾爾，一邊盼望著人馬騎士完成而學習、特訓的每一天。

幾天後，艾爾帶著修改過的設計圖前往工房。

看到圖紙的瞬間，包含老大在內的每一個鍛造師都不由得怪叫出聲，因為原本就很特殊的『人馬騎士』又追加了『雙人駕駛』這樣的特別設計，已經可以說是怪到無極限了。

儘管現場一片雞飛狗跳，卻還是沒有任何人出面阻止。可以肯定的是，最後仍決定要做出來的這夥人，已經相當融入銀鳳騎士團了。

◆

從那之後，過了大約半個月。

上完課的艾爾興沖沖地趕來工房。他每天的功課就是確認製造中的『人馬騎士』的進度。

「你好，老大，他們兩個來了嗎？」

「噢，銀色少年，雙胞胎已經先來了，早就開工嘍。」

彼此打過招呼後，他們走向工房最深處的角落。

盡頭撤掉了幻晶騎士的維修台，留下一個寬敞的空間。組裝到一半的機體就這樣占領了這裡——那是尚在孕育中的魔物，正伺機躍上歷史舞台。

機體本身非常高大，幾乎要碰到高度理應綽綽有餘的工房頂部。由於它的形狀過於特殊，無法利用一般的維修台，而是從頂部的起重機伸出許多鎖鍊掛著機體，將之固定。乍看之下，已經卸下了部分一次性裝甲的上半身極為普通，但隨著視線移動，愈往下半身看，詭異的程度也隨之增加。那屈起『四腳』靜坐的身影，外型怎麼看都不像人類。

比周圍排列的加達托亞更巨大，奇怪的異形存在。這正是人馬型幻晶騎士——正式名稱為『澤多爾各』，亦即銀鳳騎士團的最新銳機體。

「啊，是艾爾！呵呵呵——來得正好！讓你瞧瞧我的厲害！」

「亞蒂，現在是關鍵時刻，不要東張西望的。來，要啟動囉。」

眼尖的亞蒂在幻像投影機一角發現艾爾而興奮起來，奇德則安撫著她。他們身處在一片昏暗的空間，雖然還不至於動彈不得，大小卻尚不足以自由活動。這裡是澤多爾各的駕駛艙。

奇德整個人靠向座椅靠背，睜開閉著的眼睛。藉由前方昏暗的光芒確認妹妹的身影，問道：

「操縱桿，魔導演算機都有連結運作。妳那邊呢？」

空間往前狹長地延伸。亞蒂所在的地方比奇德低了一階，在他腳下前方附近。

「嗯——是跟艾爾教的一樣沒錯，但還是有點難呢，我會想辦法的！」

她放掉緊握著的操縱桿，直起身子深深吸了口氣。奇德坐的是一般幻晶騎士也有的靠背座椅，亞蒂的則不同，她必須跨著坐定，座位也沒有靠背，有如騎馬一般。唯一和馬不同的就是操縱桿設置在前方的左右兩側，必須採取前傾姿勢這點吧。簡言之，這也就是地球所謂的自行車騎乘姿勢。

「那就開始啟動實驗嘍。大家離開一點！」

奇德對著傳聲管大喊一聲，附近的鍛造師們於是四下散開。相對的，騎操士為以防萬一，則坐上加達托亞待命，而艾爾一個人在遠處啪啪地送上熱烈掌聲。

「……『小澤』，要上囉！站起來——!!」

魔力轉換爐伴隨氣流的嘶鳴加速運轉，澤多爾各全身逐漸充滿魔力；結晶肌肉發出摩擦的咯吱聲，四肢穩穩踩住大地。那情景看上去就像剛出生的小馬一般，為維持平衡而顫抖的腳緩緩撐起身體。

「行得通，行得通對吧？和身體強化一樣……思考肌肉的位置……更流暢，這樣嗎？這樣，然後那樣，再用力……」

支撐機體的鎖鏈陸續脫離。澤多爾各不再需要支撐，而是靠自己的力量站起來了。

它的動作非常僵硬。就因為眾人都看過活生生的馬，因此機甲的笨拙程度更是一目瞭然。

儘管如此，坐在裡面控制的亞蒂可是相當拚命。和師父艾爾一起受過的訓練、用幻晶甲冑鍛鍊出的魔法能力不斷輔助尚未完成的魔導演算機。不曉得她發現了沒——這正是名為『直接控制』的技能，屬於艾爾的拿手好戲。但她現在只能竭盡學到的技術全力以赴。

儘管動作遲緩，澤多爾各最後還是踏出了第一步。鍛造師們紛紛高舉起手幫他們加油。彷彿慎重地確認踏出的每一步似地，如同異形的機體切切實實正降生到這個世界上。

在澤多爾各差一步就要踏出工房外之時，突然，亞蒂察覺到某種異樣，澤多爾各的身體開始傾斜，不管怎麼控制四肢都完全使不上力，支撐不住身軀。

「欸、欸，怎麼突然……!?小澤，加油！」

亞蒂的聲援只是徒然，已經徹底失去力量的澤多爾各彎下膝蓋。附近的加達托亞根本來不及支援，只能眼睜睜看著它的龐大身軀倒地，發出轟然巨響。

◆

「嗚嗚，對不起，這是大家好不容易做出來的……！對不起，艾爾明明那麼期待，但是我卻失敗了……!!」

「沒關係，沒關係啦，妳別哭了。你們兩人都沒受傷才是最重要的。」

從倒在地上動也不動的澤多爾各中被救出來以後，亞蒂便坐在地上一直哭個不停。對一心想跟艾爾在一起而一頭栽進澤多爾各製作的亞蒂來說，這次失敗似乎是相當沉重的打擊。儘管艾爾從剛才開始就不停安慰她，但她還是沒有冷靜下來的跡象。

「哎呀，真是嚇了我一跳。老大啊，這果然是我們出槌了吧？」

相對的，奇德仍不改平時那種無所謂的態度，斜眼看著加達托亞齊力將澤多爾各搬回工房盡頭，這麼問道。他旁邊的老大盤起胳膊。

「……不，這不能說是少年你們的錯。我看問題很有可能是出在這台『馬公』太大。」

「太大不好嗎？」

奇德不明白，偏著頭問。

「是啊，馬公不管是結構，還是結晶肌肉的量都不能和一般的機甲相提並論。就因為太大了，現在的魔力轉換爐會沒辦法供給這傢伙所需的消耗啦。」

這次的失敗，原因並非出在雙胞胎的操縱錯誤。說起來，澤多爾各原本就隱含一個重大缺陷，這和幻晶騎士的基本規格有關。

所謂的幻晶騎士，就是人造的巨人。然而，人力所能製造的零件大小有其限度。到頭來，幻晶騎士只能將較小的零件組裝起來才能成形。為了使框架維持足夠的強度，幻晶騎士必須不斷地消耗魔力轉換爐產生的部分魔力，以便持續運用強化魔法。假設這個強化魔法中斷，幻晶騎士就無法繼續支撐自己的重量，很容易自行毀壞。

一般幻晶騎士不會意識到這點，因為即使是製造規模大了一些的機體也不會有什麼影響，但澤多爾各不同，這架機體十五公尺左右的高度遠超過標準的幻晶騎士，甚至還擁有馬的下半身。體積自然比一般人型機體龐大，重量也非同小可。

也就是說，維持機體運作所需的強化魔法，其消耗的魔力量已經到了無法忽視的程度。

「……就是這樣。我稍微看了一下，光是框架的強化接合就把爐產生的魔力都耗光了。再說，肌肉量也不是普通機型可以相提並論的，是個魔力大胃王咧。哎，雖然魔力儲蓄量是有配合框架大小，但就算這樣，魔力供給不足也是白搭，結果走沒幾步就成了這副德性。」

老大沉吟著，抓了抓一頭蓬亂的捲髮。這時，終於安撫好亞蒂的艾爾加入對話。

「原來如此，強化魔法造成增加消耗啊……對了，這就是幻晶騎士的大小在發展上沒什麼改變的原因，畢竟目前是一具魔力轉換爐能支持的最佳體型。」

「混帳，你還有時間為這個感動啊？這下可麻煩了，問題在於框架愈大，吃掉的魔力就愈多。要解決的話，至少得縮小到跟普通的幻晶騎士差不多才行。」

「如果配合普通機體的體積，根本做不出馬的身體，上半身也會縮到跟小孩子差不多，這麼一來格鬥性能也會大減，就沒有澤多爾各存在的意義了。」

「我知道啦。不過，還能怎麼辦？」

老大苦澀地呻吟。這個難題比做特列斯塔爾時更不好解決，他們想不到任何有效的解決方法。

「……小澤會就這樣壞掉嗎？」

亞蒂望著被運回工房盡頭的澤多爾各，小聲嘟嚷了一句。先不提原本的目的，但應該沒有人樂見好不容易組成術式，再讓它動起來的機體變成一堆廢鐵吧。

「不會的。哎，問題確實不好解決，但總得想個辦法……」

「對不起，艾爾，都是我突然犯了這麼大的錯……」

說著，亞蒂又淚眼汪汪起來。艾爾看到她那副模樣，露出溫和的笑容，然後緩緩抱住她，像是哄孩子似地安撫：

「根本不是妳的錯啊，亞蒂。倒是我該『謝謝妳幫我找出問題』，因為妳這麼努力才能發現問題哦。呵呵呵，我得立即著手處理才行，真棘手呢，這可有趣了!!」

「……嗯，謝謝，艾爾!!」

恢復笑容的亞蒂回抱艾爾，互相擁抱的輕飄飄觸感讓她笑逐顏開——然而，艾爾卻從臂彎裡鑽了出去，快速拉出黑板。

「那麼，關於解決方案呢……」

他無視維持著奇妙姿勢僵住不動的亞蒂，粉筆清脆地喀喀作響，早已調適過來的艾爾在黑板上描繪出簡易的設計圖。在一旁觀望的老大臉上表情漸趨驚訝。

「……喂，少年，你難不成把馬公的設計圖都背下來了嗎？」

「……？是的，當然了，我不可能忘記。」

一股類似詛咒的執著，讓艾爾對『機器人相關事項』擁有異於常人的記憶力。尤其澤多爾各是他從頭開始設計的嘔心瀝血之作。看到他理所當然地脫離正常認知，連老大都有點嚇到了。

艾爾沒放在心上，一邊在黑板的圖上補充修正，沉吟道：

「唔，沒辦法。原本不想用這個方法，不過似乎沒有其他對策了。」

如果維持這樣的大小，澤多爾各無法正常運作，也沒辦法改造魔力轉換爐提升輸出功率。該怎麼做？答案很簡單，而且老實說，艾爾對這個解決方法胸有成竹。

即使如此，他的表情還是籠罩陰霾。和圖紙大眼瞪小眼，煩惱片刻後，艾爾嘆了口氣轉過身。

「哦？怎麼了，既然有辦法，事到如今你還在猶豫什麼？」

老大看他這麼簡單就想出法子，整個人放下心來，卻在聽到下一句話之後臉色驟變。

「骨架大小不會變，爐也不會，那麼剩下的答案就只有一個……『增加爐的數量吧』。只要搭載兩具魔力轉換爐，使供給量加倍，即使澤多爾各太大，也能支撐得住。」

這話說得簡單，又有些無奈，老大彷彿整個人凍住了一般停止了動作。雙胞胎則完全跟不上話題進展。

就這麼過了好一段時間，老大終於呻吟似地擠出一句話：

「你……還想在這隻怪物上多裝一個心臟嗎……啊啊，也對，因為這傢伙是『機械』，不用顧慮這種想法……」

矮人族那張不容易看出表情的臉上難得愕然地睜大眼，接著深深吐出一口氣。等肺裡的空氣全吐出來時，老大的臉上已不見動搖神色。

「這個方法我是不太建議。不過，還是先做出完成品比較好吧。以後再以此為基礎評估構造、術式和消耗，設法調整到一具爐就可以應付的程度。」

艾爾不像在說服老大，反倒像在說給自己聽一般低語。

「你也知道什麼叫猶豫啊。怎麼？難得看你這麼不情願的樣子。」

「因為魔力轉換爐貴得不像話嘛。」

「……啊啊!?話是沒錯啦，不過問題在這裡嗎!?你都不曉得把常識甩到哪條街去了，現在還會擔心什麼價格喔!?」

「這還用說嗎？費用部分可是很重要的哦？增加魔力轉換爐的話，價格也會一口氣飆高。只做這一架還沒關係，但價格太高的話，以後就不能指望量產了吧？」

「該怎麼說呢……這話說得沒錯，但從你口中說出來總覺得無法接受。」

儘管嘴上抱怨，老大還是沒有拒絕他的意見。雙核動力——這種設備在過去沒有出現過類似的例子，但要解決這個問題，沒有比這更好的方法了。唯一教他傷腦筋的是該怎麼對大家說明如此詭異的方法。

「不管怎樣，既然決定要做，就趕快來修改設計圖。雖然澤多爾各在框架上還有多餘空間，不過還是得大幅調整配置和形狀呢……嗯——這下可有趣了！看來明天上課的時候會讓我熱血沸騰呢。」

「喂，給我認真上課啦。」

老大有些偏離主題的吐槽，對雀躍不已的艾爾來說只是徒然。艾爾接著轉頭看向雙胞胎。

「改造結束後就輪到你們出場了。奇德、亞蒂，接下來也『一起』加油吧。」

「噢，交給我們。」

「嗯！下次一定會讓小澤穩穩地走起來！」

老大瞥了一眼高舉雙手的三人，轉頭眺望黑板。上面畫著人馬型、雙核動力、雙人座等詭異至極的存在，只能說大開眼界也要有個限度。只不過目標愈高，身為騎操鍛造師的他們就愈有挑戰的價值。老大不禁為自己的想法露出苦笑。

「唉呀，我也變得相當好事了呢。」

他接著中氣十足地大喊，叫工房中的鍛造師們來集合。再過幾分鐘，工房裡將會響徹地獄般的驚聲尖叫。

◆

起重機的滑輪嗡嗡作響，來回走過遍布工房頂棚的軌道。鎖鍊懸吊著一塊像是鎧甲的金屬塊，由駕著幻晶甲冑的鍛造師推著出去。某個差點被金屬塊壓到的人嘴上一連串咒罵，接著匆忙快步跑開。

工房裡的氣氛高漲，每個人都專注在完成人馬型幻晶騎士——澤多爾各。起初，建造地點在工房最裡面，如今已光明正大地占據了正中央的位置。

澤多爾各的大半外裝都已裝上，額上有支突出的角，其他還有許多與傳說中的馬的設計相仿之處。相對於細長的上半身，下半身顯得巨大且厚重。每隻腳甚至都有幻晶騎士的腰圍那麼粗，一眼就能看出它擁有非比尋常的動力。腰部結合的部位覆蓋了好幾層裝甲板，看上去就像個巨大鐵塊。

在構造上，結合了駕駛座、魔力轉換爐，以及魔導演算機的區塊，形成了所謂的『心臟部位』，一般設置在幻晶騎士的軀幹裡，澤多爾各則是放在『下半身』。這是由於雙座式駕駛座、兩具魔力轉換爐，還有為了增加容量而大型化的魔導演算機，已非人型內部所能容納。當然，這樣的設計只有澤多爾各的巨大體積才能做到。

完工在即，澤多爾各那副頂天立地的異樣姿態令人望之卻步。附近匆忙奔走的新生鍛造師們不時瞥著學長們的身影，一邊默默進行著自己的作業。

他們一開始還對眼前所見的一切嘖嘖稱奇，最後看到澤多爾各時不禁大驚失色。而他們在一一完成交付的訓練和作業的過程中，不知不覺地理出了頭緒。最近甚至學會了幻晶甲冑「摩托力特」的製作方法，早早做出自己專用的機體。起初提心吊膽的他們，在過了一段時間後也完全迷上了它的便利性。習慣真是一件可怕的事情。

一名騎操士在搬運貨物、揮舞鐵鎚的學生們之中穿梭，像是在尋找什麼。稍長的金髮，細瘦的身材上套著特意染成紅色的皮甲。他是銀鳳騎士團第二中隊長迪特里希。在工房裡大略巡視一圈後，他吸了口氣，叫住附近正在作業的新生。

「喂，你們有沒有看見團長？」

聽到迪特里希的問題，新生們一齊搖頭。銀鳳騎士團長從各方面來說都是顯眼人物，如果有來應該會注意到才對。

「是嗎？謝謝……童年玩伴那夥人也不在，我們團長大人到底是去哪了？只希望他別再打什麼歪主意了。」

然而現實是殘酷的，他擔心的事果然成真了。

銀鳳騎士團即將完成人馬騎士『澤多爾各』，鍛造師們專注在這項作業上，騎操士們也同樣忙於自己的訓練並指導後進，過著忙碌的每一天。期間，手邊暫時沒有工作的騎士團長大人正處於閒得發慌的狀況。

請各位仔細回想一下，這個人除了澤多爾各以外，還做了其他五花八門的東西。比如說和童年玩伴們穩定進行中的新型裝置——而為了進行動作測試，一件恐怖的事情正在發生。

萬里無雲，陽光和煦。正是野餐的好天氣。

這裡是離萊西亞拉學園市有段距離，杳無人煙的森林。有個巨人發出沉重的腳步聲穿梭在稀疏林木間。那是銀鳳騎士團所屬的制式量產機——加達托亞，駕駛它的人是艾爾。腳下有三架幻晶甲冑小跑著跟在後面，是奇德、亞蒂的『摩托比特』以及巴特森的『摩托力特』。一旦離開城裡進入森林，就有遇到魔獸的危險，不過即使考慮到這點，他們的裝備也顯得太誇張了一些。

他們像是在享受散步一般走了好一會兒，最後抵達森林裡的一處空地，這個開闊的空間以前或許曾有決鬥級魔獸在此棲息。艾爾的加達托亞卸下懷裡的貨物，由三架幻晶甲冑迅速將之打開，並將裡面奇妙的『管狀裝置』安裝到單膝跪地的加達托亞上。那個管狀物有一人環抱那麼粗。加達托亞的肩膀和腰間事先經過改造，有著能牢牢地固定住管狀裝置的器具。

「好，這就是全部了吧，固定好了。不過，這該怎麼說……」

「這邊也好了——對呀，該怎麼說呢……」

「好像坑坑洞洞的，感覺很怪對吧？」

三人結束作業，仰望改造完成的加達托亞。身上長出許多管子的加達托亞從原本樸實無華的外表轉變為超現實風格的設計。

「那麼就快點開始測試吧。所謂慢工出細活，我很想見識成果呢。」

駕駛座上的艾爾不曉得是看不見機體的外表所以才沒注意到，又或者是故意無視。不管怎樣，他還是高興地發動加達托亞，啟動神秘裝置進行測試。

剎那間，『管子』前方響起吸入大量空氣的獨特聲音，突然出現的怪聲嚇得附近森林的鳥兒同時飛上天空。

在一段距離外的奇德、亞蒂和巴特森的注視下，加達托亞先壓低姿勢，然後很快跑了起來。躍動的結晶肌肉，高達十公尺的龐大身軀輕快地奔馳，沒多久便到達足夠的速度。

接下來是『測試』的重頭戲。艾爾露出大膽的笑容，將操縱桿周圍增設的按鈕一齊壓下。

瞬間，世界的角度切換了。

『管筒』的內部呈現兩個漏斗合起來的形狀，前半部刻有壓縮空氣的紋章術式，吸入、壓

縮空氣，再送進中間變細的部分；後半則刻著接下來發動的紋章術式，是為了顯現具指向性的爆炸魔法。壓縮的空氣團塊將因此化為猛烈的爆炎噴射氣流。

——運用『大氣壓縮推進』使壓縮空氣炸開，更進一步以爆炎魔法加壓爆炸，利用兩者合併所產生的高速噴射流的反動推進器，就是這種管子——艾爾命名為『魔導噴射推進器』的原理。

最初顯現的是耀眼紅光，然後是機體背後拖曳著長長的火焰尾巴，遲了一些才爆發出震耳欲聾的轟鳴。

被催動的魔導噴射推進器毫無停滯，猛烈地露出它的本性。經壓縮的空氣團塊接連爆發膨脹，強烈噴射的氣流產生的反作用力賦予加達托亞壓倒性的加速度。不，那已經無法簡單稱作加速，只能用『狂飆』來形容了。

「噢、噢噢噢噢噢噢噢噢噢!?動——力全——開——!?」

遠遠超越製作者艾爾預測的激烈推進力，拉著加達托亞展開明顯異常的加速。沉重的慣性壓到他嬌小的身軀上，控制就變得沒那麼精細了。期間魔導噴射推進器仍忠實地順從自身描繪的術式，瘋狂地持續噴湧出推力。

就在這樣永無止境的加速中，忽然間有道小小的亂流托起加達托亞的機體。姿勢稍微失去平衡、身體微微浮起，照理說應該很快就會被重力拉回地面，但加達托亞上裝備的『猛獸』卻以牠壓倒性的推力克服了重力。艾爾正迷失了慣性的方向，為偏離軌道感到焦急中，還來不及應對，機體便開始起飛，航向自由的天空。這樣的飛翔完全沒把空氣動力學之類的特性放在眼裡，僅僅靠爆發的推進力維持。艾爾傾盡全力，想設法控制機體不要有如被捲入狂風中的落葉般被颳走，只可惜，他光是竭力保持不要在空中分解就已經分身乏術了。

加達托亞那拖曳著耀眼火焰、飛向空中的姿態，如同逆向墜落的流星。一種不同於目睹艾爾慘狀的奇妙感動，讓奇德、亞蒂和巴特森張大嘴，整個人看傻了眼。

事態的發展震撼力十足，卻突然宣告收場。這是由於魔導演算機代替慌了手腳的艾爾，忠實地執行了自己的工作。劇烈消耗的魔力儲蓄量在枯竭以前啟動了安全裝置，強制停止供給魔力。緊接著，托起加達托亞的爆炎突如其來地停止了，同時失去推進力的機體就在空氣摩擦和重力的引導下開始墜落。

「嗚哇啊啊啊啊啊咿——啊!!」

諷刺的是，停止的魔導噴射推進器讓艾爾終於有餘力再度掌握機體控制。速度暫且不論，能在爬升得太高以前停止推進器，只能說是不幸中的大幸。瀕死的機體好不容易才在解體前回到地面。然而，它只是勉強著地，勢不可擋的速度幾乎沒減弱。剎車讓機體的雙腳迸出猛烈火花，地面有如被銼刀刮過般逐漸遭削去外裝，這樣下去腳部很快會到達極限。察覺到這一點的艾爾讓機體向前撲倒，然後用前滾翻的原理在地面上滾動，藉此分散掉衝擊。

儘管魔導噴射推進器隨著加達托亞的每一次滾動折斷扭曲、四處飛散，但他已經無暇顧及那種事了。加達托亞就這麼連續滾了好幾百公尺，最後總算減緩速度，呈大字型趴在地上，停止了動作。

「……艾爾還活著嗎？」

「嗄!?剛才那樣很不妙吧！快去幫他!!」

直到附近恢復平靜後好一會兒，三個童年玩伴才回神過來。

「艾爾……你總算醒了，還好嗎？」

醒過來的艾爾，與一張顛倒過來凝視著他的熟悉臉龐對上眼。

他環顧四周，旁邊是變成一團廢鐵的加達托亞，然後注意到頭部下方是亞蒂的大腿。看來他是枕在亞蒂的腿上睡著了。艾爾搖搖還有些昏沉的腦袋，亞蒂輕輕撥開他頰上的頭髮。

「亞蒂……我、沒事……不過，唔唔，不行。這個裝備不行……駁回！……是不至於要廢棄，但需要重做。」

「艾爾，你也稍微反省一下。」

被擔心的人一臉不高興地埋怨，就連艾爾也沒得反駁。他坐起身，尷尬地轉移視線，一旁加達托亞的慘狀便映入眼中。雖說好歹留下了人型，不過外裝壓扁凹陷，腿部裝甲也是搖搖欲墜，還因為摩擦生熱使一部分的零件被焊接成一團。它已經完全沒辦法使用，變得殘破不堪了。暴走到這種地步只以昏迷收場，完全是他平日的訓練和個人能力所賜，一般人請勿模仿。

發現他醒過來後，正在收拾散落一地的零件的奇德和巴特森走回來。

「喔，沒事吧，艾爾？真是好險，要是晚一步停止推進器，你搞不好會變成星星哦？」

「……不對，是它『自己停止了』。這個超級大胃王一口氣燒光了大半的魔力儲蓄量，最後還給我擅自停止!!是啊，就是這樣。不行，完全失敗了!!」

「欸，艾爾你冷靜點！好了好了，別氣別氣。」

亞蒂努力制止想起了當時情況而失去理智的艾爾，他掙扎片刻，然後很快地平靜下來。轉向背後，那裡有一條長長劃過地面的痕跡。他們再次為了艾爾的平安無事鬆了口氣。

「嗳，艾爾，要不要放棄？再怎麼說都太危險了。」

亞蒂發自內心地擔心艾爾，並嘗試說服他——可惜的是，艾爾終究是艾爾。從她懷裡抬起頭時，他的表情已經完全恢復了以往對興趣的熱情。

「好，反省完畢。我的確太過急躁了，必須再分階段進行測試。首先是術式規模與輸出的檢驗，然後也得配合狀況，磨合新的控制結構才行。魔力消耗的問題也還沒解決，不過還是暫時和輸出一起限制吧……不，針對機體研擬對策會有辦法嗎？」

他腦中或許正逐漸構築出新的設計圖吧。看他那副差點引起重大意外卻毫不退縮的樣子，奇德和巴特森不由得抬頭望天。這傢伙真的沒救了。艾爾就這麼沉吟了好一會兒，接著突然像想出什麼好主意似地轉頭看向三人。

「順便問一下，你們也要開看看嗎？」

「誰要開啊!!」

三人的回答在森林中迴盪。

附帶一提，之後看到艾爾開著破破爛爛的加達托亞歸來，銀鳳騎士團的所有成員一時都以為遭遇敵人突襲，還進入了備戰狀態。

◆

萊西亞拉騎操士學園的工房一隅，擺著幾張明顯是倉促趕工而成的桌椅。桌上還放著同樣也是趕工做出來的立牌，上面潦草地寫著『騎士團長』。艾爾一個人孤伶伶地坐在那個位子上，誠惶誠恐地環視在場眾人。

「……我一定要待在這裡嗎？」

「噢，坐著吧，團長大人。」

「是啊，有你在，大家神經繃得比較緊嘛。」

「沒錯，所謂的團長就要像這樣穩重才對。」

「是說，你闖了那麼大的禍還沒學乖呀……」

圍繞在他周圍的自不必說，是銀鳳騎士團引以為傲的矮人族騎操鍛造師隊長，以及鍛鍊有素的騎操士們。他們渾身散發壓迫感，直挺挺地站在一旁，強迫艾爾留在位子上。

「你們太過分了……」

「白痴！誰知道要是沒看著你，你又會幹出什麼好事啊！」

艾爾用怨恨的目光仰望身旁的機體，眼前是那架破爛不堪的加達托亞。經過那場名為魔導噴射推進器測試的悲慘意外後，雖然還能獨力步行，但鑑定的結果卻近乎報銷，處於嚴禁使用的狀態——嚴禁的對象主要是騎士團長就是了。再者，這個人說要做動作測試，卻毀了一架幻晶騎士，因此他不僅要被騎士團每個人『教訓』，還得像這樣專心『做團長的工作』。

「別擔心，我也有在好好反省。你看，我都完成了改良設計了。」

「有完沒完啊！這樣哪裡像在反省的樣子!?給我乖乖待在這裡!!」

老大一把搶過艾爾理直氣壯地不知從哪拿出來的設計圖。他們的騎士團長天縱奇才，又有滿腔熱情，基本上會做出類似隻身對抗魔獸或單挑幻晶騎士等等脫離常識的舉動，但這大多是靠強大到犯規一般的能力辦到的，因此沒有人曾試圖阻止。那麼，一旦失敗的話會發生什麼事

——對於自行引發大慘劇的艾爾，眾人只能抱頭傷透了腦筋。

「唔，好吧，我懂了。我最近就先幫忙做些簡單的工作吧。」

好不容易完成了改良設計的艾爾顯得很不滿，但或許是因為引發意外而感到尷尬吧，只好乖乖開始幫忙。

「……不能讓艾爾閒下來，總之先來完成澤多爾各吧。我記得還有很多其他的裝備，就讓新生負責那邊的設計。總之不准他多管閒事。」

現階段他們沒有更好的處理方法。為了不讓騎士團長惹出更大的麻煩，大家懷著一股奇妙的緊張感行動了起來。

◆

另一方面，此時的克努特‧迪斯寇德公爵收到了一份報告。其內容為：「銀鳳騎士團長試圖駕駛幻晶騎士飛天，失敗。」聽聞報告的克努特自然是傷透了腦筋。

「……艾爾涅斯帝那小子，明明有過卡札德修事變那樣的前例，當真完全不打算把新設計藏好嗎！」

「您看怎麼辦？是否要不著痕跡地提醒艾爾涅斯帝閣下？」

前來報告的藍鷹騎士團員——諾拉面無表情地低語。不過，訓練有素的她完全沒提出建議，可看出她心裡其實也很受不了。對此，克努特深深嘆了口氣，只略微沉思一番便揮揮手。

「……不，算了，銀鳳騎士團會設法善後吧，而且那小了做的東西早晚會流通到全國各地。目前妳就專注在排除『外來』的動向上。」

「可以嗎？」

「那種人遇到瓶頸只會興沖沖地挑戰，卻會被一些瑣事影響，很快就沒了幹勁……以前陛下也是這樣。」

看他眺望著遠方喃喃自語的身影，想必是喚醒了腦海中的昔日光景吧。懂得察言觀色的諾拉決定不要深入追究。

「就讓他放手去做，反正一定會做出成果。我們只能幫他準備好環境……」

對雖然疲憊，但態度仍顯堅決的克努特，諾拉規規矩矩地行了個禮，應諾稱是。

◆

無論對誰來說都算幸運（？）的是，這段期間什麼事也沒發生，平靜地過去了。艾爾老實地進行各種裝備的設計，沒再做出什麼會引起大爆炸的事情。

一開始很警戒的團員們也因埋首於各自的忙碌中而轉移了注意力。第二次事件便趁著這個機會，悄悄向他們逼近了。

「啊，艾德加學長，請等一下。」

有個聲音叫住了一如往常地準備前往訓練新生的艾德加，他轉向熟悉的清脆嗓音傳來的方向。不出所料，站在那裡的人正是艾爾。只不過和平常不一樣的是，他雙手抱著大量的短劍，然後突然將其中一把遞給艾德加。

「請收下。」

「怎麼啦？短劍……真少見，銀製的嗎？」

艾德加仔細端詳收下的短劍，上頭刻有精美裝飾，像是儀式用的禮器，而且材質還是純銀。銀雖然是金屬的一種，硬度卻遠遠不及鋼鐵，不太適合當作武器原料。

「姑且也能當成武器使用，但它另有用途。請跟我來一下。」

在他開口發問前，艾爾便朝一架加達托亞走了過去。艾德加掩飾不了詫異的神色，不過還是跟了上去。相信去了就會知道。

兩人來到平凡無奇的加達托亞駕駛座前。自從在卡札德修事變中失去厄爾坎伯後，大多是駕駛著加達托亞的艾德加已經很熟悉這個地方了。他依照艾爾的指示就座，熟練地準備啟動機體。

拉緊皮革製的固定帶，調整操縱桿和踏板的位置，接著操作調整輸出的控制桿，好讓休眠中的魔力轉換爐輸出提升到驅動狀態。異狀就是在這時發生的。照理說，轉換爐的震動應該會隨著控制桿的動作傳過來才對，可這次卻完全聽不見進氣裝置從四周吸收以太的呼嘯聲，轉換爐依舊處於休眠狀態。轉換爐啟動失敗──對累積了一定駕駛經驗的艾德加來說，這樣的異常事態還是頭一遭。

就連他也急了，試圖冷靜地重複啟動程序，無奈不管嘗試幾次，結果依然相同，他就是無法催動轉換爐和機體。每重複一次，心中的焦躁愈是節節高升。此時，他總算想起了前提條件──要他來這裡的，就是目前正坐在開啟的胸部裝甲上，臉上露出淘氣笑容的騎士團長。

「……喂，艾爾涅斯帝，你該不會動了什麼手腳吧？」

少年拍起小手，言外之意是表示「你猜對了」。這是上次受到責備的艾爾一點小小的報復。他兀自樂了好一會兒，然後對盤起胳膊瞪著自己的艾德加微微低下頭。

「是的，對不起。請別那麼生氣，我現在就揭曉答案。呃，請看腳下，有一道溝槽對吧？請把剛才給你的短劍刺進去看看。」

艾德加仍帶著不痛快的表情，依艾爾所言將短劍刺入溝槽。當銀劍完全沒入時，發出一種像是什麼東西咬合住的聲音，繼而是某些裝置的啟動聲。不久，從座位下傳來有力的低吟，是熟悉的幻晶騎士心跳聲。魔力轉換爐總算開始提升輸出動力，進入驅動狀態了。

「這震動……太好了，轉換爐發動了啊。剛才明明完全沒動靜……不，等等，是這樣啊，艾爾涅斯帝，這把短劍是『鑰匙』對吧？」

「答對了。我說過了吧？『會準備好不讓幻晶騎士被搶走的機關』。這就是那個成果……命名為『紋章式認證裝置』。」

面對嗤嗤笑著的艾爾，艾德加只能深深嘆氣，同時舉起雙手。

「艾爾涅斯帝……我真的嚇到了。惡作劇沒關係，不過請你做得更溫和一點吧，這對心臟很不好。這是怎樣的結構？難道不管插哪一種劍都能動？」

「怎麼會，如果不用那把短劍，這台加達托亞根本連動都不會動。它雖然是劍的形狀，可是裡面『鑄進』了某個紋章術式。另外，這個溝槽裡也有與之對應的紋章術式。若組合得不正確的話，轉換爐就不會發動，連帶的魔導演算機也不會有反應。」

轉換爐不提供魔力，控制動作的魔導演算機又沒有反應的話，自然無法啟動幻晶騎士。是為防備賊人設計的魔法術式，這與產生魔法的術式不同，單靠推測就想解開它的理論構造是極為困難的。換句話說，只要這把銀劍『鑰匙』不被奪走，就能防止這台加達托亞被搶。

艾德加試著將銀劍拔掉，結果轉換爐再次回到休眠狀態，魔導演算機也完全沒了反應。剛才的惡作劇先不說，這次他是真心感到佩服。

「順便問一下，把鑰匙做成銀劍有什麼含意嗎？」

「刻劃紋章術式需要一定程度的面積，但刻在板子上又沒意思，於是就想時髦一下看看。紋章術式和『銀』的融合效率很好，何況我們又是銀鳳騎士團，我就引用了名稱，使用銀來製作短劍。」

艾德加仔細端詳短劍。確實，要是有了這個裝置，當初在卡札德修至少能阻止其中一個悲劇發生——那架『被奪走的機體』掠過他的腦海。他祈禱似地舉起短劍，然後慎重地收進鞘裡。

『紋章式認證裝置』——這個幻晶騎士的防竊裝置才剛發表不久便瞬間普及開來，並在之後沿襲『使用銀製短劍』的形式當作實際標準。至於『銀色短劍』本身成為騎操士身分的固定代名詞，則是不久之後的事。

◆

被禁止進行他視若生命的魔導噴射推進器的開發，似乎讓艾爾累積了比預期中還多的怨氣。除了持續研究紋章式認證裝置，不久後艾爾便將過剩精力投入各式各樣的裝備研發之中。

話雖如此，就算他的進展再多，沒有製作者也沒辦法實際完成。澤多爾各的完工近在眼前，一些鍛造師的手邊閒了下來，而開始上手的新生們也成為戰力，因此轉而投入這些裝備的開發。這些幻晶騎士的追加裝備被稱為『選擇裝備』。

這麼一來，接下來變忙的就是進行裝備測試的騎操士們了。由於裝上種類繁多的選擇裝備，他們坐上毫無一致性且風格混雜的加達托亞，陸續踏上幻晶騎士用的訓練場，準備進行調校測試。

而艾德加和海薇的身影也在其中。

「艾德加，準備好了嗎？要從正面上囉。」

兩架加達托亞正面對峙，兩機之中，海薇駕駛的加達托亞舉起了劍。雖然只用了單手，卻是教人無法從正面進攻的謹慎姿勢；艾德加駕駛的加達托亞只微微頷首，既不移動，甚至不採取防禦。

海薇機是加達托亞的原型；艾德加的機上則裝了陌生的裝備。追加裝甲覆蓋了從背後到雙肩附近的部位。這是將形狀各異的裝甲板，以類似輔助腕的裝置組成的防禦裝備——可動式追加裝甲的模型機。儘管只是將死板的金屬組裝在一起，卻很適合外觀原本就很粗獷的加達托亞，調和出穩重的氛圍。

「好，隨時可以開始。」

一收到信號，海薇機立即從正面朝艾德加機砍了過去。訓練用的鈍劍來勢洶洶地揮下。面對她瞄準頭部的攻擊，駕駛座上的艾德加先衡量足夠的距離後，才打開操縱桿上增設的開關。

接收啟動命令的可動式追加裝甲迅速變形，伴隨輕微的運轉聲移動到保護頭、肩部的上方位置。海薇機揮下的劍撞到呈傾斜配置的裝甲上，迸出火花的同時從表面滑下。可動式追加裝甲以強化魔法彌補脆弱的可動部位，就算遭受直接攻擊也是不痛不癢，展現出強大的防禦能力。

「幹得不錯嘛。那麼，接下來試試強一點的攻擊。」

「不不，等一下，要先檢查結果……消耗不少魔力啊，因為是模型機……或者是因為這防禦動作是意料之外的魔力大胃王嗎？而且防禦能力本身雖是足夠了，用起來卻不太順手，得告訴艾爾涅斯帝才行……好，久等了，也試試從其他方向攻過來吧。」

結構上，發動強化魔法會加劇防禦的魔力消耗，因此設計時捨棄了長時間阻擋攻擊的功能，轉而以四兩撥千金的方式，使攻擊偏向。所以事先輸入的動作模組，也多是微傾的姿勢。

海薇機使出好幾次猛刺攻擊，結果無一不被架開，打偏了方向。她莫名地興奮起來，不知不覺中開始使出真本事。雖然艾德加機使用了防禦裝備，但這畢竟還是幻晶騎士之間的較勁，一有閃失就會釀成大禍，不過他們倆都不甚在意。海薇『相信』艾德加會巧妙地擋開，而艾德加也回應了她的期待。彼此間的某種信賴關係讓一開始測試裝備所展開的攻擊，逐漸演變成如同模擬戰鬥的對打。

「……總覺得，那邊變得很恐怖呢。」

在進入對戰狀態的那兩架機體不遠處，迪特里希也在進行其他裝備的測試。海薇最近似乎對艾德加愈來愈不客氣了，展現出來的結果似乎就是那樣猛烈的攻擊，事態益加恐怖。他先祝福艾德加一切順利，接著讓紅色幻晶騎士轉向沉默的標靶。

「好，那我也來……！」

瞬間閃現出氣勢，古耶爾順從迪特里希的操縱，像要出拳似地揮出手臂。乍看之下沒有追加什麼裝備，而且更奇怪的是，揮出的拳頭與他瞄準的標靶有段相當長的距離。手臂既然不會突然伸長，自然也打不到標靶，只徒然停留在半空中，實在讓人搞不清楚他剛才的氣勢是怎麼回事。

可是，他並非無緣無故地做出這個動作。當揮出的手臂達到最高速的瞬間，一個『金屬塊』從拳頭下的護腕高速射出，狀似兩個底部合併的圓錐體。不過，速度卻致命性地不足，這樣的攻擊能奏效嗎？

這時，金屬塊後方突然產生一連串壓縮空氣的爆炸，其反作用力讓金屬塊開始加速，接著發出沉重的呼嘯聲刺中標靶，覆蓋簡易金屬罩的標靶喀噠喀噠地搖晃起來。有相當重量的金屬撞擊並不算輕，可見它作為打擊武器也有一定程度的效果。不過，這個武器現在才要發揮它的真正威力。

確認中彈的迪特里希扣下操縱桿上增設的扳機，古耶爾手腕內部追加的『裝置』接收到命令和魔力，便順從本身制定的術式顯現戰術級魔法。仔細一看，金屬塊後方延伸出一條編入金屬線與銀線神經的纜線，連結到護腕內部。這條纜線在傳導魔力的同時，還具有普通金屬的性質，那就是『導電性』。

從手腕內部裝置產生電擊魔法，其威力足以與天雷匹敵。電流通過纜線大量流向標靶，使標靶發熱而噴濺出火花，最後爆裂開來。

這個武器名為『雷電連枷』，是結合了大型化鋼索錨和魔導裝備的最新銳直接電擊武器。

「哇，真夠嚇人的！這武器有夠惡毒，不過我挺喜歡的。」

艾爾提案的雷電連枷，在選擇裝備之中也算與眾不同的類型。它不像可動式追加裝甲或背面武裝那樣的外置裝備，而是內建型的設計。由於魔導兵裝的組成特性，過去從未採用在幻晶騎士內部置入魔導兵裝的結構。刻在銀板上的紋章術式本體不僅缺乏持久性，到了戰術級魔法的層級還會占用相當龐大的空間，總之就是個笨重且脆弱的零件。把這種東西放到機體裡，只能說增加了一個弱點，絕不是作為格鬥兵器的幻晶騎士所追求的。

而且電擊系魔法的術式又比爆炎系更為複雜，這表示紋章術式的規模也更加龐大。說穿了，跟發射出去就會飛向敵人的爆炎比起來，電擊還需要誘導功能的術式。

然而，『雷電連枷』具體解決了問題，也就是應用了鋼索錨。先將金屬製纜線打進目標當成導電體，再誘導電擊，如此便能完全省下術式中與誘導有關的部分，不僅實現了魔導兵裝的小型化，並成功改良為內建型。

話雖如此，這也只有身為格鬥機型且配備了大型裝甲的古耶爾才辦得到的把戲。舉例來說，若是應用在加達托亞上，就需要大規模的換裝作業，實際效益並不高。

「手腕動作還是有點重……不過能隱藏起來，這點讓人愛不釋手呢。」

雷電連枷這種內建型裝備的最大優勢，在於從外表上難以辨別這一點。再者，由於魔導兵裝部位有強韌的護腕裝甲保護，和手持式相比更不易被破壞。在纏鬥中出其不意發動的強力電擊兵裝，算是相當惡毒的裝備。

除了可動式追加裝甲和雷電連枷，他們還設計、測試了更多的選擇裝備，只可惜多數以失敗告終。但是，他們藉由自我檢討並不斷進行改良，使得這些裝備的完成度穩定提升。

於是在這段期間，一些裝上了各式古怪裝備的加達托亞，開始在萊西亞拉學園市附近頻繁出沒。

◆

「好——要開始例行檢查嘍。首先是動作確認……一號爐、二號爐輸出穩定。輸出分配的刻度……看這度數還在安全範圍內吧。」

奇德熟練地逐一確認駕駛座上的儀表。期間，魔力轉換爐發出的低吟充滿了整個駕駛艙，聲音從原來的細不可聞慢慢變大，一度響亮到足以撼動空間，接著又沉靜下來，維持在一個穩定的程度。

「魔導演算機應答完成──！結晶肌肉的張力也沒問題……好，小澤，張開眼睛──!!」

接著是亞蒂朝氣蓬勃的喊聲，而駕駛座前方的牆壁開始發出耀眼光芒。不對，耀眼只是錯覺，是因為他們的眼睛習慣了直到上一秒為止的黑暗。那面牆──幻象投影機上顯現出澤多爾各的眼球水晶捕捉到的光景──像往常一樣在遠處圍觀的鍛造師們，以及為了以防萬一正在待機的加達托亞部隊。

澤多爾各曾有過因為魔力供給不足而無法順利運作的時期。對此，他們提出了搭載複數的魔力轉換爐這樣史無前例的解決方法。工程的規模相當浩大，不過在鍛造師們的努力之下，終於順利完成了改造。

最近，奇德和亞蒂又開始了動作測試的每一天。

「今天要再增加一點速度跑跑看對吧？呵呵，小澤也差不多該拿出真本事囉！」

「聽說只要這個順利達成，接下來就是檢查細節了。那麼，拜託妳了。」

亞蒂再度握緊操縱桿，慢慢加強踩在踏板上的力量，隨即讓澤多爾各站了起來。兩具魔力轉換爐猛烈地反覆進氣、排氣；全身裝甲互相摩擦，響起一陣鏗鏘的噪音。馬從靜坐在地的姿勢起身，同時發出結晶肌肉收縮的尖銳聲響。像是在沉重地擊打地面的腳步一步、兩步地踏穩，撐起巨大軀體。它的動作強勁有力，完全沒有不穩定的跡象。固定機體的鎖鍊鏘鎯鏘鎯地解開，將這隻龐然大物從束縛中解放出來。

兩人的操作很穩定。他們運用艾爾親自傳授的直接控制，並藉助特製的魔導演算機，使人馬騎士完全臣服於他們之下。這極為異常的人馬型機體，加上前所未見的雙座駕駛方法，換成『一般的』騎操士，八成沒辦法這麼輕易上手吧。唯有這組特例——應該感謝兩人對既有的幻晶騎士沒有任何概念所賜。

站起來的澤多爾各稍微動了動身體，像是在確認情況，檢查完成，確認一切正常後便緩緩邁開步伐。這架機體擁有超過一般機體一倍以上的重量，腳步的沉重度自是非比尋常，大地隨著它的每一步搖晃。它就這麼在眾人的注目下走向工房出口。

終於，它的身影躍入陽光下。

未經塗裝的暗鐵色外殼，額上突出的獨角在陽光下反射出燦爛光芒。那人馬合一的形象就有如將「雄偉矯健」這個詞實體化一般。

可是，感人的和平時光也只到此為止，從澤多爾各的擴聲器中突然流出危險的笑聲，讓所有聽到的人腦中掠過某種不祥的想像，而就像要印證他們的預測一般，澤多爾各的後腳開始刨挖地面，就像一匹眼看就要起跑的馬。

「嗯呵呵呵，全速前進——!!」

「嗚哇喂混帳!!妳好歹也考慮一下地點注意四周之類的嗚喔喔啊啊啊全員避難——!!」

雙胞胎對幻晶騎士沒有概念確實是優點，但就結果而言，沒有概念也絕不代表全是好事。

他們毫不猶豫地『從工房』全力狂奔而出。在大吃一驚的鍛造師們慌忙走避時，澤多爾各便如同真正的馬一般跑了起來，拋下目瞪口呆的團員，以迅雷不及掩耳之姿揚長而去。

「很危險欸！混帳東西!!啊啊，可惡，那兩個小鬼果然是少年的朋友!!全都一個樣子！」

「嗯嗯，全速奔跑在動作上也沒什麼問題。做得很好。」

「喂，艾爾，我覺得現在該關注的不是這個欸——」

瞄了一眼大小矮人族仰望天空的姿勢，澤多爾各一口氣衝刺到學園市外。

裝備著感覺不到疲累的結晶肌肉與供給龐大魔力的雙發轉換爐，澤多爾各毫不減速地不停奔跑著，周遭景色如風般向後掠過的光景，令兩人掩飾不住興奮的神情。

「好厲害好厲害！小澤好快！」

「哈哈！真痛快！太強了，澤多爾各!!好，就這樣在森林跑一圈吧!!」

「贊成!!」

如此盡情奔馳之後歸來的奇德和亞蒂，被老大的鐵拳伺候了一頓。

第二十二話　展示新型機

西方曆一二七八年，季節迎來秋天。

自日出後不久，一列馬車出現在朝霧朦朧的西弗雷梅維拉大道上。

這列商隊多數是滿載貨物的運送用貨車，周圍還可見到巨大的人影。他們是在弗雷梅維拉王國活動的商人與其護衛戰力——『商騎士團』。在弗雷梅維拉王國，即使是商人，也需要幻晶騎士的護衛。也因此，那帶著多名幻晶騎士往來各地，有如騎士團一般的光景便有了『商騎士團』這樣的俗稱。

基本上，所謂的商人都是非常早起且精力充沛的。這是基於他們行動愈是迅速，就愈有更充裕的時間做更多生意此一信念所致。這一點就算在這個早晚常有濃霧的季節也不改變。

「……什麼……？有東西，快停下來！」

當商騎士團在濃霧瀰漫的街道上緩步前行時——

走在最前方的護衛幻晶騎士冷不防高聲提出警告。

商隊遵從他的指示迅速停下。這些聘來作為護衛的騎操士通常擅於感知風吹草動，他們察覺有異狀，那肯定是有什麼不尋常的事發生了。

護衛機上的騎操士不敢大意，機體手臂伸向腰間配劍，因為他們視野太過模糊，取而代之的是豎起耳朵仔細傾聽。

商騎士團的停止讓周遭一下子陷入寂靜。這時，從遠方傳來某種東西發出的聲音。

護衛機上的騎操士微微蹙眉。

他的耳朵判斷那是馬蹄聲，但奇妙的是，從距離來看，那聲音未免也太大了。簡直像『巨大無比，且體重出奇沉重的馬』在奔跑一般。

不久，從霧中隱約可見龐然大物移動的身影。

某個東西發出陣陣像是馬蹄的轟然巨響奔跑著。光從影子無從判斷它的真面目，但護衛們仍將其暫時定位成魔獸，拔劍準備作戰。他們護住身後的馬車，迂迴繞行著，努力思考如何脫身。也難怪他們如此判斷，畢竟從霧裡浮現的影子大得足以與幻晶騎士匹敵。即使不瞭解這種『類似馬的某種東西』，但覺得敵人肯定是『決鬥級魔獸』。

就在護衛機上前，打算爭取時間讓馬車掉頭時，魔獸大概也注意到他們的存在了。牠發出巨響放慢速度，然後彷彿與他們對峙似地停下腳步。

護衛機的騎操士們緊張得嚥了嚥口水。即使在朦朧的霧中，也能看出對方的外型像匹馬，再想到牠的動作想必相當敏捷，很可能會甩開護衛機先去攻擊馬車。

然而，這份緊張感並沒有持續很久。正以為那隻魔獸打算僵持不下時，牠卻乾脆地轉過身

「咻咻——！」

魔獸拋下目瞪口呆的護衛們，留下一陣尖銳又嬌滴滴的嘶鳴揚長而去。總覺得有種莫名其妙被擺了一道的心情。即使如此，他們仍不敢鬆一口氣，護衛不敢大意地持續警戒著。直到完全聽不見馬蹄聲為止，他們才重新上路，趕往下一個城鎮。

——

以這起事件為始，陸續有人在西弗雷梅維拉大道上遇見神秘魔獸。隨著次數增加，關於那隻像馬的奇妙魔獸的謠言也迅速在沿路城鎮上傳開了，就連銀鳳騎士團所在的萊西亞拉學園市也不例外。

「最近到處都聽得到那個謠言呢，說有隻像馬的神秘魔獸出現了。」

「嗯，我們變成名人了！」

「不對，等一下，他們不知道是『我們』，所以不算出名吧？」

「是嗎？不是差不多？」

三名少年、少女隱身於蓊鬱的森林裡，其中兩人搖曳著黑髮大聲鬥嘴，而另一名矮了一截的人影起身制止，一頭銀紫色頭髮在風中飄揚。

「怎麼說呢……總之現在時機正好，『這個』試完了，而且也無法再瞞下去了，準備收尾吧。」

他們站的地方既不是地面，也不是樹上，而是將巨大身軀塞進林木間的金屬塊上。依固定流程製作的鎧甲，它的巨大顯示了它幻晶騎士的身分。尤其它的體積超過一般幻晶騎士，更怪的是，下半身居然是馬的形狀。簡言之，他們腳下踩的正是『大道魔獸』的真面目。

「終於要做了嗎？」

「對，為了執行陛下的命令……去讓他們嚇破膽吧。」

之後，盛極一時的『大道魔獸』謠言有如退潮般逐漸平息。人們不再為之議論紛紛。等到這個謠言捲土重來，又是呈現另一個完全不同的形式了。

來歷不明的魔獸謠言在西弗雷梅維拉大道一帶傳得沸沸揚揚，同一時期，王都坎庫寧以南的『要塞都市杜佛爾』則靜靜地籠罩在熱氣中。杜佛爾不愧是國內的幻晶騎士開發大本營——國立機操開發研究工房的根據地，市內存在許多幻晶騎士的相關設施。

開發工房區合計設有三區，廣大倉庫區則貯藏了從開發到製造所需材料，此外還有用作幻晶騎士動作測試的訓練場等。訓練場的規模更號稱是國內數一數二。而現在，十幾架幻晶騎士正佇立在場上，它們就是那些熱氣的來源，也可說是這個都市存在意義的象徵。

訓練場算是比較正統的石造建築——一個四面同樣由石牆包圍的長方形空間，牆上有一些座位，旁邊還附設了符合需求的鍛造場。機種統一的幻晶騎士們就這麼坐鎮於訓練場中央。由結晶與金屬構成的巨人們各自維持單膝跪地的姿勢，沉默地等待主人的命令。

建造的機體多半不講究裝飾外形，這大概要算是這個國家的風氣。它們沒什麼明顯特徵，堅持以持久度優先的堅固構造，醞釀出一種近似加達托亞的氛圍。只不過，整體來看又與加達托亞有明顯不同之處。鎧甲形狀更加光滑流暢，接縫和分割部分也看得出下了苦功，給人一種俐落、洗鍊的印象。也難怪看起來覺得相似，畢竟是以加達托亞為原型，並採用特列斯塔爾的技術做成的次世代制式量產機——這些便是先行模型機『加達托亞・達修』。

國機研的第一開發工房長蓋斯卡・約翰森百感交集地望著一字排開的加達托亞・達修。它們看上去像是加達托亞的親戚，不過內容物幾乎可說是天差地遠。除了沿用部分金屬骨架，其他都是新造的。可以沿用的部位頂多兩成，這也清楚顯示他們國機研的鍛造師們經歷了多少變遷與苦難才走到這一步。

加達托亞・達修繼承了特列斯塔爾的所有新機能——也就是繩索型結晶肌肉、魔力儲存式裝甲，以及背面武裝。

當然，它不只搭載了新功能。不光是把全身的肌肉換成繩索型結晶肌肉這麼簡單，而是仔細調整了位置與份量。蓋斯卡等人發現肌肉輸出動力的提升雖然會增強攻擊力，但同時也會對操縱性能帶來負面影響。簡單來說，特列斯塔爾的動力太強，才會導致操縱容易失控的問題。因此他們減少了肌肉份量，使達修機的動力維持在比既有機體高上三成左右的程度。

既然肌肉減少，機體也就多少空出了一些容量。他們以魔力儲存式裝甲取代了大半機體裝甲來填補，進一步改善了特列斯塔爾時期懸而未決的魔力消耗與儲蓄量問題。

不僅如此，抑制輸出的肌肉組成在國機研鍛造師們幾乎可謂執念的不斷調整下，達修機的操縱性能更是有了戲劇性的進步。

如今，達修機終於擺脫新型機揮之不去的『悍馬』惡名，成長為類似加達托亞的溫馴機體，大幅改善了過去特列斯塔爾存在的大部分缺點。

按部就班進行作業的蓋斯卡和鍛造師們，直到最後都有個地方讓他們傷透了腦筋。令人意外的是，那是在特列斯塔爾時期已達到完成階段的背面武裝。

說穿了，至今的要素都著重於強化既有的幻晶騎士，但背面武裝不同。這種裝備既與眾不同且神秘，又因為已臻完備而讓人無從下手改造。原本光是為了解析『艾爾涅斯帝出品』的魔導演算機就一個頭兩個大了，他們唯一能做的，就只有哭著直接複製而已。達修背上裝著兩支魔導兵裝──『火焰騎槍』，其結構和動作控制都是模仿特列斯塔爾，也是讓鍛造師們稍嫌不滿的部分──最後一點小小的不滿。總之火焰騎槍流暢地動作，達到成功量產的目標。

強大動力、強化過的裝甲、各式最新技術，以及可說是弗雷梅維拉王國特色的溫馴性能，加達托亞・達修真可說是國立機操開發研究工房技術之集大成，甫一公開便讓包含第一開發工房在內的許多人深感滿足與自信，就連公認心胸狹窄的蓋斯卡都是一副雀躍不已的樣子，其他人就不用多說了吧。

若是現在的加達托亞・達修，肯定能採用為次世代量產機。能親眼見證時隔一百年的新型機誕生，對所有鍛造師而言都是至高無上的榮譽。他們毫不懷疑達修今後的活躍，以及國機研的大好前景。

在某幢遠離開發工房的建築物裡，有個人影正眺望著訓練場上的加達托亞・達修。他是國機研的所長歐法・布洛姆達爾。

室內還有另一人。不曉得是因為歐法緘口不語，抑或是來者靜默等待的緣故，這裡的氣氛不同於激動狂熱的訓練場上，顯得遙遠而寂靜。歐法放下窗簾，縮著肩膀坐到房裡那張氣派的桌子後方。

「這樣的好日子，應該一起慶祝才是。」

「『衛使』閣下不參加嗎？」

「不了，那樣的喧囂對我們的『耳朵』太過嚴酷。何況一直蓋著偽裝也太辛苦了。」

交談的期間，另一人靜靜地佇立在房間的正中央。他們的氣質有些相似，可能是因為五官，也可能是因為兩者相同的細緻金髮給人這種印象——再不然就是那對長耳朵了。看上去能收集聲波的耳朵，在那樣嘈雜的環境中一定很辛苦。

「好，既然知道了我們對手的近況，就不能再這樣悠哉下去了。我好歹也是這個組織的最高長官。」

另一名男性頭一次表露明顯情緒，那是困惑。

「衛使閣下當真認為這個……謠傳的『大道魔獸』是那個嗎？」

「我明白你的困惑，可以的話我也很想懷疑，但在這時期『以萊西亞拉為中心』傳出來歷不明的魔獸謠言……想教人不懷疑都難。」

歐法細長的眼睛同樣乘載著滿滿的困惑，苦笑著這麼說。

「從朱兔騎士團把加達托亞送進萊西亞拉，已經過了一段相當長的時間。新型機的原型……是叫特列斯塔爾嗎？我不認為製作者到現在都沒有任何動作。哎，如果謠言屬實，那他們真的是做了很可怕的東西。」

一股難以形容的感覺爬上歐法的背脊。光是從至今為止搜集到的情報，就能知道這個騎士團的一切有多麼違反常理了，由『大道魔獸』的真面目便足以印證這一點。

「既然如此，我想沒有必要按兵不動了。先下手為強不是比較好嗎？」

歐法像是要趕走如影隨形的惡寒，搖頭否認男子的疑問。

「不，我們什麼都不會做。對了，之後也請你別忘了繼續收集情報。」

「這樣好嗎？當初那麼懷疑，現在卻什麼都不做。」

「就因為『當初那麼懷疑』啊。雖然我不是騎士，但身為服侍陛下的一員，妨礙陛下找樂子就叫做不識趣。只不過有點對不起蓋斯卡就是了。」

他煩惱片刻，接著拍手道：

「對了，好，可以幫我準備啟動『阿爾馮斯』嗎？」

「啊，阿爾馮斯是嗎？意思是，您打算和他們戰一場？」

「是為了慎重起見。他們似乎比我們快了好幾步。既然追不上的部分再怎麼掙扎也沒用，就用這個來彌補吧。」

「……我明白了。」

男子行了一禮，安靜地退出房間。歐法在自己的桌上沉思了好一會兒，然後像是下定某種決心，心不甘情不願地站起來。

「好吧，再不露個臉，大概又要說我懶得出門了。有立場要顧的人真辛苦。」

他拿下掛在旁邊的頭巾，纏繞在大半頭部上遮住耳朵。準備好了以後，才踏著厭煩的沉重腳步走向工房。

◆

事情的起因，是一封來自國王的命令。

「『朕想確認報告書上的新型機性能，因此將於王都坎庫寧舉辦非公開的展示會，日程如下……』」

國機研的人們聽到這消息，自然是得意洋洋地答應下來。加達托亞・達修的性能優於過去的制式量產機。雖然很難單純地做比較，但綜合攻守方面的數據來看，他們有把握達修機能發揮高出一倍的性能。事實上這也並非誇大其辭。達修機有應對大部分難題的能力，要戰鬥也不成問題。儘管應該不至於跟騎士團長專用機對上，不過真要打起來，如果雙方數量相當的話，達修機還是有足夠的勝算。

他們帶著成功的把握，送出了一個中隊（十架）的加達托亞・達修。

王都坎庫寧。

這個城市利用歐比涅山地的和緩斜坡形成天然屏障，留有濃厚的要塞風格。守護這座都市的騎士團被稱為『近衛騎士團』。他們是保護城市的騎士團之一，卻被視為國王直屬的特例。

在坎庫寧，設有他們專用的設備，郊外的演習場也是其中之一，國機研試做的幻晶騎士部隊便是朝著那裡前進。

演習場中央是一塊平整的地面，四周圍繞著觀眾席，呈現碗狀。其中一角特別高的是貴賓席，上頭可以見到國王安布羅斯的身影。由於是非公開的展示，在場人數並不多，喬基姆・塞拉帝侯爵與克努特・迪斯寇德公爵也在座。

「國機研做的新型機是嗎……」

「是啊，聽說是以那個模型機為基礎做出來的。詳情接下來就會知道，不過光是聽個大概，也知道性能遠遠超越加達托亞了。」

他們望著陸續進入演習場的陌生機體。

加達托亞・達修的動作流暢，感覺不到一絲僵硬。看過動不動就失控的特列斯塔爾後，可知這是相當大的進步。喬基姆大方地對國機研給予讚賞。

在他們四周，觀眾們紛紛對新型機展開熱烈討論。就算只有事先聽說的性能，也足夠挑起他們的興趣了。

「哦……這就是新型啊。以加達托亞為基礎，同時擁有如卡迪亞利亞一般的強大外形。再看看那背上的魔導兵裝！據說不必手持就能發射？」

「不只如此，聽說還和朱兔騎士團那個力量巨大的『海曼沃特』不分高下。」

「噢！那一位在我國也以力量強大著稱……真是後生可畏。」

沸騰的觀眾席完全沒有平息下來的跡象。喬基姆環視那些臉孔，忽然發現其中沒有某個應該在場的人物。

「迪斯寇德公爵，『他們』為什麼不在這裡？歸根究柢，他們好歹也為新型機出了一份力，我不認為陛下會忘了……」

喬基姆不得不中斷話頭，因為隔壁的克努特突然按住前額，抬頭望天。他發揮強大的自制力，苦澀地勉強擠出回答：

「……這點你很快就會知道。」

光憑這句話，喬基姆便有十足把握接下來不會發生什麼好事。

弗雷梅維拉王國國王安布羅斯・塔哈沃・弗雷梅維拉，從貴賓席中央俯視演習場上並列的幻晶騎士。

「……成果便是如此。您覺得怎麼樣，陛下？我國著名的制式量產機——加達托亞的新姿態。加達托亞・達修和以往的機型比起來，在各方面都略勝一籌。能做出如此優秀的成果，我國立機操開發研究工房所有人員皆以此為榮。」

「嗯，不愧是我國騎操鍛造師的最高峰，不負第一把交椅之名，做得好。」

聽完隨侍一旁的國機研所長歐法．布洛姆達爾的一番解說，安布羅斯露出笑容。他身後的蓋斯卡卻是聽得膽戰心驚。

「莫怪汝等這麼有自信。那麼，這次展示，朕還找來了足以讓它們好好表現的『對手』。」

安布羅斯發出意味深長的低笑，而歐法只能回以苦笑。先不提早就調查清楚的歐法，其他人聽到安布羅斯這麼說，頂多只會認為是要讓近衛騎士團跟他們來場模擬戰。

「對了，汝等做出那個的原型，是來自於學生的機體吧？想不想見見那些製作者們？」

周遭的人們開始感到疑惑，事態的發展似乎變得有些詭譎。他們思考著，或許是雙方對話牛頭不對馬嘴。陛下這番話簡直像在說對手是——

「那位的意思似乎是要來場比賽，讓不同背景的人才帶上各自的作品，互相切磋。」

從某處傳來陣陣馬蹄聲，那是蹄鐵踩踏大地的聲音。不過，那音量就一般的馬而言未免太沉重、太響亮了。

「把門打開！『他們』很快就會到了！曾為新型機打下基礎之人，奉朕的命令成立新騎士團的人們啊！」

近衛騎士團的卡迪亞利亞有了動作，將演習場大門敞開。巨大的門寬得足以容納五架幻晶騎士並列行走，而在對面能看見某個東西揚起煙塵猛衝過來。不間斷的馬蹄聲根本沒打算停下。眾人屏氣凝神，注視著門對面究竟會出現什麼東西。

安布羅斯舉起手，高聲宣布他們的名字。

「來吧……銀鳳騎士團！」

『那個』現身的瞬間，全場驚叫的和聲撼動了大地。

「什麼……!!那、那是什麼東西!?」

觀眾席、待機工房等在場的所有人皆驚叫出聲並站了起來。至於站不起來的人，只是因為嚇得雙腿發軟而已。

『那個』威風凜凜地帶著一連串驚天動地的轟鳴與漫天煙塵穿過大門。奪走眾人目光的『那個』既是人，也是馬，是一匹比得上決鬥級魔獸的巨馬。軀幹位置有幻晶騎士的肩膀那麼高，底下支撐的粗壯四肢像是蘊含了無限力量。現在，那重量相當驚人的巨大身軀正踏著節奏輕快的轟鳴聲前進。最讓在場觀眾驚奇不已的，就是原本該是馬頭的部位居然長出了『人型的上半身』。

將人與馬結合的異形產物。理應只存在於神話中，不同於魔獸的新種『魔物』。

因震驚過度而停止了思考的他們也終於恢復冷靜，同時理解它的真面目。覆蓋人馬騎士的鋼鐵鎧甲、額上突出的獨角，以及鎧甲組成的優美造型，在在顯示出它絕非天然產物，而是人力創造出來的藝術品。右手持有長斧槍，另一手則拿著上下較長，前端尖銳的奇怪盾牌。人們一時無法相信眼前光景，最後得到一個結論——

那是人造的產物。

居然和幻晶騎士一樣，是『人造的巨人』。

一股不同以往的戰慄竄過背脊，他們接著注意到人馬騎士拖曳著某個東西。那不明物體隱沒在煙塵中，是做工堅固，由鋼筋與木材組成的貨車，上面還載著用布料覆蓋的巨大物體。

足以媲美決鬥級魔獸的巨大人馬騎士拖著的貨物。所有人幾乎是同時產生同樣的聯想——那果然是幻晶騎士吧。

「呵呵，呵哈哈哈哈……好樣的，艾爾涅斯帝！這才是朕看上的人才！真是出乎意料，居然做到這種程度！有趣、真是太有趣了!!」

將眾人拉回現實的，是王朗聲大笑的聲音。他們這才想起國王最初的發言——新型機的創始者，新成立的騎士團——銀鳳騎士團的存在。他們知道，這已經不是國機研推出新型機的等級能比擬——就在今天，歷史將會改變。

觀眾席上的驚呼聲此起彼落，駕駛人馬騎士『澤多爾各』的奇德和亞蒂是一概不知。他們循著既定的程序，著手進行抵達之後的作業。

「卸下貨車吧，先讓連結處進入緩衝狀態。」

「動作術式進入最終階段！收起牽引索，保持距離剎車!!」

遠處的觀眾或許看不清楚，現在澤多爾各分開了與貨車連結的四條纜繩，收回本體裡。貨車的剎車接著啟動，速度隨即慢了下來。車輪附近迸發出火花，摩擦產生的尖銳噪音響徹四周。同時，與輔助腕搭在一起的連結處逐漸展開，緩緩拉開澤多爾各和貨車的距離。馬車開始減速，落在澤多爾各的後面，將其連結處拉伸到長度的極限。

「距離ＯＫ，最後分離！」

連結處的結構正好與輔助腕相同。前端的固定部分一一脫離澤多爾各，並在最後的命令下折疊收起，回到貨車旁。仍維持鎖定的剎車裝置讓貨車慢下來，在一片煙塵中很快停住了。

原本紋風不動的『貨物們』便是在停車後不久有了動靜。固定貨物的鋼索輕輕發出噹噹聲彈開，徹底恢復自由之身的貨物——巨人們從跪立的姿勢伸展開來站起身。

鮮豔的緋紅色鎧甲沐浴在日光下，如斗篷般掀開為了防塵而覆上的布罩。這架裝飾華麗的機體看起來很陌生，背上有著狀似寬刃短劍的魔導兵裝，腰上配戴四把劍。在它身後站起來的則是一身耀眼純白裝甲的機體，外表怎麼看都像試作機型，既不對稱又粗糙，但結實的體格想必伴隨著極大的輸出動力。至於最後一架，它和方才提到的純白機體是同型機，卻連塗漆也沒有，呈現出原本的鋼鐵色澤。要說哪裡不一樣，頂多只有雙肩上朝向外側、以階梯式疊起多層裝甲的大型鎧甲了。

三架幻晶騎士從貨車上站起來的同時，澤多爾各繞了個大圈放慢速度。同時，那架純鋼色機體走向前，迎接踏著步伐歸來的澤多爾各。

演習場在不知不覺間變得鴉雀無聲，靜得連根針掉在地上都聽得見，氣氛益發緊繃。所有人的目光皆集中在人馬騎士和那三架並列的騎士上。

三架騎士來到貴賓席前方，然後採取待機姿勢，屈膝跪下。從開啟的胸部裝甲中現身的，是名年紀尚輕、頂多算是青年的騎操士；駕駛鋼色騎士的則是還帶有一絲年幼氣息的少年。觀眾席上的眾人只能僵在位子上，已經不曉得該如何反應了。一片寂靜中，一道壓縮空氣的噴發聲尖銳地響起。只見屈膝跪下的人馬騎士也打開了駕駛艙。與其說腰，更像人型部位連接處的稍後方，相當於馬背處的裝甲大大敞開，從裡面出來的又是一對年輕的少年少女，而且不知為何有兩人。

確認所有人都到齊了，駕駛鋼色騎士的少年便代表全員向前，優美地行了個騎士禮。

「奉陛下之命，銀鳳騎士團長艾爾涅斯帝・埃切貝里亞，同第一中隊長艾德加・C・布蘭雪、第二中隊長迪特里希・庫尼茲，以及最新銳的人馬騎士澤多爾各集結在此。」

銀紫色頭髮飄揚，艾爾抬起頭，露出滿臉笑容。怎麼看都像是個得意地炫耀玩具的孩子。雖說他外表上幾乎就是個孩子沒錯。

「辛苦了，艾爾涅斯帝。朕看了就知道，你又帶了很多有趣的玩意兒過來啊。朕要仔細問問，這些又是什麼東西。」

見兩人發出不祥的呵呵笑聲，周圍的人們臉上都是一副難以形容的表情。這與立場完全無關，只是在場沒有任何人能插嘴干涉這兩人的對話罷了。

◆

結合了人與馬的異形機體在燦然日光下反射出光芒，傲然地在演習場上奔馳。質量巨大的鐵蹄敲響大地，每一步皆有如雷鳴，震動了觀眾席上眾人的耳膜。人們忘了眨眼，只目不轉睛地凝視著雖屬人類操縱的最強、最大兵器幻晶騎士，卻與人型相距甚遠的人馬騎士——澤多爾各。

關注澤多爾各的自然不只觀眾們。站在同一座演習場上的加達托亞・達修的騎操士們也瞪著澤多爾各，興味盎然地研究起來。

「看啊，茲瓦，真不得了，馬形的幻晶騎士欸。」

「難怪『衛使』閣下把我們找來……『徒人』也不容小覷呢。」

「說的沒錯，但衛使閣下被擺了一道嗎？這別說是我們的新型機發表會，簡直像對方的舞台嘛。」

聽見身旁機體發出呵呵的訕笑聲，他也盤起胳膊，瞪著幻像投影機上的人馬騎士。

「很難說……會把我們找來表示不只是被擺了一道吧。重要的是，最好趁現在開始思考怎麼對付那玩意兒，不是嗎？」

「還以為抽到下下籤了，但不知為什麼呢……好像愈來愈有意思了。」

加達托亞・達修的眼球水晶熠熠生輝，只顧著拚命地形成影像，不放過人馬騎士的任何一舉一動。騎操士們彷彿已遠離喧鬧的觀眾席。該關注的是敵人姿態，該知道的是敵人動靜。這場戰鬥悄無聲息，卻又確實地揭開了序幕。

亂哄哄的觀眾席無從知曉騎操士們的緊張。在場來賓多是王公貴族，他們的好奇心全集中在演習場上那架一枝獨秀的異形機體上，當然還有做出那隻怪物的銀鳳騎士團。儘管有名為國機研的組織存在，卻還是成立了新集團——國王的意向才是這群人關注的焦點。

一般騎士團或許不會令他們如此好奇。大約在一年前，曾發生過來自外部的大規模攻擊，這件事他們也有所耳聞。如果是為了避免重蹈覆轍，增加一、兩個騎士團也不足為奇。不過，銀鳳騎士團卻不能以常理論之。

襲擊者、新型機，還有新的騎士團。他們身處於這些片段組成的龐大遊戲裡。那麼，下一張牌會顯示出什麼？主導權掌握在他們的王手中，因此他們側耳傾聽，不敢錯過任何動向。

震驚的情緒有如激烈雷陣雨，來得快，去得也快，只餘寂靜和冰涼的空氣。這並非漠不關心，而是因為眾人即使滿心好奇，卻又不能當面質問『國王』，只好保持沉默，飄盪在貴賓席中的便是這般獨特的氣氛。安布羅斯微笑著眺望奔跑的澤多爾各，而後突然將視線轉向身旁的歐法。

「朕瞧你不怎麼驚訝啊。」

「絕無此事。臣雖早已聽聞萊西亞拉附近有可怕的魔獸出沒，卻沒料到那居然是新型的幻晶騎士。此情此景確實令臣感到驚恐萬分啊。」

歐法瞇起的小眼睛裡瞬間掠過複雜色彩，卻又在旁人察覺以前很快地消失了。他恢復平日的惺惺作態垂下頭，那不為所動的態度在這樣混濁躁動的氛圍中反倒顯得突兀，甚至可以說異常。

「你的消息還是一樣靈通。『阿爾馮斯』都帶來了嗎？」

安布羅斯沉聲問道。歐法只用眼神回答，輕輕點頭。

「新型機也是如此，朕很想趁這機會試試『他們』有多少能耐。可別以為他們只是乳臭未乾的小鬼，好歹也經歷過不少大風大浪。」

這番幾乎像說給自己聽的低語，甚至不曉得有沒有傳到近在一旁的歐法耳裡。如果他的

『耳朵』不是那種模樣，或許就會漏聽了吧。

「朕認為，這樣的對手對你們來說正合適。做得好，舞台似乎都準備好了。」

「這是臣的榮幸。」

歐法這回深深低下頭。

「在那之前，得解釋他們的來歷才行啊……」

安布羅斯的低語沒有針對任何人。不久，從貴賓席門口傳來一陣敲門聲，宣告銀鳳騎士團的到來。房裡一下子充滿壓抑的氣息，所有人的視線一齊集中到門板上。

經常上油的門扉平緩地打開，沒發出任何一絲摩擦聲。柔軟的地毯在來者的腳步下微微凹陷。方才報上名號的銀鳳騎士團——騎士團長艾爾涅斯帝·埃切貝里亞、第一中隊長艾德加·C·布蘭雪，以及第二中隊長迪特里希·庫尼茲到場了。

列席的貴族們將幾乎脫口而出的呻吟勉強吞了回去。平時在這種場合，他們早就開始從外表開始品頭論足了。走在兩旁的年輕人——艾德加和迪特里希還好說，從裝備與經過鍛鍊的體格上來看，的確是優秀的騎士，但也看不出他們擁有超乎一般騎操士的價值。

問題在於他們的長官艾爾涅斯帝身上。第一印象是『年幼、矮小』，銀紫色的中長髮隨著每一次步伐輕輕搖曳，少女般的端整容貌與嬌小身材很相襯。就算介紹他是哪戶人家的千金小姐，也幾乎讓人信以為真，而這居然是國王直屬的騎士團長，真是最惡劣的玩笑了。在場沒有任何一個人具有能拔擢他的優秀眼光。

即使沐浴在沉重得幾乎將人壓倒的視線中，也不見他有退縮的模樣。那雙黑白分明的大眼反而直勾勾地看向國王，眼底蘊含著堅定意志。

「臣依陛下吩咐，將最新銳模型機『澤多爾各』，以及搭載選擇裝備的加達托亞貝斯・特列斯塔爾帶來了。」

「辛苦了。」

對話的內容更進一步激起了旁人的好奇心。他說的『澤多爾各』八成是指剛才的人馬騎士吧，那是挺教人感興趣沒錯，不過另一個名詞『選擇裝備』究竟是什麼？他還藏著什麼沒秀出來嗎——可以說，他們這時已經完全中了國王的圈套了。國機研亮出底牌，然而對方卻還留了一手。場面的主導權在誰手上，這點顯而易見。

安布羅斯對周圍的興奮與困惑是瞭若指掌，他自己也沒把握是否能好好隱藏住嘴角的笑意。王再也忍不住惡作劇的心，欣喜之情幾乎要撐破胸口。接下來是『答案揭曉』的時間，同時也將決定國機研與銀鳳騎士團往後的立場。這麼大張旗鼓的炫耀並不是想惡作劇——不，大概也有那麼一點想做——但這些終究是為了之後的討論作布局。現況已經呈現一面倒的局勢。

「諸位，這孩子就是艾爾涅斯帝・埃切貝里亞……既是萊西亞拉騎操士學園長勞里之孫，亦是新型機，以及人馬騎士的設計者。而今，朕命他擔任銀鳳騎士團長。」

原本該是這樣的——

「……你、就是你這樣的孩子設計了那個嗎……!!」

——直到這個男人插嘴打斷國王發言為止。

國機研第一開發工房長——蓋斯卡・約翰森粗暴地抓亂摻雜了白髮的頭髮，睜大布滿血絲的眼走上前。一眼便能看出他的精神狀態很不穩定，這點從他膽敢打斷頂頭上司——國王說話這點看來，也是一目瞭然。

「不對……不對吧!!那、那種東西一般不可能動起來。一定、一定有什麼內幕，有人告訴你的嗎？不，是某人做出來的吧!?不對，不可能做出來。什麼？那又是怎麼回事……!?」

他眼裡已經看不見周遭狀況，嘴裡一陣碎唸，一邊朝艾爾不斷逼近。親眼見到他如此失態，安布羅斯難得露出困惑的神情。

（噢，藥下得太猛烈了嗎……本想讓他產生對抗意識就好了。）

安布羅斯煩惱片刻，不曉得出聲制止是否有用，但看到蓋斯卡徹底陷入混亂的模樣，又覺得這樣下去無法溝通，索性放棄。正欲下令命人制伏他時，卻和欲言又止的艾爾對上視線。好奇的安布羅斯闔上張到一半的嘴巴，同樣只用眼神表示允許。

艾爾轉身，面對喊著些言不及義的話、胡亂嚷嚷的蓋斯卡。在他兩旁，艾德加和迪特里希繃緊全身神經，就怕出了什麼萬一。就算矮人族再怎麼以力量見長，依然敵不過現役的兩名騎操士。

「澤多爾各搭載了兩具魔力轉換爐。」

兩人之間的距離伸手可及，艾爾這句低語確實傳進了蓋斯卡耳裡。他「咕！」地吐出意義不明的一聲，僵在原地停止了動作。與此同時，歐法也罕見地睜大眼，流露出吃驚的神情。隔了一拍之後，周遭的人們才明白艾爾這句話的意思，驚訝的情緒隨即有如漣漪般渲染開來。

「您知道這是為什麼嗎？」

艾爾微偏著頭問，臉上綻開笑容。相對的，蓋斯卡仍維持著愚蠢的姿勢杵在原地，好一會兒後才恢復過來。

「那、那是……這、這樣啊，過於巨大，只有一個爐的話撐不了……做到那個程度才……」

蓋斯卡喃喃自語著，理性的光芒總算回到他眼中。回答問題，需要的正是『理論』。不論看上去如何奇妙，憑藉技術做出來的東西都能用理論與知識來解讀。『擁有兩顆心臟的人馬怪物』——這個事實給清醒過來的他帶來劇烈衝擊，不過隨即有更多的疑問和求知欲如洪水般湧上心頭。

「沒錯，那樣就能維持形體……不過，只有這樣也不會動。還不夠，你、你還做了其他手腳吧？」

「這個嘛，當然也採用了很多不同的點子……呃，對了，我用設計圖來說明吧。艾德加學長、迪學長，麻煩你們了。」

艾德加懷著事到如今已經看開一切的覺悟，默默打開旁邊的行李箱。迪特里希也無言地著手組裝帶來的木架，準備好簡易黑板。艾爾迅速地貼上幾張圖紙，然後露出猶如美麗花朵綻放般的滿面笑容。

「我來為各位解說！首先是基礎結構……」

「喂，給我慢著，這呆子，別無視朕擅自進行。」

在簡報開始前一秒慌忙喊停的當然是安布羅斯。不小心被牽著走的眾人，也因為這句話回過神來。

「也請陛下聽我一言！沒關係，要解釋給各位聽的資料我都準備好了，讓我們一字不漏、按部就班地……!!」

「哪裡沒關係了？之後朕會好好聽你說，還不快把那些收起來。」

艾德加和迪特里希依舊沉默，俐落地收起木架和圖紙。艾爾則深感惋惜地看著。

「蓋斯卡，你也退下。」

「……!!啊，啊啊，十分抱歉……居然如此失態……」

「哎呀，看來藥效太強了些。算了，既然你恢復理智，就先聽好。」

見蓋斯卡忽然跪倒在地，簡直要把頭往地上磕的模樣，安布羅斯敷衍地回應。

「噗、呼呼、呵呵呵……」

大概是沒忍住吧。對一旁終於揚起的笑聲，安布羅斯輕嘆了口氣，緩緩回頭。

「歐法，連你也是嗎？」

「臣深感抱歉。哎呀，我還在想會是怎樣的孩子呢，沒想到如此有趣……更何況，能讓陛下啞口無言的人才，可不是每天都能見到的。」

安布羅斯對笑著低下頭的歐法同樣滿不在乎地回應。直到剛才為止的緊張感已經散去，一股和緩氣氛油然而生。

安布羅斯振作起精神，清清喉嚨轉換在場氛圍。

「也對，按順序來比較好吧。說起來，這件事的開端就在於艾爾涅斯帝由於『興趣』使然，而做出幻晶騎士……」

好像聽見當中混入一個極其不自然的名詞，不過被輕輕帶過了。

「後續發展想必諸位也知道，就是新型機的搶奪事件。不曉得被哪來的鼠輩打聽到了消息，新型機被奪走固然令人遺憾，幸虧製作者本人平安無事，因此朕下令組成銀鳳騎士團。這既是以這小子的發明打造幻晶騎士的騎士團，同時也兼任他的護衛戰力。」

聽到幻晶騎士團成立的原委，眾人起初點頭表示理解，卻隨即想到某個問題。

「這樣我明白了，陛下，但既然是騎士團，加入我國機研旗下不也很好嗎？臣以為，將銀鳳騎士團當作單純的護衛戰力也不是問題。」

對歐法切中核心的提問，安布羅斯含糊地應了一聲，然後看向艾爾。艾德加拿著的行李箱不知何時換到艾爾懷裡，迫不及待地等著出場機會。安布羅斯用眼神制止他，有些猶豫著不知如何開口。

「畢竟這小子還是個孩子。朕一開始是擔心你們能否接受……現在倒懷疑直接把他扔進國機研會不會才是正確的。」

所有人聽到這裡，都覺得莫名地有說服力。

「這次看到雙方做出的幻晶騎士，朕覺得維持各自獨立也不錯。這小子可是朕叫他做『騎士』，卻做出騎馬的怪胎，朕不打算讓他加入正式組織。而且，對你們而言，這小子的『作品』也是很好的刺激吧？」

國王的眼神讓垂頭喪氣的蓋斯卡畏縮了。

「……是！誠如陛下所言……」

「這也是其一，不過還有其他理由。這小子的作品有趣歸有趣……用起來卻很不順手。蓋斯卡，你們改造前的新型機是什麼樣子？」

「是，這個……裝上了強力的肌肉組織與劃時代裝置，是極為強而有力的機體。不過，呃……在操縱上有困難，是匹消耗驚人、難以駕馭的烈馬。」

聞言，艾德加和迪特里希暗地裡頻頻點頭。

「朕想也是。那架澤多爾各機八成也不是用什麼正經方法駕駛的。」

「怎麼會呢，只不過弄了個『雙人駕駛』而已。」

「……那樣哪裡普通了？哎，你們也看到了，艾爾涅斯帝的作品雖然有諸多優點，但又不夠成熟。怎麼說呢，就像是寶石的原石吧。若是未經雕琢，便無法發揮它的真正價值，而擁有雕琢技術的，除了國機研以外不做第二人想。」

歐法像如願以償似地打蛇隨棍上。

「那麼陛下，您的意思是往後他們試做的新型機，將交由我們『調整』為其他人也能使用嗎？」

「老實說就是這麼回事。拜託你啦，歐法。」

包含他在內，貴賓席上的人們一齊低下頭。如此，銀鳳騎士團的存在總算為世人所知，而艾爾涅斯帝的名字也透過當日的列席者之口，開始在弗雷梅維拉王國的貴族間悄悄傳了開來。

這名字還附帶了注意事項：「銀鳳騎士團團長艾爾涅斯帝・埃切貝里亞不僅擁有驚人的開發能力，更是個難以想像的幻晶騎士愛好者。」

而就在討論結束之後不久——

「那麼諸位，既然知道了他們的來歷，接著期待的就是那個人馬騎士了吧。接下來將舉行國機研與銀鳳騎士團的模擬戰，雙方請做好準備。」

銀鳳騎士團在安布羅斯的命令下走向演習場，期間還能聽見一起移動的蓋斯卡和艾爾滔滔不絕的討論聲在走廊上迴響。追根究柢，蓋斯卡也算是個老練的技術人員，對未知技術的渴望比誰都強烈。碰上一聊到興趣就說個沒完沒了的艾爾，在抵達工房前自然不可能停下來。

此時的觀眾席上已不見最初的激動情緒，紛紛就雙方組織竭盡全力做出的機體力量展開激烈辯論，根本就和看熱鬧沒什麼兩樣了。

一片安穩的氣氛中，留在貴賓席上的歐法思考著國機研今後的走向。站在國機研的立場，剛才那一幕等於是被抽掉了新型機開發這項重要業務。乍看之下是相當大的打擊，不過換個角度想想，這對他們來說也算一筆不錯的交易。

那個有些難以駕馭的孩子是負責開發新型機的焦點，也是國王直屬的騎士團長。換句話說，國王打算親自牽著韁繩。從剛才在一旁觀察的結果便知道，那孩子雖有才能，個人風格卻非常強烈。那樣的燙手山芋與其放在自己身邊，交給國王肯定要好得多。再者，既然他的作品有多數問題尚待解決，就還有國機研施展的機會，他們的地位依舊無可取代。話雖如此，一想到要怎麼對部下說明，歐法還是有些提不起勁。

歐法不動聲色地陷入無止境的思考中。即使如此，靈敏的耳朵也沒錯過呼喚他的聲音。他抬起頭，轉向隔壁的國王。

「歐法，在不久的將來，朕將帶著他前往『鄉』。」

果然——隱約有了預感的歐法可以理解這個決定的用意。他努力繼續板著臉孔。

「陛下對那孩子期待甚高呢。」

「成果綽綽有餘了……何況朕也做了約定——『用足夠功績交換魔導轉換爐的機密』。朕身為國王，可不能言而無信。」

歐法閉了閉眼，思考應該採取的行動。安布羅斯絕不是趕鴨子上架，甚至可說用這樣的態度對待臣下，反而顯得太過謹慎了些。

「……既然陛下開了金口，臣會以『衛使』身分轉達給『鄉』，但做決定的是『大老』……縱然是陛下旨意，還是希望您能遵從『法』。」

「朕當然明白。不過見了那麼有趣的傢伙，大老也不會拒絕吧。」

歐法僅用一個曖昧的笑容回答。兩人轉頭望向演習場上開始散開的部隊，作為談話結束的象徵。

「現在開始，進行國機研與銀鳳騎士團的模擬戰。為了平衡戰力，銀鳳騎士團方派出一個騎士小隊（三架）及騎馬一騎！國機研則是派出兩個騎士小隊（六架）!!」

在歡呼聲襯托下，安布羅斯高聲宣告對戰規定。在演習場內布陣的部隊中，迪特里希興味索然地咕噥著，和熱鬧的觀眾席呈明顯對比。

「澤多爾各被視為三架騎士機的戰力呢，一騎馬等於三名步兵……這比例也適用於幻晶騎士嗎？」

「誰知道。國機研現在的新型機是我方機體的改良版本，而且有三架……坦白講，形勢很不利。」

銀鳳騎士團的主戰力有迪特里希駕駛的改造型古耶爾，以及艾德加和艾爾駕駛的特列斯塔爾——以加達托亞為基礎重新組裝而成。說起來，即使這三架的外表是南轅北轍，但內容還是跟特列斯塔爾差不多。相反的，國機研那邊的加達托亞・達修則是以特列斯塔爾為基礎全面改造的模型機。相較之下，國機研方的性能自然更加優秀。

「好期待喔！那麼難控制的特列斯塔爾到底變得多『聽話』呢？操作似乎經過大幅改良……對了，等一下請他們讓我開看看吧！」

「……啊啊，嗯，你這麼貫徹自我本色，真是太讓我羨慕了。」

見艾爾不自覺說出離題的感想，迪特里希嘆息著搖頭。

「算了，反正我們也改變了不少。」

臂圍稍微大上一圈的古耶爾，披上裝甲斗篷的艾德加機，還有多了神秘追加裝甲的艾爾機。其實就連他們的機體也不再是原來的特列斯塔爾，如今都各自都搭載了第一流的選擇裝備，並且經過強化。

「欸、欸，那我們要怎麼做？」

「要跟那三架打嗎？」

從身後的澤多爾各上傳來雙胞胎的聲音。這台澤多爾各雖是銀鳳騎士團的最強戰力，卻也是最不穩定的要素。畢竟這是雙胞胎初次上陣，很難預料會發生什麼事態。

「這個嘛……要打安全牌，還是要……」

「關於這件事，艾德加學長，迪學長，能不能請你們稍微亂來一下？」

兩人在駕駛座上露出無畏的笑容，聽著他們團長的指示。

◆

響亮的喇叭聲從演習場上雙方並列的部隊間穿過，並敲響了宣告戰鬥開始的銅鑼，緊接著傳來盛大的歡呼聲。

「戰鬥，開始——!!」

以此為信號，震撼大地的巨人騎士隨即衝上前去。銀鳳騎士團率先展開行動。三架騎士奔跑著，澤多爾各配合他們的速度跟隨在後。至於國機研方——駕駛加達托亞・達修的騎士集團『阿爾馮斯』，他們的隊長亞尼斯看到銀鳳騎士團的動作，哼了一聲。

「打算同時突擊嗎……？也罷，都在預料之中。擺出槍壁陣，前進。」

兩個小隊排出並列陣式，全員舉起盾和長柄槍緩步前進。這陣形擺明了是針對形似騎兵的澤多爾各，亦是對付高突擊力魔獸的慣用手段。即使槍尖未開鋒，但猛力伸出的長柄槍依然具備足夠威力嚇阻敵人。

銀鳳騎士團加速靠近，部隊後方的澤多爾各更以單騎從旁拉開距離，開始疾馳，準備追過三架前鋒機體。

「第二小隊往右，維持槍壁陣形。第一小隊準備戰鬥!!」

澤多爾各開始衝鋒，阿爾馮斯部隊也隨即兵分兩路——分為架起長槍迎戰澤多爾各的部隊，以及捨棄長槍，與騎士戰鬥的部隊。長柄槍對衝進我方陣營的敵人有效，但對上擅長近身戰的騎士反倒不利。阿爾馮斯的兩支小隊各司其職，活用了數量上的優勢。

觀看雙方動向的多數群眾，也認為戰況已清楚分成步兵之間的衝突與對騎兵戰——直到下一秒，銀鳳騎士團的一架騎士機有了異常舉動為止。

「魔導噴射推進器，啟動……從積層配置展開，進行進氣壓縮……」

突然，一陣異於歡呼和隆隆腳步聲的怪聲開始在場內響起。迅速聚集的空氣捲起漩渦，發出一種獨特的尖銳噪音，比魔力轉換爐的進氣聲更要強上數倍。這是從一台銀鳳騎士團的機體上發出的。

金屬質地裸露的鈍鋼色機體，其肩上和腰間追加的裝甲鏗鏘鏗鏘地改變配置，藉由支撐裝甲的可動裝置轉向正後方。在階梯狀疊起的裝甲內側，板狀閥門逐漸開啟，使重疊的裝甲內部呈現中空，裡頭刻著密密麻麻的紋章術式。

見狀，困惑的情緒在觀眾群中擴散開來。為何移動裝甲？那樣不是會暴露該保護的部位嗎？沒有人知道那不斷發出怪聲的裝置有何用途。不過，如此可疑的行動自然會讓阿爾馮斯心生警戒。

「那是……什麼？」

「他在集中空氣……是發射空氣彈的魔導兵裝嗎？好像是某種新兵器……搞不懂。」

「茲瓦、伊多拉，提高警覺以防有東西飛過來。差不多到射程內了，我們也用魔導兵裝反擊。」

沒有持長槍的第一小隊啟動加達托亞・達修上的背面武裝，舉起長槍的第二小隊也啟動了背面武裝。高速移動的澤多爾各正單槍匹馬地衝鋒，眼看就要進入魔導兵裝的有效射程內了。

怪事就在戰火即將點燃的前一刻發生了。鈍鋼色騎士彎曲膝蓋，放低身子蓄勢待發。直接控制下的機體，如實反應出騎操士——艾爾的意思，毫不保留地發揮繩索型結晶肌肉的力量。機體一個踏步蹬向地面，在拔腿奔跑的瞬間，身上噴出了赤紅火焰。追加裝甲拖曳著長長的火焰尾巴，伴隨著火光和爆炸聲，賦予正準備加速的機體非比尋常的推進力。有人類五倍大小，由金屬與結晶構成的龐然大物如同法彈般射出，爆發出壓倒性的速度。

火焰尾羽只出現了極短時間，在鈍鋼色騎士正要踏出第二步時化為熱浪，模糊了機體後方的空間，並於踩下第二步的瞬間，再次顯現火焰。當然，騎士藉此獲得了更大推動力。

「傑克斯——!!小心！往你那邊……!!」

眾人還在為眼前未知的光景感到驚慌失措，第一小隊長・亞尼斯卻第一個察覺到了。鈍鋼色騎士的速度已可謂異常，甚至超過打頭陣的澤多爾各，逼近阿爾馮斯部隊。沒錯，也就是『持槍的第二小隊』。

「這……這傢伙是怎麼搞的!?」

「用槍來不及！射擊!!」

面對速度堪比法彈的鈍鋼色騎士，注意力全放在澤多爾各上的第二小隊反應慢了一拍。即使如此，他們仍立即發射魔導兵裝，試圖迎戰。儘管事發突然，飛翔的法彈依然對準了鈍鋼色騎士，足以證明他們本事高超。

第二小隊小隊長傑克斯還未恢復鎮定，但他腦中某個冷靜的部分已肯定對手會功虧一簣。

那異常快速的奇襲確實值得讚賞，不過在那樣的速度下，不可能躲得過攻擊。敵人將因為自己的速度自取滅亡。

遺憾的是，鈍鋼色騎士的表現超乎他的想像。它的騎操士艾爾以優越的身體條件，將大半訓練時間花在如何對應高速戰鬥上，磨練出的反射神經與壓倒性的演算能力，讓機體能在極短的瞬間做出反應。

鈍鋼色騎士肩上的追加裝甲，又可稱之為魔導噴射推進器的裝備噴射口一齊轉向側面，接連發出短促的爆炸聲與閃亮火光。被側向施力的機體轉眼間便硬生生改變了前進方向。

「啊？」

敵人的動作讓第二小隊跌破眼鏡。早已鎖定的法擊反倒害了他們，法彈只直接穿過鈍鋼色騎士旁邊的空間，連邊都沒擦著。

「嗚哇啊啊啊啊啊啊啊!?」

白刃一閃而過，鈍鋼色騎士一通過第二小隊左翼便揮刀砍下，速度無人可及的斬擊發揮出能對抗決鬥級魔獸衝撞的威力。這時，左手持盾的配置救了位在左側的菲利亞機，但強大衝擊仍將他的盾牌彈飛出去，使菲利亞機失去平衡，往後慢慢倒下。

「菲利亞！糟了，我來擋住它，尤夫你到後……」

「傑克斯，敵人不只有那個，不要輕舉妄動。」

同袍的提醒讓傑克斯想起他們原本對峙的對象。人馬騎士躲在發出隆隆爆炸聲的鈍鋼色騎士後方，這時已逼近眼前。塵土翻騰，來勢洶洶的騎兵朝他們衝了過來。被騎士攻擊而亂了陣腳的第二小隊是沒辦法迎擊的——傑克斯迅速做出如此判斷，輕喊了聲：「閃開！」後勉強避開。尤夫機也毫不遲疑地採取相同行動。

澤多爾各就這樣穿過他們閃避的空間，並於擦身而過的同時朝他們揮舞左手拿著的長盾，尤夫機同樣以盾格擋，將傷害降到最低。

趁這個空檔，飛馳而過的鈍鋼色騎士試著讓機體停下來。它踩穩雙腳，一邊將魔導噴射推進器轉向前方。這回的噴射不只有一瞬間，而持續了一段較長的時間，藉由逆向推進力抵銷掉原本的速度。漫天煙塵中，散發出熱浪的鈍鋼色騎士停止了動作，當它緩緩回過頭來，看到的是敗象畢露的第二小隊。

「開、開玩笑的吧……!?」

第二小隊的慘狀與導致這一切的鈍鋼色騎士，讓第一小隊完全失去戰意。他們很快準備前往救援，卻被亞尼斯攔了下來。

「冷靜！剩下的騎士正在逼近，現在去救第二小隊，我們背後也會被攻擊啊！」

這話令他們想起還有另外兩架『步兵』，鈍鋼色騎士過於招搖的攻擊完全引開了他們的注意力。

「我們也馬上前進。這裡是二對三，盡快打倒那兩架！傑克斯他們沒那麼簡單被幹掉，捱過剛才那一頓後，他們應該會加強防守。」

語氣裡有幾分焦躁，不過三架達修機依然開始奔跑，轉眼間便縮短了和銀鳳騎士團之間的距離。

「伊多拉，小心那台鈍鋼色的！如果又聽到那個聲音就優先迎擊!!」

由亞尼斯機、茲瓦機帶頭，騎士奔跑著發射背面武裝；對方銀鳳騎士團的紅、白兩機之中，則由白色騎士上前迎戰。還以為蜂擁而至的法彈會擊中它時，白色騎士肩膀附近的裝甲動了。動作輔助腕集中裝甲到前方，並架起盾牌。呈現完全防禦型態的白色騎士沒有放慢速度，彈回了所有法彈。

「所以那也不是普通機體啊……」

「鈍鋼色的沒有動，只能趁現在上了。那個怪裝甲也未必能蓋住全身！」

阿爾馮斯的三架機體繼續射擊施加壓力，踏入劍的攻擊範圍內。這回換紅色騎士從白色騎士的影子裡竄了出來——沒有盾，是攻擊型的重裝機。它舉起手，作勢揮刀砍向茲瓦機。茲瓦預料將會舉劍交鋒，於是擺好架勢——殊不知，某個從敵人護腕飛出的東西帶著爆炸聲，朝他射了過來。茲瓦機躲不開這意料之外的偷襲，被金屬塊直接砸中臉部。衝擊似乎影響到了眼球水晶，使駕駛座裡的幻像投影機有一半的影像扭曲了。

「這些傢伙到底有多少怪裝備!!」

趁著茲瓦機退縮的空檔，紅色騎士把矛頭指向伊多拉，使勁將他推了回去。一旁的亞尼斯機則對上白色騎士，同樣暫時拉開了距離。

「打……不倒啊！」

亞尼斯暗自咬牙，數量上雖然是阿爾馮斯占優勢，但具有特殊攻防性能的紅、白兩機卻相當難纏。這時，他們背後再度傳來吸入大量空氣的異響，鈍鋼色騎士動了起來。

「這下危險了……伊多拉，你守後面。茲瓦，你行嗎？」

「可以，動作沒有影響！這筆帳一定要討回來……要上了！」

阿爾馮斯再度擺開攻勢。紅與白的騎士也開始準備迎擊他們的突襲。

◆

時間回溯到戰鬥開始之前。在演習場的紅褐色地面上，兩股同樣擁有新銳幻晶騎士的勢力一語不發，卻又不厭其煩地持續對峙。

在銀鳳騎士團的陣地中央，可以看到比其他幻晶騎士高出一個頭的人馬騎士澤多爾各。它開放的視野中，映出巨人騎士加達托亞・達修整肅的模樣，它們的鎧甲比加達托亞更為洗練俐落。戰鬥即將揭開序幕。

澤多爾各駕駛座上的奇德和亞蒂都是一副坐立難安的模樣。他們感受到一種不同於過去用幻晶甲冑戰鬥時的緊張。現在想想，當時只是拚了命地打，根本沒在想什麼戰術，不講求任何禮貌規矩。相反的，在這次模擬戰鬥中，他們身負展現澤多爾各力量的重大使命。兩者間巨大的差距並非三言兩語所能形容。

根據艾德加的說明，敵方戰力有六架機體，澤多爾各被視為等同三架的戰力，這表示他們必須漂亮地贏過對手才行。儘管演習場和觀眾席之間有段相當長的距離，雙胞胎還是有種奇妙的錯覺，彷彿場內的視線全集中到自己身上了。

在緊張情緒不由自主地升高的情況下，艾爾依然故我地說道：

「我有個不情之請，艾德加學長，迪學長，能不能請你們稍微亂來一下？」

澤多爾各的戰鬥方式，怎麼會和拜託他們兩人亂來有關？不過他平時就是這樣，說話總是沒頭沒腦的。

「你會特意開口，就是想到了什麼點子吧。說來聽聽。」

「很簡單。首先，我們讓己方的特列斯塔爾部隊和澤多爾各分頭試探對方的反應。他們或許會兵分兩路，畢竟對付特列斯塔爾和澤多爾各所需的戰術截然不同……他們八成也會視我們的行動隨機應變。」

白、紅色機體與人馬騎士點頭。到這裡都還在預料範圍內，對方應也是如此推測。

「站在我方立場，若想讓澤多爾各發揮速度優勢，也得讓它單獨行動才行。話雖如此，如果依照規則對上三架機體，澤多爾各的速度再快也必定陷入苦戰……所以，一開始先用出其不意的手段，安排一人先行對付迎擊澤多爾各的戰力。」

「我聽懂了，這表示你要自告奮勇嗎？」

艾德加機扭過頭，艾爾駕駛的特列斯塔爾進入視野中——雙肩和腰上搭載了和裝甲一體化的可動式魔導噴射推進器。這種改造型的魔導噴射推進器還搭載了複數小型化的推進器，使輸出調整更為容易。可動式設計更實現了全方位的機動性能，是相當具威脅性的裝備。不過相對的，那刁鑽至極的動作控制已不是簡單一句「給駕駛帶來負擔」就能形容的程度。事實上，它已經變成除艾爾之外沒有人能駕馭的瑕疵品。

「是的，我會全力發揮出機動性能，藉由奇襲擾亂澤多爾各那邊的戰力，再回到騎士間的戰鬥……我想這不必多說，那段期間騎士方的戰力會減弱許多，希望艾德加學長和迪學長能撐到我回來為止。」

對方八成也想像不到這樣強硬的作戰方式吧，只有裝備了魔導噴射推進器的艾爾才辦得到，也是故意打破戰力平衡的一種奇策。畢竟雙方數量的差距仍大，此戰太過強人所難了。

「好吧，我會全力以赴。」

「既然是騎士團長閣下的命令……」

艾德加和迪特里希彼此對看了一眼，立即答應下來。國立機操開發研究工房謹製的先行模型機加達托亞・達修絕不容小覷。就算他們一口答應下來，負擔應該也沒有看上去那般輕鬆。

「這是所謂的一馬當先嗎？意思是只要跟在艾爾後面衝就好了嗎？」

「交給我們！讓他們瞧瞧小澤的速度!!」

放下心的反倒是雙胞胎。他們見識過魔導噴射推進器的威力，一想到對方嚇破膽的反應就忍不住竊笑。

「大家狀況不錯，那就讓他們大吃一驚吧！」

「哎，在你回來以前，我會躲在艾德加後面。拜託在他倒下前解決啊。」

「迪，你……」

亞蒂嘻嘻笑著，一股輕鬆的氣氛油然而生。奇德和亞蒂的緊張情緒都在不知不覺中消失了。雖然艾爾還是像平常一樣異想天開，但能穩穩制住他的艾德加和迪特里希也在，再沒有比他們更值得信賴的夥伴了。

擺出橫列陣型的特列斯塔爾和古耶爾互相使了個眼色。他們倆早就敏銳地察覺到艾爾會安排強攻戰術的理由了。說來說去他們還是學長，更是身經百戰的戰士，撇開艾爾這樣的特例不談，他們明白協助新兵在首戰旗開得勝，也是他們的任務之一。當士氣高漲的他們結束作戰會議，宣布戰鬥開始的高亢喇叭聲也正好響起。

「那麼，我們走吧。」

坐鎮中央的人馬騎士開玩笑地發出「啡啡」聲回答。宣告開始的銅鑼一響起，銀鳳騎士團便一齊衝了出去。

◆

現在，艾爾涅斯帝正在鈍鋼色特列斯塔爾的駕駛座上，嘆了口氣。

「嗯，我是想過沒錯，不過沒想到魔力儲蓄量真的徹底用光了呢。」

艾爾和他鈍鋼色的夥伴依照作戰，實行了利用魔導噴射推進器的高速奇襲。雖成功打倒一架敵機，大大打擊對方士氣，但逞強的下場就是犧牲了龐大的魔力。

「加速還好，問題果然出在減速上呢。為了避免『重蹈覆轍』，還是需要推進器……」

有鑑於上次的『流星事件』，艾爾領悟了讓魔導噴射推進器長時間運作的危險性。為了彌補缺點，他發明配合機體奔跑的短時間噴射這種更有效率的加速方式，但這也只適用於加速的情況，減速仍舊只能靠蠻力。何況在這極端空曠的演習場上，連一點能利用來減速的東西都沒有。魔導噴射推進器的反向噴射導致劇烈的魔力消耗，令原本就消耗量驚人的特列斯塔爾負擔更是雪上加霜。結果理所當然的，魔力用盡的艾爾機動作也遲緩下來。

「雖然是情有可原，不過殘存魔力只剩兩成……已經無法使出同樣的攻擊了吧。」

艾爾機太深入敵陣，位置遠遠離開了主戰場，跑回去勢必得花上一些時間。魔導噴射推進器再次開始進氣，空氣打著漩流灌入，那特殊的噪音更煽動了場上緊張的氣氛。

「跑不起來了。如果不用走的恢復魔力，就這樣重回戰線也很危險。」

鈍鋼色特列斯塔爾奏出響亮的進氣聲，朝著戰場踏步前進。

阿爾馮斯的隊長——亞尼斯駕駛的加達托亞．達修使勁揮起劍，艾德加的白色特列斯塔爾以盾格擋，並看準攻擊後的空隙反擊。銳利突刺出的劍勢卻被亞尼斯機抽回來的劍揮開了。

兩機拉開距離，但亞尼斯機卻沒用背面武裝攻擊，因為他明白，面對裝備了可動式追加裝甲的艾德加機，法彈只會盡數被彈開，效果不大。因此兩架幻晶騎士回到基本戰鬥的型態，持續著劍與盾的交鋒。不過那樣的戰鬥也毫不遜色，雙方你來我往依然激烈。

氣勢如虹的斬擊和穿插著假動作的連續進攻，教人看得眼花撩亂。每一次碰撞都迸發出火花，劍與盾的每一次交鋒產生的衝擊波撼動大地。亞尼斯和艾德加這兩個人在技巧以及膽識上確實難分高下，揮舞的長劍攻勢愈發凌厲，緊接著對方的下一次攻勢也是毫不相讓。在群眾屏氣凝神的注視下，兩機的戰鬥愈演愈烈。

迪特里希根本無暇關注艾德加那邊的戰況。他和他的古耶爾前方有兩架達修——茲瓦機和伊多拉機攔在面前。不持盾，特化成攻擊機型的古耶爾，守備力相對薄弱。考慮到這一點的阿爾馮斯，便趁亞尼斯機牽制住白色特列斯塔爾的期間，派出兩機試圖打倒古耶爾。

低聲呼嘯著的金屬塊破空飛過。古耶爾將雷電連枷的尖端當成※鎖分銅一般揮舞。既然以護腕發射的機關已經曝光，就無法期望它作為暗器奏效了，迪特里希將其改當為大範圍的攻擊武器。見金屬塊從旁邊打來，茲瓦機微微退下閃開，一拉開距離便用背面武裝反擊。古耶爾作勢閃避，藉機揮劍砍向伊多拉機。伊多拉機將盾舉在身前抵擋，接著吃下古耶爾的背面武裝『風之刃』射出的真空波。砲身短的風之刃雖然射程不長，在近距離的運用卻很靈活。其法彈狀似細長短劍，威力也不大，但擁有命中率高的特點。（譯註：一種日本的傳統武具，形態為一條鐵鏈兩端各繫一個球型鐵錘。類似中國兵器流星錘。）

古耶爾舉起雙劍，逼近失去平衡的伊多拉機，茲瓦機沒打算讓他得逞，發射法彈妨礙他的去路。因此古耶爾放棄接近，卻在迴避前送出一發收起的雷電連枷當作回禮。加速飛翔的金屬塊掠過伊多拉機的頭側，給予背面武裝痛擊。

整隊阿爾馮斯遭逢意料之外的苦戰。其中雖然有茲瓦機在一開始的奇襲中失去一半視野，以及伊多拉機還需分神提防鈍鋼色的特列斯塔爾等諸多原因，不過最大的失算，或許是他們低估了古耶爾的戰鬥能力。『風之刃』、雷電連枷，還有長劍等，古耶爾靈活運用多種類的武裝，保持對自己有利的距離，伺機發動攻勢。獨特的戰法讓他們疲於應付。

鈍鋼色特列斯塔爾的獨特進氣聲從他們背後傳來。不曉得什麼原因，對方沒有使出高速欺近，反而逼得阿爾馮斯時刻不得掉以輕心，進一步渙散了集中力。惡性循環——觀眾們都認為阿爾馮斯屈居下風。艾爾機的表現便是如此令人印象深刻。

「亞蒂，從背後繞過去攻擊！開始掉頭！」

「瞭解——！讓他們見識小澤的腳上功夫！」

人馬騎士澤多爾各揚蹄刨起演習場上的塵土，飛馳而出，在戰場上踏出節奏輕快的轟鳴聲。自驅散了阿爾馮斯第二小隊後，再度展開攻擊。接下來已沒有艾爾機支援。畢竟他們也深知，魔導噴射推進器的消耗有多驚人。

澤多爾各的馬體部分，擁有與可動式追加裝甲構造相同的可動裝甲，它的體積讓澤多爾各比一般機體多了一倍以上的重量。而為了維持騎兵最講求的機動性，輕量化設計還是不可或缺的。對此，澤多爾各減輕了全身裝甲的重量。採用可動裝甲，則是為了有效提升被犧牲的防禦力。這種做法只有雙人駕駛的澤多爾各才應付得來。此外，他們還發現可動裝甲除了防禦以外的另一種重要利用方法，就是在移動時扮演『砝碼』的角色。

亞蒂用力一蹬踏板，展現豪邁的操縱技巧，澤多爾各維持著原本的速度直接開始迴旋。強烈的重量與速度產生離心力，幾乎要帶著機體繞上一大圈軌道。奇德讓上半身傾斜，同時啟動所有的可動裝甲與之拉扯，成功實現了驚人的重心控制。澤多爾各展現出以騎兵的外觀讓人難以置信的機動操作，撲向還在重整旗鼓的阿爾馮斯。

進入直線奔馳的澤多爾各，在移動中打開一部分的腰間裝甲，從裡面出現一支像是千斤頂的大型輔助腕。澤多爾各把一隻手裡的斧槍放到輔助腕上，並牢牢固定住。這是一種叫做『蘭斯・雷斯特』的裝置，用來輔助騎槍突擊。固定的斧槍尖端瞄準了第二小隊，兩者的距離轉眼間縮小。

即使來者只有一騎騎兵，但那等同幻晶騎士的巨大身軀給人相當沉重的壓迫感。那樣的攻擊不同於決鬥級魔獸，而是加載了駕駛員的氣勢。面對如此攻擊，第二小隊的傑克斯和尤夫舉起長槍嚴陣以待。剩下的一架菲利亞機，則在鈍鋼色騎士一開始的攻擊後就此沉寂下來，或許是跌倒的衝擊令騎操士失去意識了。他們緊盯著逼近的騎兵，慢慢拉開距離，以免波及倒地的菲利亞機。

「尤夫，你覺得我們的槍有辦法擋下那個嗎？」

「很難，不過，傑克斯，我有個提議。」

他們在短短幾秒內交換寥寥數語，然後立即迎向前，接著冷不防丟掉長槍。預測長槍將是對抗人馬騎士的重要手段的觀眾們，皆為這出乎意料的行動嘩然。減輕裝備的他們火速拉開彼此間的距離，意圖一目瞭然。

「一邊是誘餌？還是要夾擊？」

「差不多就是那樣吧，那瞄準右邊囉！」

澤多爾各稍微修正了前進方向，一頭衝向往右側移動的尤夫機。

「尤夫……抱歉了！我不會放過這個機會!!」

沒被攻擊的傑克斯機猛地發射背面武裝，猛烈的程度似乎完全顧不得會耗盡魔力儲蓄量。法彈群尖銳呼嘯著，堵住澤多爾各的去路，朝它沒有防備的側面直擊──結果沒有得逞。澤多爾各謹慎地舉起左臂上的長盾，彈開了如暴雨般落下的法彈。穿過盾牌的法彈則由後方的可動裝甲嚴密防禦。它甚至沒有減緩速度，繼續剛才的衝鋒。別說一般的幻晶騎士了，就連決鬥級魔獸也會對從旁而來的攻擊感到畏縮。對敵人那深不可測的性能，傑克斯開始感受到一種近似恐懼的情緒。

另一方面，被盯上的尤夫機看上去並沒有特別感到意外，只淡然採取下一個行動。他飛快退開機體，閃過騎槍突擊。座機加達托亞・達修靈敏的反應速度與優異腳力，讓他千鈞一髮地逃過突擊的致命威脅。橫著跳開的尤夫機連起身的時間也不願浪費，直接展開了背面武裝。既然澤多爾各的下一次突擊需要再度迴轉，在它背對自己的現在就是絕佳的反擊機會。

這時，他敏銳的耳朵捕捉到某種爆炸聲——像在狹窄的地方發射空氣彈時的那種模糊噪音，繼而是破空而來的飛行聲。直覺感到有危險的尤夫當下停止攻擊，讓機體更往後退——他的行動不可能再快了，只可惜依然晚了一步。一陣突如其來的衝擊向他襲來。

與尤夫機擦身而過之後，澤多爾各從身後發射了『某個東西』。那是名為『牽引索』的裝備。它原本是用來搬運貨物所用，具有和鋼索錨相同的結構——藉由噴發壓縮大氣產生的加速能力，以及結晶肌肉的可動式鍬形構造。亞蒂操縱下的牽引索自在飛翔著，一口咬住尤夫機的腳部。

澤多爾各身後的捲線裝置全速收回纜線，鬆弛的纜線一下子便緊繃起來。原本就作為拖曳用途的牽引索具有足夠強度，猛力拉扯尤夫機的腳，緊咬不放，害他以滑壘一般的姿勢被扯向空中。澤多爾各可怕的動力根本沒把一架幻晶騎士的重量放在眼裡，尤夫機無從抵抗，就這樣被拖行著，帶起一片煙塵。

「糟了，站不起來，速度太快了，不過……」

被拖在地上的尤夫仍試著反擊。他啟動背面武裝，想勉強撐起上半身。可惜這一切努力只是徒勞，從機體上傳來的只有壓扁零件摩擦的怪聲。在他被絆倒、拖行在地面上時，一連串撞擊似乎讓背面武裝的結構產生了故障。

「萬事休矣……嗎？」

澤多爾各拖著尤夫機再次迴旋移動。這次劃出的大幅度軌道讓他在離心力作用下被甩了出去。牽引索一鬆開它緊纏不放的腿部，尤夫機就這樣愈滾愈遠，最後倒在地上一動也不動了。

「這可不是鬧著玩的啊……」

束手無策，只能眼睜睜看著同伴倒下的傑克斯反倒看開了，還悠哉地露出苦笑。對方具備了豐富的裝備，已經不只是單純的騎兵，更別說是魔獸那樣的程度能相比的了。再加上那副巨大身軀，纏鬥起來勢必會令自己陷入不利。他明白自己沒有勝算，儘管如此，他也絲毫無意退讓，反而生起堂堂正正打到最後一刻的心境。他強行校正機體姿勢，俐落地舉起盾與劍從正面迎戰。

不曉得澤多爾各有何打算，只見它也停止衝刺，準備回應傑克斯機的近身戰邀請——至於傑克斯的加達托亞・達修倒下，則是在經過一陣激烈的你來我往之後不久的事。

竭盡全力揮下分外強烈的一擊碰撞，亞尼斯的達修和艾德加的白色特列斯塔爾連忙退後拉開距離。兩架機體上響起劇烈的吸排氣聲，運轉產生的熱氣從裝甲上冉冉升起。他們深深吐出一口氣，分不清這場戰鬥已經持續了多久。雖然實際上只過了一段很短的時間，但過於緊湊的過程混淆了兩人的時間感。

亞尼斯盯著幻像投影機上的白色騎士，暗自給予讚賞。真是不得了的對手，他的劍術就算在阿爾馮斯之中也算得上頂尖。亞尼斯好久沒碰上使出全力也打不倒的對手了。當然，他在之前的戰鬥中也絲毫沒放水。

何況，他一開始甚至不打算使出全力。白色騎士擺明了是著重防禦的機體，想打敗他勢必得花上一番工夫，原本只想牽制他的行動就好了，卻在幾次交鋒的過程中不由得認真起來。

這個對手很『結實』，這並不單純指機體防禦。正因為重視防守，在戰鬥中經常淪為被動抵抗的一方。不斷承受攻擊會造成沉重的壓力，半吊子的士兵早就承受不住了，但白色騎士卻頂住了亞尼斯所有激烈的攻擊，並且伺機還以顏色，奉還連他都感到毛骨悚然的反擊。從白色騎士的表現，可以看出騎操士擁有鋼鐵一般的強韌意志。兼具技術和精神力，這樣的騎操士如何不教人欽佩呢？因此即使氣喘如牛，亞尼斯還是露出了快活無比的笑容。

「好騎士，真是可惜了……」

「好強，真是可惜了……」

艾德加一邊調整與達修之間的距離，自知臉上的表情變得愈發嚴峻。與他單挑的加達托亞・達修，兩者的戰鬥呈現勢均力敵的狀態。儘管互相發起勇猛攻擊，但都止於輕傷，遲遲無法給予關鍵性的一擊。艾德加非常清楚，自己的座機用可動式追加裝甲取代了背面武裝，也就欠缺了相應的攻擊力。但就算把這一點列入考量，對手卻還是能不斷發動猛攻，技術之高可見一斑。達修的駕駛很有兩把刷子，每一擊沉重、犀利且絲毫不給人可乘之機。如果艾德加的特列斯塔爾沒有加重防禦，他很懷疑自己是否能撐到現在。他沒有把握，但又加深了心中的確信。

「……不愧是改造型，對方機體的動作更流暢。」

單純是機體特性的問題。特列斯塔爾雖在最大動力上更勝一籌，操縱也相對困難；反觀加達托亞・達修則更重視操縱性能而犧牲了部分動力。在雙方逼近極限的戰鬥中，這樣的問題逐漸顯現出無法忽視的差距，對方不是能靠蠻力硬碰硬的對手。相對於要控制機體，避免使力過度的艾德加，對方所有的攻擊都是流暢且毫無保留的，他已經不只一次對自己這台絆手絆腳的機體感到鬱悶了。

還有另一個問題對我方極為不利，那就是特列斯塔爾劇烈的魔力消耗。姑且不論短期決戰，在雙方勢均力敵的這場戰鬥中，本來就對艾德加是壓倒性地不利。屬於魔力消耗裝備的可動式追加裝甲，使得情況更加惡化。特列斯塔爾的魔力儲蓄量只剩下不到三成了，這樣下去，可以肯定艾德加是先投降的那一個。他需要一個轉機，一個打破現狀的轉機。

雙方持續對峙。艾德加在腦海一角思考著，不管最後是誰贏，他都要建議艾爾以後至少做一架操縱性能比較好的機體。唯有這一點他不會退讓。

紅色騎士往後退了一步，又一步。運作機體的結晶肌肉奏出有些悲傷的音色，幾乎要消失在喧囂的戰場上。朝對手伸出的手臂在途中垂下，似乎已經失去了動力。

「好吧，古耶爾肚子空了，動不了啊。」

迪特里希的聲音很輕，但是表情卻絕不能用愉快來形容。在艾德加和亞尼斯戰鬥的期間，他則帶著紅色騎士和阿爾馮斯的兩架達修上演激烈的武打場面。攻擊型的古耶爾若不攻擊，便無法打退對手，但持續運作卻又鐵定會比艾德加早一步耗盡魔力儲蓄量。

話是這麼說，也不代表他會乖乖就範。

「真不甘心，想同時對付兩架仍然太勉強，我還是修行不夠。」

古耶爾的進氣裝置發出瀕臨極限的悲鳴。儘管魔力轉換爐維持最大運轉，還是完全趕不上魔力的消耗，甚至不曉得能不能讓古耶爾使出最後一擊。迪特里希依然看不到逆轉形勢的手段。

事實上，阿爾馮斯的兩人同樣也感到鬱悶，因為就算他們兩架一起上，結果直到對方耗盡魔力為止都沒辦法擊倒。豈止如此，茲瓦機和伊多拉的損傷也在不斷增加。紅色騎士的攻擊性能確實驚人，如果是一對一戰鬥的話——他們想到這點，臉上的表情怎麼樣也無法鬆懈下來。

「……這傢伙由我來給他最後一擊，伊多拉，你去支援隊長。」

「瞭解。就算他快倒了也不能大意啊。」

「我知道……機體傷害不是那麼簡單就能忘得了的。」
茲瓦機慢慢走向古耶爾，伊多拉則瞄準了白色特列斯塔爾。
「嗯，實在是束手無策了，不過，也別以為我會乖乖就範啊。」
迪特里希決定好殘存魔力的用途——發射雷電連枷和風之刃，妨礙阿爾馮斯的去路。即使他倒下會讓艾德加處於劣勢，他還是打算盡量多爭取一點時間。爭取到時間之後，就能做另一項賭注——賭他們的團長早一步回歸戰線。
隔了一拍之後，所有人同時動了起來。
茲瓦從古耶爾完全無視自己的行動，察覺到它企圖做最後的垂死掙扎；伊多拉展開背面武裝，手指扣在扳機上；迪特里希剛要行動，就發現了逼近他們背後的『那個』——一切彷彿同時發生，接著是一陣激烈爆炸聲在他們背後響起。那理應是阿爾馮斯最為恐懼、警戒的聲音，卻在與紅、白色騎士激戰的時候疏忽了——疏忽了那一位得要全神貫注才能應付的對手。
負責警戒的伊多拉大吃一驚，反射性地轉向聲音的方向。出現在他眼前的是覆蓋了整個幻像投影機螢幕的黯淡金屬光芒。在伊多拉反應過來以前，那個就抵達了伊多拉機前。
那個是——使出俐落膝擊的鈍鋼色特列斯塔爾。
咔沙一聲，伊多拉機的頭部發出像是把紙揉成一團的聲音被踢碎了。幻晶騎士的頭部為了保護眼球水晶這項重要零件，覆蓋了堅固的頭盔，但碰上機體中承受最大負擔的腿部——尤其

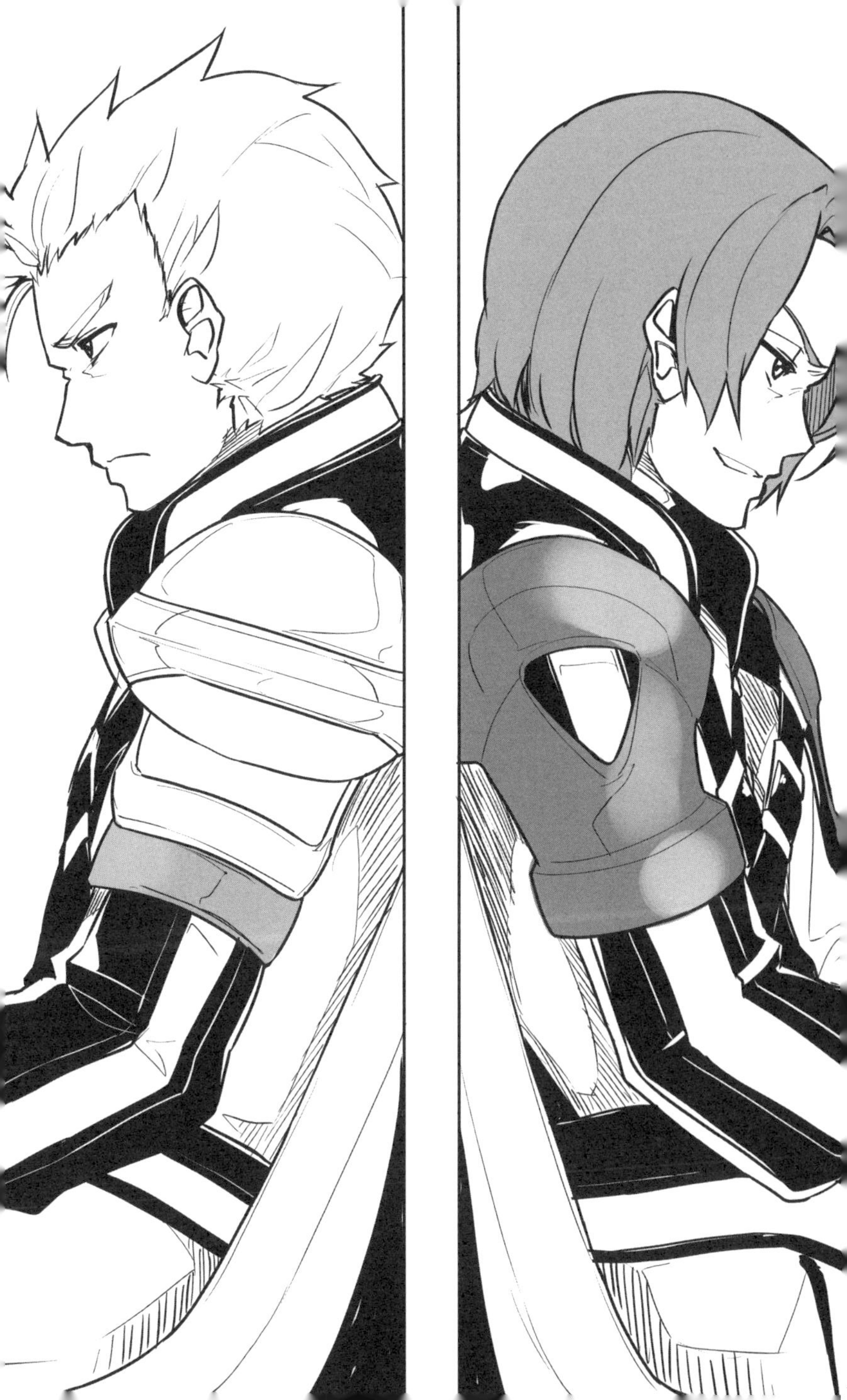

是最堅固的膝部裝甲，依然是不堪一擊。

等待魔力儲蓄量回復的艾爾跑到極近距離後，靠著魔導噴射推進器的爆發性加速縮短剩下的一步。將巨人全部的重量與速度集中在一點，使出致命的空中膝擊。艾爾狠狠的一腳，讓或許是有史以來頭一次吞下敗仗的伊多拉機旋轉著飛到空中。

周圍所有人都被艾爾無比強烈的攻擊嚇得要命。剎那間，時間彷彿停止了一般，亞尼斯機趁此空檔衝上前，迅速縮短他和艾德加機的距離，極為勉強地進行攻擊。

順勢而來的突擊快如閃電。慢了一步的艾德加逼不得已，只好舉劍格擋，雙方激烈交鋒。結晶肌肉發出尖叫，達修和特列斯塔爾都卯足了勁想壓倒對方，這讓彼此腳邊的地面陷了下去，可見巨人的力量有多麼龐大。雙方引發的熱氣讓周圍空氣彷彿密度增加一般，景色模糊起來。慢慢地，白色特列斯塔爾開始壓過達修，在最大動力上還是特列斯塔爾的裝備要更勝一籌。達修的劍被逼退，姿勢逐漸變得彆扭。

然而，極限卻在此時到來。

特列斯塔爾的力道突然減輕。強勁有力的雙腿彎曲，結晶肌肉發出的噪音也轉為低沉、無力。達修收回劍。白色特列斯塔爾雙膝跪地，維持著拄劍於地的姿勢就此沉寂。

同樣失去動力的還有古耶爾。

擋在迪特里希面前直到最後一刻的茲瓦機展開突擊。古耶爾把剩下的一切貫注到一發風之刃、雷電連枷還有劍的多重攻擊上試圖抵擋。真空風刃打掉茲瓦機手裡的盾，他卻毫不在乎地滑進雷電連枷的射程內，一記猛揮幾乎要打掉古耶爾的劍。古耶爾已經失去抵擋的餘力了，只見紅色騎士踉蹌了幾步，最後倒臥在地。

一直靜靜注視著場上戰鬥的安布羅斯，便是在這個瞬間起身。

「到此為止！雙方收劍!!」

一連串迅速的銅鑼聲隨即響起。聲音打破喧嘩，傳到戰場上騎士的耳中。正要以倖存戰力決一勝負的雙方在慢了一拍之後紛紛收劍，場上一切都回歸靜止。

「雙方機體不分軒輊，都表現得非常好！朕也見識到了你們各自的優缺點!!果然厲害，兩者都值得大為稱讚!!」

觀眾給予仍站在戰場上的騎士們熱烈掌聲。或許是大腦跟不上突然的結束訊號，不見騎士們歡呼出勝利的凱歌，只帶著大夢初醒般的心情杵在原地。

得救的說不定是我們——亞尼斯確認狀況後，在心裡暗自嘀咕著。數量上，雙方都剩下兩架機體，不過，以兩架達修機對上倖存的澤多爾各和鈍鋼色騎士，簡直是有勇無謀。亞尼斯自己都沒有必勝的把握，而在打倒銀鳳騎士團的兩架機體的過程中，阿爾馮斯就有四架無法行動了。耗損率之高，完全是他們的失敗，可以想見觀眾們也是這麼認為。像這樣故意混淆結果，八成是由於某些政治因素，雖然亞尼斯對此並不感興趣就是了。

演習場附設的工房裡走出待命的幻晶騎士，逐一回收場上無法動彈的機體。阿爾馮斯方的加達托亞・達修更是一副破破爛爛的慘相。亞尼斯不由得擔心起裡頭的夥伴。

這時，他面前沉寂下來的白色騎士微微動了。大概是經過一段時間後，恢復了魔力儲蓄量吧。它維持拄劍於地的姿勢放下手臂，胸口裝甲緩緩開啟。看到對面的騎操士走出駕駛艙，亞尼斯自己也離開機體。

艾德加與亞尼斯眼中映入彼此的身影。雙方不分先後，同時向對方致上最敬禮。

忽然間，他們倆都不曉得該說什麼好。該說的都已經在剛才的交手中，用劍表達得一清二楚了，也不認為事到如今還有用言語交談的必要，只需確認彼此的長相——想是這麼想，亞尼斯還是開口道：

「這次是我方比較有利。如果下次有機會，希望還能用同樣的機體拜會你的身手。」

艾德加有些驚訝，不過還是很快地搖頭。

「不，我無意用機體當作藉口。還有其他戰鬥方式可以保存魔力，之所以辦不到全是被你的實力影響的。光維持守勢是撐不下去的……這次敗北是由於我的不成熟，結果也顯而易見。」

亞尼斯輕輕笑了，因為對戰對手那死板的樣子令他聯想起遙遠往昔的某個人。

「哈哈，別那麼拘謹，放輕鬆點。只把眼光放在前方的話可是會錯失某些事物的。」

「……感謝您的忠告，但是不要緊，我的朋友總是會幫我注意死角。」

我不是那個意思啊。亞尼斯在心中苦笑，用曖昧的表情就此帶過了。

「該不會我就是負責死角的吧？」

迪特里希盤腿坐在倒臥的古耶爾上，一臉不情願似地嘟噥。

「艾德加的死角？那種東西太多了，根本是防不勝防耶。」

這時，一道影子帶著沉重的腳步聲從迪特里希的頭頂上落下。他轉過頭，眼前是鈍鋼色的特列斯塔爾和澤多爾各。

「對不起，我沒趕上。果然太亂來了嗎？」

「沒錯。不過啊，跟對方打了一場，也把自己的缺點看得一清二楚。」

由於加達托亞・達修和特列斯塔爾的性能不相上下，因此更突顯出特列斯塔爾的缺點。迪特里希盤起手臂，思考了一會兒，然後下定決心說出他的想法。

「喂，艾爾涅斯帝，先不說澤多爾各，特列斯塔爾還有點太粗糙了。雖然它原本就是模型機，所以也無可奈何啦。但我想陛下對達修的評價大概也比較高……」

「是的，我也這麼認為。嗯——這麼一來，要完成量產機的話，是我們拿走達修機比較好呢，或是把現有的裝備交給國機研比較好？」

特列斯塔爾暴露出重大缺陷，本來擔心艾爾會消沉沮喪的迪特里希，對他那若無其事的態度似乎覺得掃興。

「……不會不甘心嗎？」

「嗯——？特列斯塔爾是輸了沒錯，可是無所謂，畢竟達修也算特列斯塔爾的改造型嘛。我只單純覺得佩服哦，就算不是我做的，不過好東西就是好東西。就是這樣，我去跟陛下交涉看看，看能不能討幾架來研究。」

「……啊啊，嗯，這樣啊。也對，不愧是我們家團長。還有艾德加的機體也差不多該好好調整一下了吧？」

迪特里希支著下巴撐在膝蓋上，忽然覺得怎樣都隨便了。

「這個嘛……量產機開發快到最後階段了。一旦完成，國內的幻晶騎士就會陸續汰換掉。到時候再把大家的機體準備好也不遲。」

一陣帶著沙塵的風吹過演習場。艾爾微微瞇起眼，然後站起身環顧眾人。

「我們差不多也該撤離了。迪學長，你能動嗎？」

「可以。魔力也恢復一些了，只是走路的話應該沒問題。」

「不然我們一起拖著你走吧，要抓著腳就是了。」
「不必了。都好不容易存活下來了，用拖的會壞掉啦。」
就這樣你一言我一語的，銀鳳騎士團也開始移動了。

◆

在演習場附設的維修工房裡，蓋斯卡．約翰森望著修理中的加達托亞．達修，一邊深深地嘆了口氣。閉上眼，剛才的對戰依舊歷歷在目。新型機之間的激烈較量，前所未見的各式裝備，還有操縱的騎操士們——這些全都耀眼得令人目不暇給。他並不在乎比賽的結果，諸多技術在戰鬥中發光發熱，而箇中原理才是他最關心的事。雖然一連串事態讓他驚訝連連，但那也是為他所樂見的，完全不成問題。

在今天的相遇之前，他心中一直激盪著不滿情緒。

他身為一名鍛造師，一向為能在國立機操開發研究工房開發機體深感自豪，然而，這樣的熱忱也在一成不變的日子裡逐漸磨滅了。幻晶騎士的開發曠日費時，新型機的誕生通常間隔數百年。他們所做的努力都要等到下下個世代才能開花結果，能夠親眼見證那一刻的人非常幸運。但是，無法親眼見證的人呢？

起初是登上了頂尖技術人員——光榮的工房長地位，但是從什麼時候開始鬧起彆扭的？因為沒有其他值得保護的事物，等他注意到時，已經成了戀棧權位的人了。到頭來，他更忍受不了位居國機研之首的『小夥子』爬到自己頭上來。

直到發生了某件晴天霹靂的大事。

那就是一直以為幾百年後才會誕生的新型機出現了。

突然展開的那項計畫點燃了沉澱在心底的願望——完成新型機，然後帶著那項功績登上國機研之首的位子。冷靜想想，這樣的想法實在是膚淺又空洞，而他連這一點都不明白，可以想見當時的自己目光是多麼地狹隘。只不過，一想到加達托亞．達修的誕生，又覺得那樣的執著未必是白費的。

在將加達托亞．達修呈現給御前的舞台上——『他』現身了。率領著人馬騎士，攜帶一身眾多裝備。

歸根究柢，就連蓋斯卡賭上一切的加達托亞．達修都是出自他的構想。一開始是混亂，然後錯亂，最後狂亂，打破局面的還是因為『他』的一句話。那個少根筋的天才不拘泥於常識，隨心所欲，沒有一絲迷惘，只一心一意埋首在製作幻晶騎士上。追逐火熱太陽的蓋斯卡這才發現，自己所憧憬的不過是海市蜃樓罷了。

他睜開閉上的眼睛，慢慢活動僵硬的身體，舉起自己那雙滿布皺紋的手凝視著。儘管有多加鍛鍊，手心卻已刻上了許多滄桑歲月的痕跡。

即使再拿起鐵鎚，也沒辦法像往常一般有力了吧。可是，他還有累積至今的經驗與知識，只要活用這些，就能到達更高的境界。加達托亞・達修的存在已經證明了這一點。好好指揮部下，傳承技術吧，這麼一來，說不定他們也能邁向更高、更遠的目標。

蓋斯卡第一次覺得感謝——感謝自己坐在國機研開發工房之首的位子上。

「……臭小子……要我輸給你們還早得很啊……」

無意中洩漏出的心聲，帶著和過去開口時完全不同的音色。

第二十三話　畢業日

西方曆一二八〇年，春天。

位於萊西亞拉騎操士學園中央的鐘樓響起，清脆的鐘聲迴盪在校園裡，又慢慢被吸入萬里無雲的晴空中。

那並非宣告上課開始和結束的短促鐘聲，悠長的音色表示今天是特別的日子。這一天，學園將舉行畢業典禮。

學園裡四處可見別著代表畢業證明的『徽章』的學生。

他們不管是年齡、學系都不相同。不只萊西亞拉騎操士學園，弗雷梅維拉王國的教育自由度很高，沒有修完全部教育課程的畢業生也是大有人在。

這個典禮不分初等、中等或是高等部，就在今天，歡送所有即將離開學校的人們。

其中，有個聚集了萊西亞拉騎操士學園中等部畢業生的團體。

他們所受的待遇和其他畢業生有點不同。依據這個世界的風俗，一般將滿十五歲的人視為成年。中等部三年級今年正好迎接十五歲，因此中等部的畢業典禮也就和成人式有著相同的意義。

「真的發生了很多事，而且很多事情的方向也變得很奇怪，不過還是順利畢業了呢。」

「沒想到為所欲為地幹了那麼多好事，學校還肯發給我們畢業證書。」

「感覺好像叫我們快滾呢——」

「是說從中途開始就沒什麼認真上課的記憶。」

這些中等部畢業生裡還有個格外醒目的集團：由一名坐鎮中央的矮小少年，及矮人族少年，還有站在兩旁的高個子雙胞胎組成的凹凸四重奏——艾爾涅斯帝、巴特森、阿奇德和亞黛爾楚的童年玩伴軍團，或可稱銀鳳騎士團團長與他的小夥伴們。他們今年也將成年。

也難怪即將畢業的他們會這樣百感交集。

回想起來，在學時的他們簡直是為所欲為到了無法無天的地步，實在不能說是正經的好學生。去上八竿子打不著關係的課還只是開始而已，之後還突然開始製造新型機，任意使用學園的器材，最後甚至佔領了整個學系（而且還是高等部）。這樣的例子多到不勝枚舉。

應該是創校以來未曾有過的問題兒童軍團吧。

「的確，才這個年紀就讓我率領一支騎士團，這也算是特例了，而且中途還反過來指導幻晶甲冑的使用方法……」

雖然是問題兒童，但是交出的成果卻是無可比擬的。

其中最重大的成就，或許要算發明了幻晶甲冑這種作業機械，並使之普及。幻晶甲冑的存在影響範圍廣大，涉及各領域。也多虧如此，不僅在萊西亞拉騎操士學園，全國各地的教育機構其教育內容也會有所革新。

於是，各地紛紛爭搶『發明人』的銀鳳騎士團作為指導人員，讓即將畢業的他們已經搞不懂自己到底是學生還是老師了。

正因為他們情況特殊，畢業也成了校方對這群『留在學園裡也拿他們沒轍』的麻煩人物妥協的結果。

畢業典禮平安無事地進行，接著就是由在校生目送畢業生從正門走出校外劃下句點。

從明天起，畢業生們就要分道揚鑣，走向各自的人生道路了。

有人回顧在學時的生活，也有人對未來感到不安，他們懷抱著各自的感傷，緩緩走向大門。這時，不曉得從什麼地方響起沉重的腳步聲。

不必尋找聲音來源，那個幻晶騎士集團就在不遠處出現了。典禮上沒有的流程讓在場所有人露出困惑的表情。

面對困惑的眾人，部隊散開，從正門到廣場間等間距一字排開。

騎士們打直背脊，以漂亮的姿勢列隊，用一絲不亂的動作面對彼此。緊接著，所有騎士們同時拔出腰間配劍。

右手持劍，鞘留在左手上，然後高舉起劍與對面交錯，再靜靜收回到頭部前方。全機擺出對著劍祈禱的姿勢靜止下來，就此開出一條幻晶騎士用劍架起的『道路』。

一名附近的幻晶騎士發出聲音，對著不知如何是好的畢業生們說：

「恭喜各位學弟妹畢業。雖然我們不久後也將離開這個地方，不過至少今天讓我們送各位一程吧。」

眼前光景宛如排列雕像的迴廊般莊嚴。往年沒有的流程讓畢業生們高興地漲紅了臉，陸續穿過鋼鐵的巨人騎士們開出的通道。想必今年的畢業典禮將在許多人心中留下深刻的印象。

不必說，駕駛這些幻晶騎士的就是銀鳳騎士團成員。

他們會採取這樣的特別行動，原因在畢業生隊伍的尾端慢慢走著的——露出滿臉笑容，哼著歌邁出步伐的團長身上。亞蒂也露出一張差不多的笑臉，和艾爾手牽著手並排走著，後面不遠的奇德和巴特森則把胸膛挺得老高，一樣笑嘻嘻地跟在後面。

就這樣，他們六年來波瀾萬丈的學園生活在此劃下句點。

才穿過學園正門，艾爾就回過頭。騎操士學園的廣大校地從門對面沿伸開來。他感觸良多地高聲道：

「萊西亞拉騎操士學園，過去受到你諸多照顧了！那麼……銀鳳騎士團，撤收!!」

接到團長命令，團員們的行動非常迅速。

幻晶騎士們同時開始移動，不只如此，後面還跟著馬車。剩下的團員坐上那些馬車，並將他們使用的各種工具一併放上去。這些行李，說是銀鳳騎士團的所有家當也不為過，而這其實也是他們移防的一環。

隨著團長畢業，銀鳳騎士團正式與萊西亞拉騎操士學園分離，作為獨立組織展開正式的活動。預定將以萊西亞拉學園市近郊新建的『奧維西要塞』為據點，並在國內各地大肆活躍。

這一天，在雙重意義上成了他們啟程的日子。

◆

這裡是分隔大陸西側諸國與弗雷梅維拉王國的高山峻嶺『歐比涅山地』。

大陸兩側有人稱『東西街道』的道路連結，在崇山峻嶺中沿著比較容易行走的山谷而建。道路本身修建得相當完備，無奈由於原本的地勢險要，通行往來還是相當費勁。

一隊馬車正在東西街道上前進。

這列車隊領著護衛的幻晶騎士，規模不小。他們不是商人，帶上的物資很少，貨車上頂多只有旅行所需的必備品。中央有輛比其他車輛都大的馬車。

那輛車裝飾樸素，不過建造得相當堅固，可以知道裡面的乘客身分不低。

一行人莊嚴肅穆地前進，但是剛越過山頂，那輛大馬車裡就有一道粗暴的聲音喝止車伕。

「喂，把馬車停下來!!」

停車的旗子隨即揮下，馬車陸續停止，護衛的幻晶騎士也各自就定位，站在能保護全體的位置上。明明是心血來潮的行動，但所有人的行動卻是無懈可擊，可見在旅途中這樣的事大概發生過好幾次了。

車體搖晃了一下，裡面乘客走下了馬車。

他穿著一身作工精緻，不吝使用昂貴布料的高級服飾。遺憾的是，他的體格似乎太過優秀了些。男子身高將近兩公尺，還練就一身結實壯碩的體魄，活脫就是野性、粗暴等形容詞的化身。這樣整潔清爽的服裝跟他原有的魄力顯得不相襯。在旁人眼裡看來，甚至還醞釀出一股怪模怪樣的氛圍。

但本人對此倒是一點也不在乎。

他大大吸了口氣，像是在品味充滿胸腔裡的空氣似地緩緩吐了出來。結實的肌肉隨著肺部膨脹而鼓起，使潔白無瑕的襯衫發出緊繃的聲音。說來悲哀，為了他量身訂做的服裝，在他壯觀的肌肉面前也有如風中殘燭般脆弱。

「空氣真好！偉大歐比涅的空氣如此清新怡人。待在那樣狹窄的城堡裡實在令人發悶。」

山間的風吹亂他一頭不經修飾的頭髮。混入一絲紅色的金髮有如獅子鬃毛般豪邁伸展。

「所言甚是，『殿下』。這傢伙也在說情況比平時更好呢。」

隨侍在後的護衛幻晶騎士模仿他做了個深呼吸，魔力轉換爐的進氣聲高亢地響起。

「哈哈，沒錯吧！噢噢！看啊，我懷念的故鄉!!」

從山峰到山腳是一片綠色風景，其間點綴著像是城鎮的突兀之色。王都坎庫寧和中央的王城——雪勒貝爾城就在那裡，更遙遠的彼方甚至能隱約見到小小的萊西亞拉學園市。

「噢，美好的弗雷梅維拉。那麼殿下，既然近在眼前了，就讓我們趕緊進入坎庫寧吧。」

「別那麼小氣，我可是一直窩在那個無聊的小地方！不先活動活動身體，等到了城裡又動不了啦。」

他才剛伸展四肢，胸前的鈕釦就「蹦」的一聲飛了出去。那聽起來也很像縫製這件衣服的王都工匠的慘叫。

「唉呀，這衣服貴成這樣還這麼脆弱。雖然是別人送的，但我到現在還是搞不懂克沙佩加的流行風格啊。」

發完牢騷，弗雷梅維拉王國第一王子・里奧塔莫思的次男『埃姆里思・耶爾・弗雷梅維拉』便再度坐上馬車。

第六章 災禍的森都篇

第二十四話　獅子的繼承者

她沉睡著。那可稱之睡眠，或是冥想，又或者是思索。這是她們一族為了與廣大洪流同化而代代相傳的方法。

她在睡眠中旅行。身體感覺沿著遍布大地的根無止境地蔓延，自己的形體逐漸擴散開來。不同於血液流動，流經大地的水脈對她悄聲耳語。她和族人、祖先，以及大地合而為一，不停延伸。

在無限重疊中擺盪的意識被某個東西吸引了。異物，妨礙睡眠的事物，脫離洪流的某個部分產生了不協調的感覺。她直覺，並且確信這個東西不能存在。

下一秒她清醒過來。在族人裡經歷最長久的歲月，需要花許多時間完成同化的她，這次清醒不在預料之中，但沒有猶豫。她必須排除那個妨礙睡眠的異物才行。

「您怎麼了，『大老』？現在還不到清醒的時間呢。」

她只動了動眼睛，視野裡出現了年歲尚輕的同胞。膚色白皙，柔軟的金髮，整體看來高瘦的身材。其中最具有代表性的，就是那對如刀刃一般突起的耳朵。這是她們一族的共同特徵。

「……有東西妨礙了『旅行』。」

她的視線和對方對上了，身體卻是動也不動，如此低語著。她的身體不會動，也不需要動。這副軀體總有一天會蒙偉大的祖先寵召，對她而言已經沒什麼意義了。

「蠢蠢欲動的惡意即將降禍於森林，必須排除。」

「……我明白了。將以『騎手』迎戰。」

同胞沒有反問，馬上退了下去。

她沒有再次進入睡眠。若是不把異物排除，睡眠就沒有正確的意義了，因此，她也沒有再次睡眠的理由。

她持續等待，等待自己的『預言』成真的時刻到來。無論花上多少時間，對她而言都只是過眼雲煙而已。

這就是降臨於『森林』與『鄉』的災禍開端。

◆

那個地方留下一片宛如戰場般，被蹂躪過的痕跡。

支離破碎、勉強還能看出人類形體的零件棄置一地。枯朽、形狀模糊的手心伸向天空，頭盔深處的雙眸已經失去光芒。鏽跡斑斑的鎧甲不見往日光彩，紅褐色澤幾乎要和原野融為一體。

這些殘骸原本名為幻晶騎士。有的陳舊，但也有很多新殘骸。交錯堆疊的亡骸忠實體現了這個地方走過的歷史、現在，以及未來。

這裡是位於國立機操開發研究工房的大本營『要塞都市杜佛爾』中，第一開發工房裡的風景。

「……唔，得稍微整理一下了嗎？」

工房長蓋斯卡嘆了口氣，望著在理應相當寬敞的第一開發工房中占據不少面積的殘骸——這些是反覆嘗試的結果。新型量產機開發這樣的大案子，又加上壓倒性的技術革新，導致一連串的失敗，產生大量廢棄的零件。累積起來的殘骸比平時多出一倍，實在教人看不下去了。他暗自下定決心，等各地開始量產新型機後，一定要先來整理這堆廢鐵。

蓋斯卡一邊煩惱著善後問題，一邊離開工房暗處。走出門外，耀眼的陽光一下子刺得他睜不開眼，隨著眼睛逐漸習慣，他也加深了笑容。

那裡是一整排採取屈膝姿勢，敞開胸部裝甲裡的駕駛座的巨人集團。

它們既非加達托亞，也不是加達托亞・達修。這些正是國機研的騎操鍛造師們努力至今才終於完成的心血結晶，最新銳制式量產機『卡迪托雷』。

這是以先行模型機加達托亞・達修為基礎，配合銀鳳騎士團提出的選擇裝備進行諸多調整。最大的改變，在於引進使用了終於實用化的『容量特化型結晶肌肉』——魔力儲存式裝甲，使魔力儲蓄量飛躍性地獲得提升。因此，特列斯塔爾所懷抱的問題——慢性魔力量不足也獲得了改善。卡迪托雷既是新型機開發的先鋒，更是完成形。

機體只塗上一層保護漆，保留原本的金屬質地，弗雷梅維拉王國製造的幻晶騎士一樣低調樸素。相對的，徹底鑽研防禦效果和生產性而成的外裝則散發出一股俐落的美感。

卡迪托雷已完成運轉測試，可以立即投入生產線量產。國內貴族也接獲通知，開始招聘騎操鍛造師並舉辦教育訓練。今後，國內的幻晶騎士將會逐漸汰換成這些新型吧。他們國機研鍛造師們最重要的工作暫時告一段落了。

蓋斯卡轉轉疲憊僵硬的肩膀和脖子，為自己最近不太聽話的老骨頭嘆息。他和底下的第一開發工房意氣風發地投入研究，在很長一段期間中勉強自己亂來。是時候該放個假了，他一邊在腦中擬定休息的日程，一邊走向所長的辦公室。

◆

國王安布羅斯和他的家族，也就是弗雷梅維拉王國的王族，基本上都住在王城雪勒貝爾城裡。從謁見大廳的盡頭，穿過錯綜複雜的通道和數個房間後，便是他們的私人場所。

雪勒貝爾城最深處被稱為『內城』。愈往中央，高度愈高的城堡中心還有座最高的塔。這個地方是由原本被稱為『雪勒貝爾』的要塞改建而成，塔是之後增建的，也正因如此，建造時最先考量的就是堅固，但也不得不說，此地作為王族居所是有些過於樸素。

這樣的前身使得這個區塊的窗戶很少。因為缺乏天然採光，只好不分晝夜地點起昂貴的鱗獸油燈。室內雕刻精緻卻不華麗的家具在柔和光線的陪襯下，散發出一股沉穩的氣息。

「臣已派遣使者前往克沙佩加拜訪馬蒂娜，要埃姆里思即刻歸國。」

房裡有兩個人。一人是國王安布羅斯，另一名男性比安布羅斯年輕，身材纖瘦，相貌和國王有幾分神似。

「唔，朕也好久沒見到他了。他是什麼時候從克沙佩加出發的？」

「大約是三年前的事。」

「……這樣啊，這麼說來，是朕和『那個』相遇前的事了。明明沒過多久，卻覺得好像是很久以前了。」

安布羅斯垂下眼看著手中的酒杯，緩緩搖晃杯中的液體。

「……可是陛下，兒臣還是認為為時尚早。」

「別叫我陛下，『里奧』。這個地方不會有外人。」

「我明白了……『父王』。」

安布羅斯的長子，王位第一順位繼承人『里奧塔莫思・哈爾斯・弗雷梅維拉』呼出一口氣，放鬆了緊繃的眼角。

「哎，朕認為時機正好。國機研也傳來了和銀鳳騎士團共同建造的新型機報告。等埃姆里思回來，消息大概就傳遍各地了。無論是誰都能預見，開啟新時代的關鍵時刻即將到來。」

里奧塔莫思正想開口反駁，又馬上閉起嘴，因為。安布羅斯露出有所企圖、樂在其中的表情。經驗告訴他，每當父親露出這種表情，就沒有人能阻止他了，何況安布羅斯所說的也有一番道理。在進行激烈的改革前，的確需要做個了斷。

「還剩下一個工作。不，那應該說是約定吧。」

「銀鳳騎士團……『那名少年』是吧。不要緊吧？把他帶到『他們』那裡，就算沒有『法』的問題，那些人也不好伺候。」

即使外表相似，兩人的氣質還是有迥異之處。他的兒子似乎沒有繼承到安布羅斯最有代表性的剛毅性格。

「呵呵，真是的，你太愛操心囉。」

「畢竟事關重大，不如說是父王您太輕率了。」

不曉得是哪裡覺得有趣，只見安布羅斯忍住大笑的衝動，里奧塔莫思則反而忍住嘆息。

「架子擺大一些吧，里奧。老是那麼斤斤計較，以後可有得你受的。」

「就說是父王您太粗枝大葉了！」

在王城的最深處，像是談得來，又像談不來的親子對話持續了好一會兒，其間無人聽聞。

幾天之後，在雪勒貝爾城的走廊上出現一名男性身影。

「還是自己的國家好！昨天以前的拘束生活好像作夢一樣！」

那人正是弗雷梅維拉王國王位第四順位繼承人『埃姆里思・耶爾・弗雷梅維拉』。他大大伸了個懶腰，用全身表達出解放感，接著便愉快地大步前進。

說起他此時的衣著，是使用加工困難卻堅固結實的魔獸皮革製成的最高級裝備──『黑鱗獸鎧甲』，肩上煞有其事地披著作工精良的披風，腰間再配上一把堅持實用性優先的劍。這副鎧甲是為了身材魁梧的他特別量身打造的，雖說所費不貲，但他好歹也是王族的一份子，這種材質實在還是有點不入流。至於看起來會覺得合適，只能說是他給人的印象所致。

總之，他看起來心情很好。

前陣子還在他國留學，被迫穿著當地流行的拘束衣服。那些作工一流的高級品不適合他虎背熊腰的體格，也和他的喜好差了十萬八千里。身為王族，他喜歡的卻是『堅固耐用』或『便於行動』這些注重實用性的款式，實在令人遺憾之至。這副特製的鎧甲可以說最大限度地呈現出他輕便、便於行動，但是又極為堅固的喜好。

穿著熟悉的裝備，帶著一股昂揚氣勢緩步穿過王城，臉上掛著燦爛笑容的他一把推開房間的大門。在那裡——謁見廳裡以國王安布羅斯為首的王族，以及迪斯寇德公爵等王公貴族們齊聚一堂。他咧嘴一笑，環視在場眾人。

「噢，老爸！爺爺！好久不見，我回來嗚呸咕啊！」

話還沒說完，安布羅斯扔出的王笏就直接擊中他的腦門，害他痛得差點昏死過去。

「這笨蛋孫子……到現在講話還這麼沒大沒小，去留學到底都學了什麼了!?」

在按著頭頂，痛得喊出聲的埃姆里思面前，安布羅斯無奈地抱頭。

「十分抱歉，陛下，我已經一再提醒他了……」

里奧塔莫思也是尷尬萬分。他的大兒子尤瑟個性沉穩，言行舉止皆符合王族身分，但次子卻不是這麼一回事。不曉得是像誰，那與其說豪爽，不如說是粗枝大葉的個性總是改不掉，送到他國留學也是無可奈何下的最終手段。

「照馬蒂娜的個性來看，也不至於疏於教育……就連她也應付不來嗎？」

安布羅斯喃喃道，想起嫁到克沙佩加王國的女兒。馬蒂娜是里奧塔莫思的妹妹，在輩分上算是埃姆里思的伯母。她嫁給克沙佩加王國的王族，兩國因此有了姻親關係，也是友好國家。

埃姆里思十五歲成人之後被送到伯母那裡，不過從剛才那一幕可以看出沒什麼效果。

「唔，真不曉得你那性子像誰。」

「像陛下。」

沒料到有人插話的安布羅斯回過頭，眼前是一如往常面無表情的克努特。

「像陛下。」

安布羅斯別開視線，假裝什麼都沒聽到。

片刻之後，埃姆里思若無其事地起身。

「埃姆里思啊，難不成你在克沙佩加也是那副態度？」

「啊——不，再怎麼說也不至於啦。我……本人也會看時間場合的。剛才是因為太久沒見到各位的臉，有些高興過頭……」

見他說得結結巴巴的樣子，眾人懷疑的視線全都集中到他身上，但他本人卻毫不在意地挺起胸膛。很難得地，這次安布羅斯先舉了白旗投降。

「……這件事朕待會兒再好好問你。好，今天邀集各位前來，不為別的……」

他清清喉嚨，一掃因為問題兒童的言行而一度鬆懈的氣氛。

「自從朕繼承這個國家的王位以來，已經過了三十六個年頭。也差不多是時候了，朕有意退位。下一任國王便是朕在這裡的兒子——里奧塔莫思。」

眾人屏氣凝神。安布羅斯這番話並不突然，聚集在此的人物也或多或少有了預感。

弗雷梅維拉王國的王位是世襲制，基本上是由長子繼承。長子擁有第一順位的王位繼承權，其兄弟姊妹不分男女是第二、三順位。現任國王有孫子的情況下，則是規定以長子的孩子優先，並依序賦予繼承權。

讓位最常見的理由，是因剛建國處於混亂期，國王希望改由強力的領導人率領國家；依照慣例，國王會在屆高齡衰退之前讓出王位。安布羅斯今年六十歲，在這個世界算是相當高齡的老人家了。因此提出王位繼承的話題可以說是理所當然。

然而，正因為大家都很清楚他仍英勇如當年，即使心裡能接受，還是感到焦躁不安。可見他這位名君是如何廣受愛戴。

里奧塔莫思走上前，打破這股還帶有幾分感傷的沉默氣氛。他端正姿勢，朝這名既是父親，同時曾經是國王的男人深深行了最後一禮。國王在繼承王冠之後，即使面對父親也不能低頭。在這個時刻，他懷著最高敬意結束行禮。

「兒臣拜領，陛下……不，父親。」

「嗯，坐上王位之後千萬不可掉以輕心，時刻勉勵自己。好了，正式典禮暫且延後，希望諸位也能和我的兒子一起支持這個國家，拜託了。」

安布羅斯環視眾人，在場的貴族們同時屈膝，低下頭回應。

西方曆一二八〇年，夏天。

『獅子王』安布羅斯退位，連同新王里奧塔莫思即位的消息，在日後傳達到國內每一個角落。百姓讚揚偉大先王的功績，並對下一任國王抱有很高的期待。沒多久，最新制式量產的幻晶騎士配置也漸漸在各地普及開來。

新王和新騎士——弗雷梅維拉王國正準備邁入自建國以來最大的轉換期。每個人都期待著國家進一步的安定與發展。

◆

新國王繼位後，過了一個月左右的時間。到了這時期，慶祝新王即位的各種活動也大致告一段落，王國內正在恢復平日的穩定。

從萊西亞拉學園市沿著『西弗雷梅維拉大道』稍微往東，一座在地理要塞位置上並不具備特別性的普通森林裡——

『奧維西要塞』便是存在於這樣的場所。

一般認為，這裡根本沒有當成據點的價值，但這裡可以算是國內格外重要且特別的要塞。原因不在於地點，而是在此駐守的騎士團——銀鳳騎士團。

可怕的是，說這個要塞本身是為了騎士團長艾爾而存在也不為過，畢竟是考慮到艾爾老家的距離，才選了這種奇怪的地點。

瞧瞧奧維西要塞裡面的情形，那裡隨意擺放著一架又一架才剛發表不久的最新量產機卡迪托雷。目前除了直接製造者——國機研以外，沒有其他騎士團擁有這麼多卡迪托雷了。國機研優先提供給銀鳳，不僅是由於銀鳳騎士團參與了開發過程，真要說起來，這麼做也等於是對艾爾的一種投資。

一名矮人族青年穿過停機場上成排的卡迪托雷森林。他像是在尋找什麼似地四處張望，一發現埋在紙堆裡的矮小少年，就大叫道：

「喔，找到你了，銀色少年。阿迪拉德的調整差不多結束囉。還有古拉林德啊，你也說說迪那個呆子，到底想弄壞幾次啊！」

不停畫著設計圖的艾爾對騎操鍛造師隊長——老大的聲音有了反應，抬起頭說：

「不，就算是迪學長也不曉得怎麼應付魔導噴射推進器吧，剛才我也聽到他狠狠摔了一跤的聲音……不過他好像愈來愈習慣了，能不能請你原諒他？」

「還不都是你出的怪主意。拜託，用魔導噴射推進器飛天的傻子只要一個人就夠了。」

老大搔頭嘆息，背過身去，艾爾也隨著他的視線望向那邊。眼前是兩架顏色、外型皆與量產機不同的幻晶騎士。

「我承認他很努力。何況要是『中隊長專用機』這樣摔得四腳朝天的，傳出去也不好聽。」

中隊長專用機——一邊是第一中隊長艾德加・C・布蘭雪專用機的純白騎士『阿迪拉德坎伯』。這是以最新銳的卡迪托雷為基礎，只有外觀設計仿效『厄爾坎伯』改良的機型。雖然做了一些調整來配合騎操士，不過內容幾乎沒有變更。這是因為卡迪托雷原本就具有強大性能與溫馴的操縱特性，已經充分符合艾德加的要求。

而另一邊，則是第二中隊長迪特里希・庫尼茲的專用機——緋紅騎士『古拉林德』。這架機體也同樣以卡迪托雷為基礎，並在騎操士本人的要求下加以改造，只是改造的結果幾乎讓人認不出來。

在結構上甚至沒有可動式追加裝甲或盾，完全是攻擊型的配置，而且儘管會限制機能，還是搭載了魔導噴射推進器，算是相當跟得上潮流的機體。雖然有些毛病，又不好操縱，但迪特里希似乎連這方面都很中意。

個性正好相反的中隊長機也如實地反應到他們的中隊上，呈現第一中隊擅長守勢，第二中隊擅長攻勢的情況。銀鳳騎士團的核心就是由這樣個性強烈的兩個中隊所組成。

「噢，還有一件事。『第三』那些傢伙們又在哀嚎了。」

「我不是把他們交給奇德和亞蒂了嗎？」

銀鳳騎士團搬到奧維西要塞，作為正式騎士團獨立以後，最大的改變就是多了『第三中隊』的配置。

第三中隊的性質和其他兩個中隊更是截然不同。理由在於他們使用的幻晶騎士。超過一般幻晶騎士的巨大身軀，將人與馬合為一體的異形——他們使用的，就是銀鳳騎士團引以為傲的人馬騎士『澤多林布爾』。

澤多林布爾是以人馬騎士的第一號模型機『澤多爾各』為雛形，將操縱系統改為單人駕駛，再經過各式調整後做出的量產用機型。無奈即使打著量產機的招牌，依然是搭載兩具魔力轉換爐的超高額機體，也因此產量稀少，沒有像卡迪托雷那般普及。銀鳳騎士團自己使用的數量就已經佔了國內的大多數。

「好啦，你就看吧。」

老大指著澤多林布爾佔據廣大面積的腳邊，第三中隊的騎操士們正聚在那裡，似乎在爭論些什麼。

「所以啦，我明白妳說的，在移動中要好好運用可動式追加裝甲這件事，但做法能不能說得再具體一點？」

「呃，轉彎的時候機體不是會傾斜嗎？就在那時候『嗚！』的用力，像這樣，然後再『喀！』的拉回來就行了！」

「小亞蒂，我說過好──幾百次了，這樣完──全算不上解釋！先把那些擬聲詞拿掉啦！」

「嗚嗚嗚，救救我，艾爾──!!」

澤多林布爾之所以無法普及，除了價格高昂，外表太過異常等種種原因外，最大的問題還是在於外型與既有機體相差太多，導致操縱極為困難。不提雙人駕駛的澤多爾各，改良成澤多林布爾後，目前依然持續努力簡化著操縱系統。不僅使用特製的魔導演算機，操作方式也盡可能調整成類似騎馬感覺的設計。更從過去的操作方式中讓部分功能自動產生連結等等，即使像這樣不著痕跡地導入了相當先進的概念科技，結果依然如各位所見。第三小隊的訓練時間在銀鳳騎士團是數一數二地多，但熟練度還是不足。

「……去幫幫她啦，主要是幫第三中隊長（海薇）。」

因為充當教官的雙胞胎很不會教，讓情況更加惡化。原因就在於他們不像艾爾從理論面檢討，而主要是依靠感覺來說明的。

「那也算那兩個『團長輔佐』的訓練──把我教的事正確傳達給別人喔。」

「就跟你說，這樣辛苦的反而不是那兩個人啦。」

被選為第三中隊隊長的海薇，最近常為了如何翻譯雙胞胎的說明而頭痛不已。如果她自己能找出答案倒還好，但即使駕駛經驗豐富，人馬騎士也並非一朝一夕就能馴服的對手。

「嗯──好吧，等我現在做的設計告一段落，再來想辦法……」

看艾爾抱著圖紙，沒打算離開的樣子，老大只能吐出一口嘆息。

目送回到整備作業的老大離去後，艾爾也抱著大量圖紙，走向要塞深處。穿過林立的幻晶騎士，在工房的盡頭有個幻晶騎士的維修台。連在對特殊情況都是『見怪不怪』的銀鳳騎士團裡，可謂異常的存在，目前就坐在那張狀似椅子的維修台上。

外表是普通的人形。因為正在改裝，全身的外裝都卸了下來。具有某方面知識的人看了這架機體，一定能馬上看出異狀。莫名隆起的背部，裸露的軀體上蜿蜒著大量的金屬管，使軀幹大小超過一般幻晶騎士的規格。多數金屬管都連結到背上，更凸顯上半身的怪異。

機身幾乎沒有外裝包覆，僅於兩肩和腰上裝甲。那不是普通裝甲，而是內部編入板狀結晶肌肉與紋章術式的特殊裝備──『魔導噴射推進器』。

「這個也改得相當久了……差不多到極限了吧。」

不會有人發現，這個可以用『金屬臟器』來形容的物體，原本居然只是普通的『加達托亞』。

事情的開端要回溯到數年前的魔導噴射推進器動作實驗。這架被選為實驗對象的加達托亞在實驗失敗後嚴重毀損，經過修理又重新作為推進器的試驗體，繼續投入嚴苛的實驗。曾有一度因為運轉太不順暢而徹底修理，當時重新設計成『特列斯塔爾』。順帶一提，這架機體曾在人馬騎士的亮相比賽中作為艾爾的機體參與戰鬥。

於是不知不覺間，大家開始有了共識，認為這架機體是艾爾的所有物，最後定位在『總之先把他想到的東西裝上去看看』的角色上。團員們見他隨心所欲地把莫名其妙的機能一個接一個地裝上去，結果給這架機體取了『艾爾的玩具箱』這樣的綽號。

即使『玩具箱』對於改造早已是經驗豐富，但凡事都有限度。

「後來裝上的部分產生矛盾，對整體造成多餘負擔，才會低估了強化魔法吃掉的魔力……『明明增加轉換爐了』，可是目前還看不出什麼效果呢。」

玩具箱莫名隆起的背部，就是增設了魔力轉換爐的結果。

魔導噴射推進器極為消耗魔力。在運用這種裝備的情況下　強化魔力供給量就成為無可避免的課題。使用複數轉換爐的技術已經在澤多爾各的設計中獲得確立，所以他以為只要沿用那個就沒問題，結果卻不甚理想。這個方法在澤多爾各的案例上會成功，是因為它的體積巨大，有足夠空間可利用的關係。至於標準的人型要搭載兩具動力爐，是太過狹小了。

玩具箱只要再加上外裝就能啟動沒錯，但魔力供給不穩定，無法達到預期中的輸出功率。平衡度不佳，難以操作。如果撇開魔力消耗的問題不談，它的性能甚至還遜於特列斯塔爾。

「果然還是從頭開始寫專用的設計圖比較好。」

艾爾把好幾張圖紙擺在地上，然後和眼前的實物做比較。很明顯的，沿用現有的設計已經無法解決了。裝載複數動力，還要在不損及動力的情況下啟動魔導噴射推進器——想達成這個目標，就需要統合累積至今的技術和知識來完成全新的設計。

「對，這……將會成為我專屬的機體。」

艾爾為自己的喃喃自語睜大眼。掠過他腦中的，是一度失去的存在。不管多麼渴望都得不到的、遙遠異世界的遺物。

「……既然這樣，做『組不著』的東西也可以對吧……」

「艾爾，艾——爾！」

出神的艾爾耳中聽見一道精力充沛的呼喚。他振作起精神，轉過頭就看見亞蒂小跑著過來。

「亞蒂……妳該不會扔下工作，逃到這裡來了吧？」

「欸!?哪、我哪有！我有好好工作……那個啦！我是來告訴你有客人的。」

亞蒂的眼神十分游移不定。艾爾沒有深究，就這樣前往會議室。奧維西要塞的用地幾乎由操作幻晶騎士的設施所佔領，只保有最低限度的設施作為他用。像會客室那種高級設施從一開始就不存在，而是和會議室共用。

總之，進入會議室的艾爾，見到一名士兵正在等候。他帶來傳令，在傳達固定的口信之後，對艾爾這麼說：

「敬告埃切貝里亞團長，王城下達了召喚命令。」

◆

在王都坎庫寧人來人往，熱鬧擁擠的中央大道上響起高亢的鐘聲。聲音來自一名敲鐘前進的騎兵。

一聽到那嘈雜的聲音，熙攘的人群便迅速退到路邊。那是預先通知有幻晶騎士即將進入王都的傳令騎兵。為了容納高達十公尺的巨人兵器通過，需要足夠寬敞的道路——像是這樣的中央大道。這條路平時也供居民利用，因此，在幻晶騎士進城以前，派人事先通報便成了慣例。

順帶一提，使用中央大道這樣的做法，也有向民眾展示幻晶騎士的英姿的含義。

通報的騎兵通過後不久，半人半馬的幻晶騎士——澤多林布爾現身了。起初曾嚇得發抖的王都居民們也漸漸習慣，如今則是完全適應了。雖然因進入王都而卸除武裝，但那比普通幻晶騎士更為龐大的身軀依然在王都居民的揮手目送下昂然而行。

澤多林布爾威風凜凜地穿過大道，終於抵達王城雪勒貝爾城，接著很快被引導到王城為了人馬騎士新建的停機場。機體剛做好待機姿勢，裡頭的騎操士便跑了出來。下來的是艾爾和亞蒂兩人。

「抵達城堡——！」

「嗯，辛苦妳了，亞蒂，可是我也能操縱澤多林布爾，妳不需要跟過來的。」

「不行，這台小澤是我的，就算是艾爾也不能借你！」

「說是這麼說，其實只是想蹺掉第三中隊的訓練對吧？」

「哪、有，沒這回事……喔？」

對擺明了不敢跟他直視的亞蒂，艾爾苦笑。

「下不為例哦，明天開始還要請妳繼續加油。」

聽了這話，亞蒂高興得撲了過來。艾爾就這麼拖著她走向城內。

「銀鳳騎士團長艾爾涅斯帝・埃切貝里亞奉召火速前來。」

「團長輔佐亞黛爾楚・歐塔參見。」

進入王城的艾爾等人被帶到不同於謁見廳的地方。因為召喚他的並非現任國王里奧塔莫思，而是先王安布羅斯。

「嗯，來得好，艾爾涅斯帝、亞黛爾楚，先放輕鬆吧。」

行了一禮就座的兩人頭上落下一道影子。抬頭一看，眼前是一名盤起胳膊，直挺挺站著的高大男性。肌肉發達、結實健壯的體格散發出一股壓迫感，豪邁伸展的亂髮帶給人宛如獅子的印象。

艾爾忽地有種感覺，眼前這名男性和坐在後面的安布羅斯似乎有幾分神似。

「……你就是銀鳳騎士團長艾爾涅斯帝・埃切貝里亞啊。我聽過你，不過你本人還真矮小啊！」

「您說的是，『埃姆里思殿下』。」

弗雷梅維拉王國第二王子埃姆里思・耶爾・弗雷梅維拉說著，曬黑的臉上浮現愉快的笑意。對嬌小的艾爾來說，如果想和埃姆里思互相對視，可不只是要高高抬起頭這麼簡單，而是要把整個上半身向後仰了。看不過去的安布羅斯苦笑道：

「埃姆里思，你就坐那邊吧，這樣不好說話。」

先王安布羅斯育有兩男一女，一共三名子女。長男里奧塔莫思即位時，他的兒子們（安布羅斯之孫）便成為直系的王子。也就是說，里奧塔莫思的次子埃姆里思有了第二順位的王位繼承權。儘管身分高貴，但直到一個多月前，他人都不在國內。

「我聽說殿下前些日子還在克沙佩加留學，原來您回來了。」

「因為老爸繼位，我也不得不回來啦。」

艾爾也聽過他留學歸國的傳聞。之前因為王位繼承的諸多瑣事影響，兩人一直沒機會見面。這次是他們第一次正式會面。

「沒想到我一陣子不在國內，就做出了新的幻晶騎士！還有那個新機型，是叫卡迪托雷嗎!?太厲害了！我也操作了一下，強而有力又纖細，不愧是我國的騎士！」

「是、是的！因為是我的銀鳳騎士團的傑作！」

「我想也是，真有你的！」

埃姆里思應聲附和莫名得意的艾爾，然後啪地一聲拍了下膝蓋。

「這麼說來，還有那匹像馬的！似乎很有趣，我喜歡。下次借我吧，我想騎著那個好好跑一下。」

「欸欸!?呃——欸——啊，小澤牠呀，是很難好好駕馭的喔，應該說，我們有點不方便出借，這個……」

「只要坐上去，總會有辦法讓牠動的，反正馬這種東西都差不多啦，有氣勢就能騎了！」

「咦……」

「那和馬並不相同，也不是靠氣勢就能駕馭的……」

不知為何，安布羅斯沒有積極地參與，一直是埃姆里思在說話。那絕不是溫暖守護的眼神，比較像是在觀察艾爾怎麼應付威勢逼人的埃姆里思。證據就是安布羅斯的表情愉快地放鬆下來，看上去有些滑稽。艾爾從眼角餘光瞥見那副模樣，同時隨口應付埃姆里思，亞蒂則在擔心澤多林布爾會不會被拿走。埃姆里思不改昂揚的態度，聊得起勁。

「先不提這些了，聽說今天是有要事而召喚我們前來。」

艾爾見時候差不多了，便結束對話，因為要是讓埃姆里思一直說下去，大概會沒完沒了。

「喔，對了，今天找你們來不為別的，是要請你們幫老夫做幻晶騎士。」

安布羅斯總算切入主題，聞言，艾爾不解地問：

「可是，先王陛下您已經有了『雷帝斯・歐・維拉』如此出色的機體不是嗎？」

「那不太一樣，那個終究是『國王騎』。正因為是國王的所有物，讓位給里奧塔莫思的我如今也不好隨便帶出去。我想，既然要做一架新的，請你來準備似乎也不錯。」

而且退休生活也很無聊啊——安布羅斯如此低語。艾爾差點就要問他打算怎麼樣讓退休生活有趣起來，最終還是勉強忍了下來了。

「我明白了，若是如此，請讓我略盡棉薄之力。」

「順便也做我的吧！只做爺爺的太不公平了。」

「唔，怎麼樣？艾爾涅斯帝，你能準備兩架嗎？」

「遵命，一架、兩架都不是問題。那麼，您希望做怎樣的機體？我們會盡量滿足兩位的要求。」

聽他這麼說，安布羅斯正要啟口，埃姆里思卻搶先一步有了動作。他砰地踢起椅子，猛力起身。

「好啊，最重要的是『力量』。」

如此竭盡全力地宣布。艾爾從腰間的包包裡拿出小筆記本、筆，以及墨水瓶，這是為了方便紀錄而做的隨身文具組。在他唰唰書寫的同時，埃姆里思扳著手指逐一舉出條件。

「然後第二重要的是『力量』。」

艾爾仍嚴肅地點著頭，繼續做筆記。

「最後也是最重要的，還是『力——量』!!」

艾爾的紙上只大大寫了『肌肉腦袋』四個字，然後翻著筆記問道：

「是，我非常瞭解您的意思。啊，那麼外觀方面有什麼要求嗎？」

「這個嘛……很強的……那個，做個可以像爺爺那樣自稱『獅子』的、看起來很厲害的!!」

艾爾在『肌肉腦袋』旁畫上花邊，接著又加了第二圈，看起來實在強勁又有力。

「那方面交給你決定，不要太超過就是了，其他就自由發揮吧。」

「遵命，我會準備好適合先王陛下和殿下的機體。」

這要求實在太過非凡出色，連旁聽的亞蒂都差點脫口而出：「這算哪門子的要求啊？」即使如此，艾爾還是高興地露出微笑。

◆

這場對話結束後過了大約一個月，一架拖著貨車的澤多林布爾來到王城。貨車上載著兩架隱身於布罩下的巨人，那便是為了安布羅斯和埃姆里思準備的專用機。

才聽到他們抵達的消息，迫不及待的埃姆里思就火速現身　連安布羅斯也難掩好奇地跟了過來。觀眾不只他們，雪勒貝爾城的近衛騎士們一來到現場，也紛紛對貨物投以好奇的眼光。

貨車上的布罩在眾目睽睽下被取了下來，露出裡面的兩架幻晶騎士，它們一出現在陽光下，就反射出燦爛的光芒。

「這真是……艾爾涅斯帝，你又起了玩心啊。」

安布羅斯努力忍住笑。如他所言，那兩架幻晶騎士設計得相當誇張。

——一架外觀像是獅子。胸部裝甲和軀幹周圍模仿獅子的臉，裝甲也有意做成鬃毛的造型，呈現彎彎曲曲的形狀。通體呈現金色，醒目至極。

——另一架是老虎的樣貌。軀幹周圍模仿老虎的臉，除此之外的部分雖然樸素，但由於全體呈銀色色澤，其間又加上黑色條紋，因此醒目程度跟金色比起來，可說有過之而無不及。

艾爾無視受到外觀強烈衝擊、在兩架機體前目瞪口呆的群眾，得意地用誇張的手勢開始解說。

「您覺得如何？先王陛下、埃姆里思殿下。它們叫做『金獅子（戈德力歐）』和『銀虎（錫巴泰格）』。依照殿下的要求，兩架都擁有強大的動力，規格格外優秀，在防禦上也具備極為強大的能力。」

埃姆里思從剛才開始就張著嘴，宛如石像般僵在原地。安布羅斯則是緩緩撫著鬍子，問道：

「哦，動力是我這笨蛋孫子嚷著要的，不過防禦方面呢？是為了什麼而做的？」

「這是我自己的意思……畢竟兩位貴體安全比什麼都重要。」

「原來如此，也是，國王騎也是防禦力強大的機體，這也可以說是將領掛心的重點。」

安布羅斯滿足地點頭。而又過了一會兒，埃姆里思終於回過神來。他舉起肌肉發達的雙臂，朝著兩架野獸吼道：

「嗚噢，超乎想像!!哈哈哈，幹得好啊，銀色團長！我喜歡！」

像孩子般雀躍的埃姆里思帶著滿面笑容，指向其中一架。同時，比較過兩架機體的安布羅斯也沉吟著點點頭，指向其中一架。

「爺爺，我要這架金獅子……」

「那麼埃姆里思，我選這架金獅子……」

兩人同時閉上嘴，互相對望。一陣緊繃的沉默環繞在他們身邊。

「爺爺……你也想想你的年紀吧，這麼華麗的機體根本不適合你哦。」

「說什麼蠢話，埃姆里思？你這小鬼經驗尚淺，搭乘獅子咆哮對你而言還太早了。我以前可是人稱『獅子王』的名君，這簡直是為了我量身打造的。」

兩人之間迸發出看不見的火花，一步也不退讓，氣魄撼動了空氣。附近的近衛騎士想不到他們當真槓上了，不知如何是好，也不能指望有人出來調停。

「對了，爺爺，能幫我做個訓練嗎？我會讓你瞧瞧在那邊修行的成果。」

「哦？你是說靠力量爭奪嗎？好膽識！去訓練場吧，來人，把劍拿過來！」

旁人還來不及阻止，兩人便以迅雷不及掩耳的速度衝向訓練場。現場只留下一臉錯愕的艾爾和近衛騎士們。

「我聽說殿下很像安布羅斯大人……但也未免太相似了吧。」

很明顯的，這是在場所有人共同的感想。

片刻之後，場景轉移到王城附設的近衛騎士團專用訓練場。

蘊含熱氣的風吹過紅褐色地面，兩架卡迪托雷拿著彼此擅長的兵器兩相對峙。

「說要『把劍拿過來』，那為什麼準備了幻晶騎士……？」

坐在這兩架機體上的自然是安布羅斯和埃姆里思。先王要和王子進行模擬戰鬥的消息很快在城裡傳開，而且不曉得哪裡出了錯，在一陣慌亂中，士兵們還準備好了幻晶騎士。這整備的動作快得連艾爾都自嘆不如。

「爺爺……抱歉了，我可不能放水。」

「少胡扯。一直叫你要好好努力，但你還是不改本性，成日過著放蕩的生活……就由我親自來矯正！給我咬緊牙關了！」

「先王陛下——您的目的好像有點搞錯了喔——」

艾爾顯得突兀的悠哉嗓音似乎沒傳到鬥志旺盛的兩人耳中。幻晶騎士雖然是機械，卻意外地能表現出騎操士的心情。即使看不到駕駛座裡的兩人，從兩機流暢的運轉聲也能想像他們愉快摩拳擦掌的樣子。當運轉聲到達頂點，嘹亮的喇叭聲便穿過訓練場。兩架機體聽到開始的信號，一起衝向對方。

一邊是正值成長階段的年輕獅子，另一邊則是略顯衰頹卻技巧純熟的老獅子。雙方的戰鬥方式可以說非常兩極化。

埃姆里思以速度和力量為武器，堂堂正正地從正面切入；安布羅斯則是靠熟練技巧時而閃避，時而反擊，一步不退地迎戰。巨人的腳步搖晃大地，金屬製的巨大武器每次的互相碰撞，其衝擊皆震撼耳膜。雙方都不考慮保留體力，卯足全力應戰。

同樣是獅子，擁有的本質卻不同。兩人之間的戰鬥從一開始的勢均力敵，逐漸傾向對安布羅斯有利。安布羅斯機拿的是長槍，長度超過幻晶騎士的身高，前端裝上了訓練用的鈍槍尖。據說在真人對戰中，用劍與拿長槍的對手戰鬥時，劍士需要高出對方三倍的技巧才能獲勝，這道理在被視為人體延伸的幻晶騎士上也相同。藉由步法、手臂動作，以及迅速調整握槍位置等，讓安布羅斯機靈活地控制長槍的攻擊距離，使劍的埃姆里思機只有被耍著玩的份。

埃姆里思機欲縮短距離而砍了過去，卻被槍柄揮開打退，更趁他失去平衡的空檔不客氣地補上刺擊。埃姆里思機扭過身體，用裝甲厚實的部分彈開了刺擊，安布羅斯機卻利用反作用力迅速地拉開距離，封鎖了埃姆里思機反擊的機會。緊接著，安布羅斯機將長槍轉了一圈後，又狠狠送上一陣無情的槍雨。面對宛如槍壁陣一般的猛烈攻擊，埃姆里思機只好轉攻為守。

「不愧是爺爺！真是寶刀未老!!」

「這是王者應有的修養。」

「呃，我覺得不是。」

他們或許聽不見在遠處觀戰的艾爾說了什麼，但艾爾還是忍不住想吐槽。

「不過，先王陛下的槍法實在令人驚嘆，那一位真的年屆六十了嗎？」

「先王陛下在任將軍時，該怎麼說……也很喜歡一馬當先。聽說起初是混在小兵裡使槍……既然到了這個歲數還是寶刀未老，還真難想像當年的表現是如何呢。」

「不是舉世無雙的武將嗎？」

除了艾爾以外，觀眾席上還擠了許多近衛騎士。他們都不由得為場上的激烈較量大聲叫好。就算『騎士之國』尚武，也毋須王族親自示範何謂強大，但兩人的實力超過一般騎士，尤其安布羅斯過去更是威震全國的武將『獅子王』，到了這個歲數仍保有如此實力實在是不可思議。

再說到繼承了他血統的孫子，則是將源源不絕的力量轉變為速度，挑戰活生生的傳奇。見自己擁戴的主人英勇作戰的樣子，更加深了他們心中的崇敬之情。

在近衛騎士為之心悅誠服時，場上依然打得如火如荼。埃姆里思機被對方徹底搶走了主導權，無法隨心所欲地展開攻擊。絕不是因為他弱，而是武器相剋和經驗之差太過懸殊。

「動作還不錯，但你想得太天真了。一刀都還沒碰到我哦。」

「爺爺你還不是開始喘不過氣了！該不會輸給年紀了吧!?」

「就只會胡扯！看，腳下有空隙!!」

安布羅斯機不慌不忙地啟動背面武裝射擊。即使訓練用的法彈威力不大，對準腳邊的一擊還是讓埃姆里思機退縮了。安布羅斯機乘勝追擊，狠狠補上一槍。

「沒這麼容易得手！」

直覺躲不掉這一槍的埃姆里思機採取了驚人行動。他以失去平衡的姿勢順勢使出肩撞攻擊，勉強向前挺進。槍尖滑過裝甲，迸發出火花。埃姆里思機踏入長槍的攻擊範圍內，還牢牢抱住剛才躲開的槍柄。若需自由揮舞才能使出變幻自如的槍法，那麼讓它停下來就好了。

「這樣如何!?」

「挺敢的嘛……！」

這回是進入長劍攻擊範圍的埃姆里思機比較有利——這麼想的不只他本人吧。但像是要推翻所有人的判斷一般，安布羅斯機果斷地『放掉長槍』。得到自由的先王又一步前進，進入了比劍更短的距離之內。被反將一軍的埃姆里思嚇了一跳，一時間不曉得該如何反應。

這時，安布羅斯機沉下身，用滑行的姿勢踢腿掃過埃姆里思機的腳。由於抱著長槍，行動反而被限制住的埃姆里思機來不及對應，一下子失去平衡。

「……我說了，腳下有空隙。」

安布羅斯機趁埃姆里思機倒地的空檔迅速奪回長槍，再度使出暴雨般的攻擊。埃姆里思機勉強翻滾著避開，隨即胡亂發射背面武裝，安布羅斯機只冷靜地揮開那些自暴自棄的反擊。此時埃姆里思機順勢拉開距離，緩緩起身。戰況又回到了剛開場時的一幕。

「……這下不妙，爺爺，你真厲害，好過癮啊。」

埃姆里思機的外裝上處處是傷痕，還因在地上翻滾，有一些部位已經扭曲了。背面武裝雖然還能用，不過瞄準器已經因為跌倒的衝擊偏掉了。結晶肌肉沒有損傷，這點可以說是幸運吧。就算外觀看上去有些破爛，埃姆里思機依然活動自如。埃姆里思確認過操縱桿傳來的力道之後，咧嘴笑著說：

「很好，這架機體真不錯，還能好好玩一場……！」

即使多少偏離了原本的目的，但也不見他喪失鬥志，反而更為高昂。安布羅斯感受著那股彷彿穿過機體而來的戰意，在駕駛座上綻開凶猛無比的笑容。

「唔，只有在毅力方面有點像樣，但沒有結果的話可就沒意義囉。」

聽著揚聲器傳來的這番話，埃姆里思拚命地壓下狂跳不已的心臟。現在根本不該回應爺爺的挑釁。再不設法對付安布羅斯的長槍，他就不會有勝算。對手的強大不只在大範圍的攻擊，也因為只要在長槍的距離以內，不論怎樣的攻擊都能一一化解。難道沒有空隙嗎？沒有有效手段嗎？埃姆里思在對峙期間不停地思考，最後下定決心。

「……啊——算了，不想了！光想也不會有答案，答案就在劍裡！」

當機立斷，在行動中找出答案，這才是埃姆里思的風格。他不顧一切地前進，也不曉得安布羅斯正對孫子不出所料的行動暗自苦笑著。在旁人眼中，他的行動看來就像是剛才的重蹈覆轍，不管是誰，都認定安布羅斯將使出變幻自如的槍法打退埃姆里思。

然而，現實推翻了眾人的預測。

安布羅斯機刺出長槍，迎戰前進的埃姆里思機。目前還不到長劍攻擊的距離，只有長槍能單方面攻擊，但埃姆里思機不打算乖乖挨打。他兩手舉劍，揮下，下一秒，訓練場上便響起高亢的碰撞聲，伴隨著飛濺的火花。儘管還不到長劍攻擊的距離，但埃姆里思機瞄準的是『長槍』——即安布羅斯的武器。長劍橫掃彈開了槍尖，使槍尖大大偏離，埃姆里思機則滑進它的壓制圈內。當下反應過來的安布羅斯也不遑多讓，以令人難以置信的速度旋轉那把長柄武器，以槍尾戳向前去。埃姆里思機一邊前進，一邊再次格開長槍，只是一心一意、糾纏不休地繼續前進。

如果長槍的優點在於長度，那麼劍就是靈活了吧。劍士可以用最小限度且犀利的動作，使出沉重而快速的攻擊。埃姆里思憑著一股令人無法想像的傻勁不停前進，此時的他什麼也沒想。面對這樣無視任何招式的攻勢，就連安布羅斯也開始被壓制了。

「喔喔喔喔喔喔喔!!」

「唔!?」

到了這時，埃姆里思機的武器已不是劍，而是機體本身了。他沉重的一擊被安布羅斯機正面接下——雙手舉劍砍下的埃姆里思機，和用槍柄架住長劍的安布羅斯機相互較勁。雙方的魔力轉換爐皆提高了輸出動力，響起高亢的進氣聲。結晶肌肉呻吟著伸縮，將大量魔力轉換成動力，為了先一步壓過對手的攻擊。

在雙方搭乘相同幻晶騎士的情況下，要分出勝負就是靠『騎操士的氣勢』。若是在氣勢上輸人一截，就會被壓過去，繼而輸掉比試。在最後的最後，就是靠如此愚蠢卻簡單的方式決定勝負。雙方的力量全集中在一點上，竭盡全力想壓過對方，承受巨人雙腳的大地開始凹陷。

「嗚喔啦啊啊啊啊啊!!」

埃姆里思大吼，竭盡全力跨出一步。兩支武器的交叉點上累積了強大的動能，就在這股力量像爆發般得到解放的下一瞬間——

長槍飛上空中。

雙方較勁的結果，是安布羅斯機敗在力量上。埃姆里思機一劍架到赤手空拳的安布羅斯機的咽喉上，就此分出勝負。

「嗯，打得漂亮，看來你接受了不少有意義的訓練。」

「……爺爺，你剛才放水了吧？」

埃姆里思這句話並非疑問，而是肯定。正因為親自交手過，才體會到他不是如此輕鬆就能贏過的對手，也難怪他會馬上做出放水的判斷。

「傻子，對你哪需要放水……沒想到我這把老骨頭也鎮不住你了。也罷，你贏了，拿走那架機體吧。」

語畢，安布羅斯機便轉身離去。威風凜凜的身影不見絲毫陰影，一點也不像個落敗之人。

埃姆里思機對著那背影靜靜地、深深行了一禮，在場的近衛騎士們也全體肅立，行禮目送。

離開訓練場的安布羅斯活動著全身僵硬的筋骨，走下卡迪托雷。

「唉呀，太久沒比賽，肩膀都僵硬了。果然退步了，看來需要鍛鍊一下啦。那個笨孫子居然不對老人家手下留情，那不知變通的個性到底是像誰？」

「毫無疑問是像先王陛下您吧？」

「連你都這麼說……艾爾涅斯帝啊，雖然我把『金獅子』讓出去了，但『銀虎』也不遜色吧？」

「這點毋須擔心。老實說，除了外觀之外都是一模一樣的。」

「這樣我就安心囉。」說完，安布羅斯呵呵笑著，背後的艾爾則是很難得地嘆了口氣。

「喔喔……」

◆

戰鬥結束，同樣離開訓練場的埃姆里思來到他勝利的象徵——金獅子面前。呈野獸外貌的機體集華麗、強大和粗獷於一身，同時也蘊含著品味與獨特風格，重視防禦的厚實裝甲更增添了一股重量級的魄力。

「好，真是太好了……」

再者，金獅子對埃姆里思而言不單只是幻晶騎士，更可說是從祖父手中贏得的、證明自己實力的獎品。想到這裡，埃姆里思的疲憊頓時消散，全身充滿了力量。

「都從爺爺那裡贏過來了，本大爺可不能讓他丟了面子，得加把勁了……!!」

（先王陛下已經料到這一步了嗎？看來不管當時是勝是敗，他都會讓殿下有所收穫。）

看著感動得全身發抖的埃姆里思，艾爾忽然這麼想。即使沒交談過幾句，但在艾爾看來，埃姆里思性情非常耿直，就王族來說有些過於耿直了。而他講話雖然沒大沒小的，卻不時能從言行舉止中看出他對安布羅斯的尊敬。這樣的人物若是從安布羅斯手中贏得機體的話——

（殿下本身的傲氣，將會讓他的行動變得更加出色……是這麼回事啊。雖然不知道這是不是安排好的，但無論如何，只要他們喜歡我就滿足了。）

點著頭的艾爾悄悄離去。儘管有些意料之外的騷動，總算是達成了交付專用機的目的了。

自此之後，得到專用機的埃姆里思便駕著他的金獅子，三不五時地到奧維西要塞露面，不過那又是另一個故事了。

第二十五話　災禍預兆

在弗雷梅維拉王國西南部，和歐比涅山地相連的山腳處一隅，有座與眾不同的森林。

這裡的居民稱這座森林為『巨樹庭園』。

這座森林由眾多平均高達一百公尺的巨樹『巨嚴樹』構成，由此得名。

巨樹高聳入雲，頂端茂密的枝葉遮住了日照，讓這座森林即使在大白天也很昏暗。

巨嚴樹為了支撐巨大的主幹，還有根部生長面積廣泛的特性。粗壯、強韌的樹根固定住森林大部分的地面，加上日照稀少，其他種類的植物幾乎無法生長。在這座森林裡，沒有巨嚴樹的允許便無法生存。

「沒有異狀……真是的，今天森林也很和平啊。」

巨樹庭園中，有一支小隊（三架）的幻晶騎士『卡迪亞利亞』正觀望著四周前進。巨嚴樹由於擴展根部的特性而無法密集生長，因此樹與樹之間有足夠讓幻晶騎士輕鬆通過的空間。就算視野昏暗，卻不會感到封閉。

「別這麼不耐煩，平安無事才是最好的。」

一行人停下腳步，環顧四周，但再怎麼睜大眼睛都不見任何動靜，只有巨木的樹幹像墓碑一般矗立。空氣在寂寥的森林裡長久沉積，醞釀出一種停滯、衰頹的氛圍。

「那我們到底要像這樣巡邏到什麼時候啊？」

小隊再次舉步前進。巨嚴樹的根部在幻晶騎士的重量下依然不受影響，每一步產生的震動透過樹根遍布的地表，像漣漪般在森林中擴散開來。

「畢竟是睡眠被妨礙的『大老』所說的。就算不是最近，也早晚有事會發生吧，所以我們『阿爾馮斯』才要學人家站崗。」

卡迪亞利亞的揚聲器中傳來混著苦笑的聲音。

負責帶隊的人物——阿爾馮斯的隊員傑克斯聽並肩而行的茲瓦這麼說，聳了聳肩。

這樣的巡邏已經持續了相當長的一段時間。成天看著這麼枯燥乏味的景色，也難怪他們會抱怨。正因為明白這點，他才沒制止茲瓦。

「話是這麼說沒錯，但也不至於出動保衛『山峽關要塞』的我們吧……」

「慢著，右前方有東西。」

之前一直保持沉默的第三個人——尤夫冷靜的聲音打斷了還想接著說下去的茲瓦。

「哦……就聊到這裡了。我到前面，茲瓦負責側面，尤夫，背後就交給你了。」

傑克斯立即繃緊神經，一下達指示便迅速前進，茲瓦機和尤夫機殿後。小隊警戒四周，一邊前進，沒花多久就抵達了尤夫發現的『異常之處』。

「這是……岩石？不對……居然在樹根上？是擬態嗎？」

從地面突出似的巨大隆起，乍看之下像是隨處可見的岩石，但長在巨樹樹根上就很不尋常了。只要知道那是某種有幻晶騎士環抱大小的、巨大岩石的擬態生物，自然會明白它的真面目。

「哦，這是殼吧？那肯定是『殼獸類』。這附近沒看過什麼殼獸，會不會是從哪裡『走散』的？」

傑克斯馬上看穿這種生物的名稱，不過一想起這個種族的特性，又皺起眉頭。

由巨嚴樹這種特殊植物構成的森林裡，生態鍊也很特殊。如前所述，巨嚴樹不容許其他植物生長，但本身卻又太過堅硬，不適合成為動物的食物。導致能在這座森林存活的頂多只有部分特殊的昆蟲。相對的，殼獸是肉食性生物，在餌食如此稀少的環境下，出現一隻『原本該是群居動物』的殼獸，這種情況極為不自然。

「怎麼辦？傑克斯，只有一隻走散的話，放著不管也沒問題吧？」

聽到茲瓦從身後的提議，傑克斯只模糊地應了一聲。

「……傑克斯，對面。」

注意到時，守在背後的尤夫機就走到前方了。他的機體緩緩舉起手，朝他指的方向一看，傑克斯和茲瓦都不由得啞口無言，因為他們也看到了——『殼獸不只這一隻』的光景。周圍四處可見相似的岩石巨影。

「怎麼可能……好驚人的數量。這下不妙，根本不是走散的！這些是群體，還是……」

從某處傳來咯吱咯吱的聲音，像是堅硬甲殼互相摩擦產生的呻吟。一隻醒了，就有如觸動了扳機般，喚醒第二、第三隻，並陸續傳了開來。

不用說，聲音自然是來自於周圍像岩石一樣的殼裡。

「這些傢伙跟我們一樣是『斥候』！撤退，茲瓦、尤夫，附近肯定還有更大的『本隊』！」

岩石般的殼緩緩隆起，露出比身體細長的步行肢，甲殼包覆的軀體接著爬了出來。

「中獎了……尤夫！無論如何都得通知『山峽關要塞』！居然是殼獸群？這樣下去……」

周圍蠢蠢欲動的殼獸們轉了轉眼睛，捕捉到阿爾馮斯的身影。牠們發出咯吱、咯吱的聲響壓過樹枝，逐漸逼近幻晶騎士。

「巨樹庭園會變成這些傢伙的樂園……屆時肯定會危害到『赤都』!!」

阿爾馮斯小隊早已開始拔腿狂奔，完全不考慮戰鬥，只把通報異常事態當成最優先事項。大量移動的魔獸引發地鳴，甚至掩蓋過卡迪亞利亞嘈雜的腳步聲。

靜謐的森林轉眼間便陷入一團混亂。

◆

西方曆一二八〇年。

季節即將進入秋天，炎炎烈日漸趨和緩，酷熱的日子遠去，夏天卻留下了危險的臨別贈禮——某天，王都坎庫寧來了一騎快馬。

接到報告時，國王里奧塔莫思正在和貴族們舉行定期會議。

會議是討論各地魔獸的活動狀況，以及每個貴族領地的預算、戰力等。而最近開始配備最新機型，更讓諸位貴族屢屢為了其數量分配吵得不可開交。

一名傳令兵就這麼闖進在此之前進行得還算平穩的會議。一定層級以上的緊急傳令，是被允許做出無禮之舉的。

看到傳令兵異常慌張的模樣，里奧塔莫思隱隱有種不祥預感，不禁蹙眉——而在看過傳令兵遞交的文件之後，他的表情更是整個僵住。第一行『特秘一級指定』幾個大字躍入眼中。所謂『特秘指定』是指國內發生的問題中，機密程度非常高的事件。其中被列為第一級的，只有『最緊急』或『最危險』的情況。不管怎麼說，可以肯定絕不是什麼好消息。

這次也不例外，文件上寫著『危險逼近森都』。接著看下去的里奧塔莫思甚至忘了維持表面工夫，踢開椅子站了起來。

「這真是……沒有比這更壞的消息了吧。」

中途離席的里奧塔莫思馬上把父親──先王安布羅斯給請了過來。文件包含有關『森都』的高度機密內容，總不能隨便找人商量。

聽兒子說完大致經過的安布羅斯，脫口而出的就是這句話。剛屏退旁人，只留下父子倆的時候，里奧塔莫思就用雙手抱住頭。

「報告上說，威脅森都的是殼獸類。部分守護騎士團已經有過接觸了，問題在於牠們的規模……」

「規模恐怕極為龐大，是嗎？殼獸群出現的原因……果然還是『分巢』吧。」

安布羅斯表面平靜，但也掩飾不住厭惡的樣子。殼獸是一種有些特殊的魔獸。成群結隊的魔獸雖然不少，但殼獸群的規模卻不是普通龐大。此外，牠們也以近似螞蟻、蜜蜂的社會型態而為人所知。

在眾多士兵階級包圍的群體中心，有隻一手包辦繁殖工作的『女皇殼獸』。

女皇以數百年為週期更替，不過在交替時，通常一個群體中只有一隻的女皇，可能會同時出現兩隻以上，這時就會發生『分巢』現象。無法掌握群體主導權的女皇將為了尋求新天地而移動。

「麻煩的是不瞭解群體全貌啊，這樣也不好評估必要的戰力。」

在殼獸的威脅認定上，一隻士兵階級頂多只會被列為決鬥級魔獸的等級，但難就難在如何對付群體的威脅。等級容易因為規模產生變化，而且最大甚至能達到陸皇龜的『師團級』。照理說，不會在還沒瞭解殼獸的規模以前就貿然出手，但『森都』這個地方卻因為某些考量讓他們投鼠忌器。

這個地方因為某個原因而擔負重要地位，平時作為『秘而不宣的場所』，是不對外公開的。為此還布署了守護騎士團『阿爾馮斯』專職負責防禦，但只有這次，可能連他們都無法應付。

「話雖如此，也不能袖手旁觀。即使會觸犯他們的『法』，我們也得視狀況派兵討伐。最重要的是避免全滅。」

既然不瞭解敵人的規模，勢必得出動大量戰力，如此就顧不得情報管制了。要選擇保密，還是選擇安全？面對即位之後的第一個重大挑戰，里奧塔莫思試圖做出艱難的決定。

看著兒子絞盡腦汁，安布羅斯也陷入沉思。

他們需要的是『可以限制情報，擁有強大戰力，同時又能馬上出動的兵力』。真會有那種方便的存在嗎？他動員在位時的所有經驗，還是找不出明確的答案。

狀況陷入僵局，可是卻要趕緊採取對策。就在籠罩著沉悶氣氛時，有人忽然闖了進來。

「打擾了！聽說爺爺難得過來王城……」

是第二王子埃姆里思。一無所知的他看起來多麼輕鬆啊，一下子沒了幹勁的國王和先王不約而同地長嘆。

「現在不是打招呼時候，出大事了。」

「抱、抱歉。唔，原本想找爺爺來場金獅子的模擬戰……」

剎那間，安布羅斯猛地轉向埃姆里思。金獅子——這幾個字挑起記憶，他靈光一閃——

「……有哦，不是有個正合適的騎士團嗎？少數精銳，而且都曾經歷過師團級魔獸和大量群體的戰鬥。交給那些人的話，保密方面也不用擔心了。」

一聽到先王的低語，里奧塔莫思也得出了相同結論。即使弗雷梅維拉王國人才濟濟，但擁有那般傲人經歷的騎士團也只有一個。看見希望的他緩緩說出那個名字。

「……銀鳳騎士團!!」

「啊？又要委託銀色團長造東西了？」

唯獨埃姆里思還搞不清楚狀況，納悶地看著父親和祖父。

◆

就在惡耗抵達王都的當天，一名意料之外的訪客出現在銀鳳騎士團的根據地『奧維西要塞』。

在夕陽西斜，夜幕即將籠罩的前一刻，一架幻晶騎士以迅雷不及掩耳之勢衝進了要塞。看到它，停機場裡的所有人都大吃一驚，因為眼前正是散發著黯淡的銀色光彩，模仿老虎形象的幻晶騎士『銀虎』。至於這架銀虎是送給誰的，就不必說了吧。

聽到通知火速趕來的艾爾，見了走下銀虎的安布羅斯，也掩飾不住震驚。即使前任國王已經引退且恢復自由之身，但像這樣親自來訪可是一件大事了。

「先王陛下!?沒想到您會親自大駕光臨，究竟是怎麼回事？」

安布羅斯沒有回答艾爾的問題，而是環顧四周，聽到騷動的團員們陸續聚集了過來。他等人到得差不多的時候，這才開口：

「艾爾涅斯帝，不，銀鳳騎士團啊！我將宣布當今陛下的『敕命』，注意聽好了！」

安布羅斯維持嚴肅的表情高喊。他磅礴的氣勢即使是在卡札德修事變時也未曾展露過，這令原本就很緊張的團員們更加端正姿勢，等待接下來的話。

「事先聲明，接下來我所說的絕不可外傳，懂了吧？開門見山地說，殼獸……有大量聚集的魔獸出現了。雖然無法詳細說明，但在牠們前進的方向上有個重要據點，無論如何都得守住。然而，我們已經晚了一步，想挽回頹勢，就需要迅速如風和怒濤般的強大力量！銀鳳騎士團，現在正是你們引以為傲的『人馬騎士』出場的時候!!」

語畢，安布羅斯像是要避人耳目似地走近艾爾身旁，用只有他能聽到的音量悄聲道：

「……魔獸攻擊的地方叫作『森都』，那裡是我國的魔力轉換爐的產地。」

艾爾的眼睛瞠得好大。

先王點頭回應他那顫抖的目光。比起「得知國家的最高機密」這項驚人事實，更讓艾爾感到怒不可遏的，是『魔獸大軍正撲向製造機器人不可或缺的心臟部位的地方』。這對全心全意為了興趣而奉獻的他而言，無異是碰到了心中的地雷。他立刻用連童年玩伴也沒聽過的高亢音量下達指示。

「銀鳳騎士團，全體人員準備出擊！準備騎車二式、紅色一號裝備，結束後立刻出發，主要任務是目標地點的防衛，以及殲滅魔獸!!」

在一瞬間的寂靜之後，所有人複述著同時動了起來。他們從先王的登場、團長如此迫切的模樣，以及最重要的指示內容中察覺到一場可怕戰役的預感。

所謂的騎車二式、紅色一號裝備——指的是使用澤多林布爾和貨車進行的最快速戰力移動，加上對抗『相當於旅團級以上』魔獸的擊滅戰用裝備。具體而言，可以解釋成『把陸皇龜當成假想敵』的命令。

銀鳳騎士團平時的氣氛總是悠哉悠哉的，但他們同時也是多次闖過了刀山火海的勇者。行動迅速且確實，沒多久，停機場上便此起彼落地響起各式各樣的運轉聲和怒吼。

「貨車開始連結——！退開，退開，退開——好！繼續進行——！」

先準備好的是主力，第三中隊的澤多林布爾。在鍛造師們的引導下，機庫裡的澤多林布爾依序連結上貨車。穿著幻晶甲冑的鍛造師們四處奔走，著手進行細部的安裝作業。

在準備貨車的期間，第一、第二中隊的幻晶騎士則裝上各自的『選擇裝備』。他們自豪地穿上自己製造的裝備，配備了紅色一號指定——最重量級裝備的卡迪托雷現身了。幻晶甲冑這次在搬運、安裝上也大肆活躍。許多在過去需要幻晶騎士或人力進行的作業，如今都是由幻晶甲冑負責。這方面的運用果然還是開發者——銀鳳騎士團最擅長的部分。

在一片喧囂的停機場中，艾爾走向不斷大聲發號施令的老大。銀鳳騎士團將以最大戰力出擊，當然，他自己也有意盡最大的努力。

「老大！我要用玩具箱出擊，另外請把奇德和亞蒂的澤多林布爾接上『騎車三式』!!」

他這番話出乎老大的預料。只見剛才還不停發號施令的老大吃了一驚，停止動作。

「你要讓玩具箱搭上三式裝備？那一架可是頂多只能走動的試作機，你瘋了嗎？我想不用我說你也知道，還搞不清楚他們在實戰裡能撐多久哦。」

「的確不能說沒有問題，可是，想發揮出玩具箱的優勢，就需要三式裝備。如果那個能動，不管是一百還是兩百隻魔獸都能輕鬆宰割喔。」

艾爾篤定地回答老大的疑問。即使帶著一絲迷惑，老大還是阻止不了艾爾。兩人也有好幾年的交情了，因此他注意到，艾爾的笑臉底下其實是極為憤怒的。

「真是，我知道啦！喂，把小鬼們的馬接上三式裝備！啥⁉別問那麼多，接上去就對了！之後他們會想辦法‼」

大家一邊交換著自暴自棄的對話，一邊以驚人的速度進行準備。

第二中隊的幻晶騎士陸續跳上第三中隊已完成出擊準備的貨車。每台澤多林布爾可以載送兩架最重裝備的卡迪托雷。穿著幻晶甲冑的鍛造師們在貨車上對採取待機姿勢的卡迪托雷纏上鋼索，完成固定。

或許是受到騎士團長的滿腔熱血感染，他們展現的手腕比訓練時更為純熟。過了四分之一刻（三十分鐘）後，安布羅斯面前出現了一支壯盛的騎馬軍團。這是由銀鳳騎士團的三個中隊結合而成的強大騎兵團。

「哦，我的確抱著期待而來……不過這可真超出想像。」

陣仗比預期來得誇張的銀鳳騎士團讓先王有點嚇到。就算只有他們會使用澤多林布爾，但到底是怎麼想出這種應用方法的？他硬是將掠過腦中的疑問放到一旁，坐上銀虎。

眼前有一輛由兩匹澤多林布爾牽著的巨大貨車通過，上面載著一架胡亂拼湊加達托亞外裝的怪異騎士，那是艾爾的玩具箱。

「銀鳳騎士團共三個中隊全體人員皆已做好出擊準備，請先王陛下下令。」

面對這驚人的武力展示，安布羅斯好不容易才壓下湧起的笑意，讓銀虎跳上貨車。他讓機體拔劍，然後高高舉起。

「做得好！那麼諸位要記住，這場戰役攸關我國的命運。我很期待大家的活躍！前進方向是西南方，出征!!」

馬蹄聲敲響大地，所有澤多林布爾開始一齊行進。在先王的引導下，銀鳳騎士團一路朝著弗雷梅維拉王國西南部奮勇前進。

身後是留在要塞裡的老大、巴特森和其他騎操鍛造師。他們聚集在一起，聲援並目送著這支大軍浩浩蕩蕩地離去。

◆

喀嚓喀嚓——一陣陣冷硬的聲音在森林裡迴響。由於數量實在太多，最後重合為一，引起無止境的回音。

過去宛如墓園，沒有生命的巨樹庭園，如今幾乎被無數殼獸所填滿。

阿爾馮斯的騎士們排除了一隻又一隻，彷彿從森林深處不斷湧出的士兵殼獸。老實說，牠們的外形就像是巨大的寄居蟹。有六隻步行肢、兩隻巨大的前腳、甲殼覆蓋的軀體，還有背後巨大的殼。包覆全身的甲殼很堅硬，用刀劍之類的武器攻擊馬上就會變鈍，因此阿爾馮斯使用的是巨鎚，打算將殼獸連同甲殼一起敲爛。即使如此，要打倒牠們還是得花上一番工夫，如果敵人的數量又是無窮無盡的話，就更不用說了。

「喝！再怎麼打都打不完！」

「茲瓦，有力氣說話不如動手，光是抱怨也沒辦法啊。」

「我懂，不過未免太沒完沒了了吧！」

傑克斯等人奮勇作戰。他們不能讓守護森都的最終防線『阿爾杜塞山峽關要塞』被魔獸群包圍，因此主動出擊驅散魔獸。既然以保衛要塞為目的，他們就不能貿然撤退，而戰況亦不樂觀。更糟的是，群體規模超出他們的想像，簡直有如螳臂當車。

儘管阿爾馮斯英勇作戰，防衛線還是不斷後退。不管再怎麼掙扎都無法彌補數量上的差距。

「每隻都又硬又棘手！早知道會這樣，先跟國機研要新型過來就好了。有達修的動力更輕鬆!!」

「不要想那些沒有的東西了！」

傑克斯小隊回想起曾經駕駛過的模型機。只要有那些比現在的卡迪亞利亞更強大的機體，肯定輕鬆多了。

阿爾杜塞山峽關要塞沒有配備最新的量產機——卡迪托雷。由於總數不夠，因此就是再重要的據點，也還是無法分得強力的新型機。

「總之，現在要專注在打倒眼前的敵人上！」

阿爾馮斯試圖在慘烈的消耗戰中做垂死掙扎，無奈與堅定的意志恰好相反，他們逐漸被逼入絕境。更無情的是，更大的威脅正朝他們逐漸襲來。

一道撕裂空氣的聲音響起，混在數不清的步行聲和鐵槌打擊聲中。騎操士們還來不及察覺情況有異，另一道尖銳的聲音便緊接而來。傑克斯的卡迪亞利亞冷不防被撞飛，不但失去平衡，還失去了一部分的裝甲。

「什……遠距攻擊!?從哪來的?傑克斯，還好嗎!?」

「肩膀被打中了!沒有……問題，我沒事。幸好打中的是裝甲，雖然裝甲沒了，不過手臂還能動!」

剛才的攻擊明顯不是來自於士兵殼獸。如果牠們可以做這種攻擊，之前就沒有道理不用。茲瓦和尤夫架起盾，採取保護傑克斯機的守勢，警戒著四周，應該有什麼東西從遠距離攻擊才對。下一秒，尤夫高喊著用巨鎚指出方向。

「看，中央深處！有隻『細長的』！」

他們定睛凝視尤夫所指的方向。在多到令人反胃的殼獸群彼方，有隻奇怪的殼獸。牠的鉗爪有如長槍般特別長，為了和過於高大的前腳取得平衡，後部的殼也往後伸長，呈現前後細長的奇特外形，也因此他們輕易地聯想到牠的真面目。

「這下不妙……那是『擊刺殼獸』！」

擊刺殼獸不顧傑克斯等人，再度舉起前腳擺出攻擊姿勢。這隻腳起到『砲管』的作用，裡面裝著體內生成的『棘彈』。牠把部分吸入肺裡的空氣送入前腳，發動了大氣壓縮魔法。擁有魔法，正是魔獸被稱為魔獸的原因。經過壓縮的空氣在前腳內部爆發膨脹，產生的壓力射出棘彈。

棘彈帶著清脆的爆炸聲發射出去。在巨樹庭園昏暗的環境下，根本不可能憑藉目視躲開高速飛來的棘彈。一架不屬於傑克斯小隊的卡迪亞利亞遭棘彈射擊而倒地。還不只這隻，擊刺殼獸開始在森林裡四處出沒，接二連三地發出遠距離攻擊，使得阿爾馮斯的戰線一下子瀕臨潰散。

「該死！這下不妙。」

對抗士兵殼獸時勉強維持住的防衛線，在擊刺殼獸強力的遠距離攻擊下漸漸露出破綻。面對不斷湧向缺口的士兵殼獸，阿爾馮斯來不及重整旗鼓，只得繼續撤退。

如果不能把擊刺殼獸的攻擊擋下來，或許就要一路退回山峽關要塞了。他們必須撐下去，儘管著急，傑克斯還是努力地絞盡腦汁思考著。

周圍的巨嚴樹長得不密集，很難當成盾牌抵擋，森林裡也沒有其他地方可以藏身。這時，傑克斯的卡迪亞利亞踩到某個堅硬的東西，那是殼獸的屍體。他靈光一閃，反射性地大喊：

「做出屏障……把死掉的殼獸屍體堆起來！這樣就能擋住擊刺殼獸的遠距離攻擊！只有士兵的話還能勉強應付!!」

聞言，附近的阿爾馮斯一齊展開作業。抓住腳邊的屍體，打倒撲上來的士兵殼獸，再直接堆起來。騎士們一邊閃躲期間仍不停歇的棘彈，慢慢堆起屏障。他們不缺材料，因為滿地屍骸幾乎要把地面填滿。

不久，阿爾馮斯面前便堆起一座高大的屍體防護壁。擊刺殼獸發出清脆的射擊聲，但被堆積起來的屍體彈開，屏障發揮了預料中的效果。只有這回是殼獸堅硬的甲殼救了他們。

阿爾馮斯避開了遠距離攻擊的威脅，一邊持續防範擊刺殼獸，總算能專注在排除越過屏障而來的士兵殼獸上。傑克斯聽著棘彈打在甲殼上的聲音，對這樣的成果感到很滿意。失去遠距離攻擊的掩護，士兵就沒什麼可害怕的了。他們從走投無路的情況一變，甚至開始有了餘裕。

就在這時——

「這是……地震嗎？不，不可能，到底是怎麼了？」

某種震動和沉重的腳步聲透過巨嚴樹根傳來，既不屬於士兵殼獸，更不是擊刺殼獸，是某種巨大質量產生的聲音。從屏障對面傳來的聲音讓傑克斯忘了剛才的心情，咂了咂舌。屏障幫他們抵擋了遠距攻擊，但同時也遮蔽了視野。

期間，震動愈來愈近——阿爾馮斯剛擺好架勢，眼前的屏障就像爆炸一般飛開來。殼獸屍體被衝撞得四分五裂，有如散彈般落到阿爾馮斯頭上。殼獸類之中應該沒有會使用爆炎魔法的魔獸，那麼，到底是什麼東西？當籠罩現場的煙塵散去，答案就出現在那裡了。

「居然是……『碎甲殼獸』!?」

出現在他們眼前的是隻格外龐大的殼獸類，體積比士兵殼獸還要大上好幾倍，甚至超過了幻晶騎士的身高。比起其他魔獸，牠的腳和身軀顯得異常肥大，甲殼也更加堅硬且厚實。不過腹部的殼較小，幾乎和身軀合為一體。那模樣已經可以稱作是會動的岩塊了。

碎甲殼獸頻頻摩擦著口器旁的顎足，發出令人毛骨悚然的聲音威嚇阿爾馮斯。被那對凸眼盯著不放，讓傑克斯背後竄過一股寒意。

不祥的搖晃再次襲向森林，儼然海嘯逼近的地鳴。他們看都不用看就知道，森林的黑暗中有十幾隻碎甲殼獸，正晃動著巨大身軀朝他們湧來，好似要把周圍的士兵殼獸衝散開來一般。等牠們抵達阿爾馮斯所在之處時，大概就是他們的死期了吧。

「我們只能退守山峽關要塞了嗎？城牆能抵擋碎甲殼獸到什麼時候？要塞後方就是『森

都』了啊!!」

傑克斯發出呻吟。阿爾杜塞山峽關要塞是保護森都的最後一道防線，應該避免使其置於險境，不過他們現在正逐漸喪失選項，顧不得那麼多了。

「……群體規模太大了。既然出現擊刺殼獸，甚至是碎甲殼獸的話，這就不是分巢。難道成體的『女皇殼獸』開始移動了嗎!?」

關於殼獸的分巢，生產新群體的基本上都是『比較弱的女皇殼獸』，因為原本的群體自然是由比較強的一方所統率。新女皇的群體規模有其限制，通常只到士兵的層級。

然而，出現在巨樹庭園的殼獸群不僅規模異常，還是由複數種類組成。莫非這不是『分巢』，而是『大遷徙』嗎？他們唯一可以肯定的是，阿爾馮斯和森都正處於命在旦夕的狀態。

阿爾馮斯部隊絕望地朝著山峽關要塞一路撤退，碎甲殼獸陸續粉碎他們身後的屏障，來自擊刺殼獸的遠距攻擊開始飛了過來，在槍林彈雨中迴盪著傑克斯的喊叫。

「快跑！無論如何都要抵達山峽關要塞！」

『阿爾杜塞山峽關要塞』位於巨樹庭園的外圍，這個防衛據點依山而建，猶如占據了歐比涅山地延伸出的峽谷一般。多半設施都是由規模驚人的城牆所構成，是徹底特化為防禦型的要塞。為了守護弗雷梅維拉王國的重要據點——森都，城牆的堅固程度甚至超越了王都。

從巨樹庭園撤退的阿爾馮斯陸續跑進城門。城牆外，自願殿後的傑克斯小隊依然在和糾纏不休的殼獸奮戰。碎甲殼獸擁有無堅不摧的衝撞能力，而且腳程出乎意料地快。若是放著不管，之後肯定會從背後咬住他們。

他們用魔導兵裝『火焰騎槍』瞄準碎甲殼獸的腳下射擊法彈，目的只在於拖住魔獸的腳步。因為就算打中甲殼也會被彈開，無法造成重大傷害，他們只能努力地用火焰擾亂敵人視野。

「撤退狀況呢!?還沒結束嗎!?」

即使因滔天烈焰而退卻，碎甲殼獸也沒有停下腳步，緊接著後面的士兵殼獸也源源不絕地逼近，他們的牽制行動就快到達極限了。不知不覺間，傑克斯小隊附近的友軍都已經退回山峽關要塞，剩下的只有他們了。躲進城牆裡的話，就能暫時擺脫威脅。要塞敞開城門，迎接最後留下的他們。

「尤夫、茲瓦，就這樣後退！動作快！……可是，總不能拖著這些傢伙進去啊。」

傑克斯等人原本打算拉開與殼獸的距離逃脫，可蜂擁而上的敵人卻不容許他們這麼做。傑克斯機從眼角餘光瞥見兩人的機體依照指示慢慢退後，而他自己則是繼續牽制殼獸的行動，阻擋牠們的去路。

「傑克斯！夠了，你也撤退！」

「再退就不妙了，城門來不及關上。」

如果讓他進城，在城門關上以前殼獸就會像雪崩一樣湧入，已經不能逃避了。光靠一架機體殿後也爭取不到什麼時間，於是他下定決心。

面對近在咫尺的碎甲殼獸，傑克斯扔掉魔導兵裝，改拿起巨鎚。四周逐漸被殼獸的爬行聲所淹沒。

「只要奪走一隻腳，多少能爭取一些時間吧……」

他懷著所剩無幾的戰意走向前。感受從機體雙腳傳來的地面搖晃，以及遠雷一般的低沉呻吟。他把注意力集中在眼前的一隻上，試圖發揮最大威力。

眼看幻晶騎士和殼獸就要正面衝撞，傑克斯忽然在殼獸背後看到奇怪的東西。和之前對抗的殼獸不同，某種色彩鮮豔的東西迎風飄揚著。他一時無法理解狀況，不由得定睛凝望。

那果然是『旗幟』，他不可能看錯。表示草木的葉與劍，配上盾的弗雷梅維拉王國國旗，底下標示著擁劍展翅的銀鳳紋章。不可能是『魔獸舉起旗幟』，那麼，旗幟的擁有者就是……答案只有一個——

傑克斯很快恢復冷靜，然後猛地動了起來。鑽過碎甲殼獸眼看就要摧毀他機體的一擊，勉強轉身拔腿就跑。碎甲殼獸的腳步聲緊追著他跑向城門。此時，聲音的種類增加了，若要舉個類似的例子，那就是『馬蹄聲』，而且還是一匹沉重無比的巨馬奔馳著的聲音。

阿爾馮斯也從阿爾杜塞山峽關要塞裡看到了這一幕。有東西衝散了殼獸群而來，外表近似兩匹馬拉的馬車。可是，牽著馬車的要說是馬，也未免太怪異了。原本該是馬頭的部分裝上人類的上半身，看上去像是半人半馬的異形怪物。它揮舞著巨大騎槍衝鋒前進，勢如破竹地將士兵殼獸如木屑般衝散。

神秘物體以驚人的速度不停衝刺，踢開小嘍囉，眨眼間就來到殼獸的最前列，從側面給了那隻快追上傑克斯機的碎甲殼獸沉重一擊。對這突如其來的攻擊，碎甲殼獸放慢了速度，而馬車又趁著空檔繞回前方去了。

拉開毫釐之差後，傑克斯機驚險地衝進山峽關要塞，城門立即關上。傑克斯回過頭，從門即將關上前的縫隙間看到了外面的光景——攔在要塞和殼獸之間的半人馬騎士，以及它拖著的巨大貨車。

他知道來者的真面目，畢竟自己曾與他們較量過。想起當時的情景，他鬆了口氣，喃喃道：

「……這樣啊，你們來了。這下可以放心了。」

劇烈的進氣音高聲嘶鳴，像是在回應他的低語。弗雷梅維拉王國下直屬騎士團的其中一支銀鳳騎士團，終於抵達了戰場。

◆

「哈哈！看來我們到得正是時候！」

停止的貨車上，裝載的幻晶騎士正準備出動。固定用的鋼索一一解開，脫離束縛的騎士站了起來。鮮明的金色鎧甲和仿獅子的胸甲設計——是第二王子埃姆里思的座機『金獅子』。一聽到有大規模戰鬥他就整個人心癢難耐，於是跟著一起過來了。

埃姆里思轉向擋在面前的碎甲殼獸，隨手拿起貨車上的大劍。面對巨大魔獸，他仍毫無懼色，不如說是一副樂在其中的樣子。

「很好，那邊的大傢伙，就拿你來試金獅子的劍吧，要感到榮幸啊！」

碎甲殼獸並不理解這番話的意思，不過還是撲向金獅子。岩塊般的龐大身軀隆隆作響，挾帶碾碎一切的氣勢朝面前的小騎士衝了過去。金獅子躲也不躲，從正面發動了攻擊。它鼓動全身的繩索型結晶肌肉，猛烈地揮下沉重的大劍。雙方短兵相接，變成兩股力道的衝突。當模糊的破碎聲響起，飛到空中的是碎甲殼獸的前腳。在駕駛的要求下，一味追求動力的金獅子簡直就是蠻力的化身，當然也包括騎操士本人在內。

「哈哈！真痛快，順便也讓你瞧瞧這個……咆哮吧，金獅子！吃我這招『獸王咆哮』!!」

埃姆里思扣下操縱桿上的扳機，接到指令的金獅子打開肩上的裝甲，露出了內建的紋章術式，背面的魔導兵裝也隨之展開，兩者同時開始運轉。這正是連結複數魔導兵裝所放出的大規模魔法，由金獅子搭載的特殊魔導兵裝——獸王咆哮，這戰術級魔法的種類是大氣操作。金獅子周圍的空氣捲動著集中，過高的密度差導致光線折射，扭曲了它的身影。聚集、壓縮的空氣立即帶著指向性能量釋放出來，化為猛烈的衝擊波。掀起的狂風儼然百獸之王的咆哮，精準地撲向眼前的碎甲殼獸。

金獅子一味追求動力的設計概念在此也可看出端倪。犧牲通用性，將威力提升到極限的獸王咆哮，輕易地摧毀了碎甲殼獸堅硬無比的甲殼。厚實肌肉支撐的魔獸手腳往不可能的方向彎曲撕裂，把體液噴得到處都是。光靠衝擊波的威力，就把體積遠超過幻晶騎士的巨體轟上半空，這隻碎甲殼獸當然是一命嗚呼了。

「呼呼、哈哈——!!好極了，好極了！這威力太棒啦!!」

「很高興您這麼滿意，殿下。先不提這個，碎甲殼獸還有餘黨，請霸氣十足地把牠們給滅了。」

一擊就解決掉巨獸的埃姆里思心滿意足地朗聲大笑。在他後方，艾爾和玩具箱慢慢站了起來。

「唔哈哈，交給我！本大爺和我的金獅子會……搞什麼鬼!?魔力儲蓄量怎麼少這麼多!?」

「哎，那可以說是威力的代價吧，或者該說，使出那麼強人的攻擊，當然會消耗甚鉅。」

「……算了，先看能打多少再說吧！下一隻碎甲殼獸在哪!?唔哈哈，等著吧!!」

埃姆里思和金獅子就這樣一路踢開士兵殼獸，衝進了森林。

「唔，沒想到這麼快就到了這裡，真教人大開眼界。之前雖然因為人馬騎士的價格而對它敬而遠之，但或許應該多製造幾台呢。」

由兩匹馬牽引的三式裝備擁有足夠的負載能力，和初期型的貨車很相似，因此可以同時運送最多三架幻晶騎士：包括了艾爾的玩具箱、埃姆里思的金獅子，最後一架則是安布羅斯的銀虎。安布羅斯嘴裡嘀咕著跟戰鬥八竿子打不著關係的事，一面轉向背後的要塞。

「艾爾涅斯帝啊，我得先把話說清楚。魔獸就交給你了，盡情大鬧一場吧，這樣正合你意吧？」

「遵命，感謝您的體諒……我們將前往消滅這些可惡的魔獸。」

放下銀虎之後，澤多林布爾三式裝備再度前進。看著它一路輾過士兵殼獸，朝著群體正中央飛馳而去的身影，安布羅斯不禁苦笑。

「這麼看來，可能真的會把魔獸消滅得一乾二淨呢。這樣是不會有任何問題，不過……」

安布羅斯盯著由於銀鳳騎士團突然插手，不知該如何反應的要塞，命令其打開城門。

曾載著騎士團長、前任國王和王子的凶惡馬車前往要塞，留下的銀鳳騎士團本隊——澤多林布爾騎馬部隊則深入巨樹庭園內部。

「哇塞，擠得滿滿的都是啊！」

看到幾乎淹沒了森林的殼獸群數量，第三中隊長海薇皺起眉。雖然事前就聽說他們要對抗的是大量魔獸群，但實際見到這一幕還是相當令人反胃。

「算了算了，開始工作囉！全機在群體前方展開戰鬥，貨車準備分離！」

澤多林布爾部隊依照中隊長指示，一起往兩邊展開，並預留分離貨車的行進路線，避免發生衝撞。馬身上的連結裝置同時開始運轉，陸續分開與貨車的連結部位。貨車底下迸發出火花和金屬互相摩擦的尖銳聲響，以險些翻覆的方式緊急剎車。人馬騎士留下後頭的漫天煙塵和好不容易才剎住的貨車，就這麼揚長而去。

十輛貨車剛集合好，一直沒有動靜的貨架上便響起高亢的噪音。連接魔力轉換爐的進氣裝置加速運轉，噪音也愈來愈響。產生的魔力傳送到機體全身，鋼鐵騎士開始覺醒。

昏暗的巨樹庭園中，出現了耀眼的純白裝甲。結晶質肌肉同時開始鼓動，奏出弦樂器般高昂與低沉交織的獨特音色。第一中隊長艾德加的專用機——純白騎士彈開固定用的鋼索，站了起來。

「第一中隊往要塞方向前進，推展前線。迪，我想把行進路線上的排除工作交給你。」

第一中隊聚集到他身邊。

維持原有的金屬色澤，描繪巨大白十字圖案的卡迪托雷，是第一中隊所屬機的特徵。

「嗯，好吧。第二中隊以小隊為單位採取衝角陣形，先把到要塞前的路清空了，之後就狠狠擊垮牠們吧！」

在另一旁，鮮紅色裝甲現身了。

那是第二中隊長迪特里希的專用機──緋紅騎士（古拉林德），跟隨在後的第二中隊的卡迪托雷上畫著大大的紅色十字。他們各自拿著長劍、長槍、大劍、鐵鎚、斧槍、棍和魔導兵裝，全都是攻擊用的裝備。這也是他們之所以被戲稱為『銀鳳騎士團圍毆中隊』的原因。

打頭陣的自然是中隊長自己。不僅是強化了機體，連劍的厚度、重量也都更上一層。增強肌肉力量的的格鬥型機體輕而易舉地揮起劍，連殼帶肉地粉碎士兵殼獸。後方的第二中隊將迪特里希衝破的破綻撐大，在森林裡築起一條由魔獸屍體鋪成的道路。

第一中隊穿過敵人數量銳減的通道，不久後便成功占據了通往山峽關要塞的必經之路。

「要把接下來當成真正的戰鬥！不可掉以輕心，將魔獸一舉殲滅。維持防禦陣形推進，把牠們推回森林！」

第一中隊高聲回應艾德加的命令。對他們來說，所謂的『防禦』不單只是保全自身安全而已。就像艾德加不時掄起盾痛扁魔獸一樣，這種和敵人正面衝突並推進戰線的戰術，是從強大防禦力衍生而來的一種攻擊方式。

擁有強大新型機的銀鳳騎士團人數雖遠遠不及阿爾馮斯，卻發揮出壓倒性的戰力，魔獸群這才察覺敵人不好對付。殼獸類以特有的溝通方式叫出碎甲殼獸，投入排除外敵的行列。發現直奔而來的巨大魔獸，艾德加嚴肅的臉上微微挑起眉。

在他有所行動以前，有人搶先了一步。

「嗯，魄力不容小覷……哎，是沒有陸皇龜那麼難纏啦。那種的就交給我吧。」

迪特里希單方面說完，就讓古拉林德跑了起來。

機體肩膀和腰上的部分裝甲開始展開，朝後方大大敞開。進氣聲高亢地響起，古拉林德的背後發出爆炎光環，又在轉眼間化為熱浪，讓機體完成驚人加速。

古拉林德上裝載的魔導噴射推進器的力量。雖然是對動力和機能設下限制的劣化版本，但只要使用時機抓得好，性能依然毫不遜色。

殼獸的動作完全跟不上對手。在碎甲殼獸加速之前，古拉林德更早一步逼近，並於擦身而過的同時，朝魔獸頭部射出護腕內的雷電連枷。異常加速的金屬塊發揮超乎外觀體積的威力，直接打進碎甲殼獸的凸眼根部，粉碎了眼睛和甲殼刺進體內。

「這是小費，收下吧。」

緊接著，古拉林德的手腕裡內建的魔導兵裝發出低吟。戰術級魔法的電擊通過連接金屬塊的纜線，直接流入碎甲殼獸體內。就算是頑強巨獸，也忍受不了從頭部的直接電擊。牠在全身一陣劇烈痙攣後，就此斷氣。

「真沒勁呢……」

就在古拉林德打算做個帥氣的收尾時——打開可動式追加裝甲的阿迪拉德坎伯推開它，擋在前面，下一秒，飛來的棘彈被裝甲彈開，偏往錯誤的方向。阿迪拉德坎伯的冰冷視線刺著僵住的古拉林德。

「不能大意啊，迪。就算我方具有性能優勢，敵人也沒那麼弱。」

「好、好吧，嗯，你說的對。唔，得救了！」

兩人交談的期間，森林深處蠢動的黑影——擊刺殼獸再度擺出攻擊態勢，棘彈挾帶著清脆爆炸聲再次飛來。迪特里希恨恨地用大劍彈開棘彈，正想一劍直接砍了魔獸時，被艾德加攔了下來。

「那個交給我，這是我的拿手領域。」

這回輪到阿迪拉德坎伯突擊。它一邊跑，兩肩上的可動式追加裝甲一邊蠢動著。接連襲來的棘彈撞到傾斜配置的裝甲，在噴濺出火花後，便空虛地錯身離去。

擊刺殼獸有強大的遠距攻擊能力，其他能力卻也相對地更弱。變形的體型使牠們動作遲緩，這點最不利於纏鬥。這種魔獸要有士兵殼獸守在牠們面前，才能發揮最大的威力。然而，根本不把牠自豪的遠距離攻擊放在眼裡的阿迪拉德坎伯，就是等同牠們天敵的存在。即使沒什麼智慧，擊刺殼獸也驚覺不妙，連續發射棘彈，卻一次也沒有命中。

或許是為了保護擊刺殼獸，也或許只是要排除外敵，士兵殼獸組成了一道牆擋在阿迪拉德坎伯面前。艾德加靜靜地操作可動式追加裝甲。經過改良的最新型可動式追加裝甲，在圍繞裝甲的內側裝有魔導兵裝。隨著展開的裝甲，艾德加盯上魔獸，並在瞄準功能的指引下接連發射法彈。炎彈拖曳著橘色的火焰尾巴飛行，精準地打進士兵殼獸體內，並在術式作用下引爆。炎彈產生的烈焰灼燒殼獸的腹部，連同外殼一起被炸了個稀巴爛。

面對所向披靡的阿迪拉德坎伯，擊刺殼獸乾脆放棄抵抗，準備逃跑，只可惜艾德加不會放過牠們。

阿迪拉德坎伯在眨眼間縮短和慢吞吞的擊刺殼獸的距離，揚起左腕上形狀類似鳶型盾的小型盾牌，這種盾牌雖然縮減了尺寸，但變得更加尖銳，幾乎成了近似箭鏃的武器。結合助跑的速度和利用繩索型結晶肌肉的彈性，集中在一點上的猛烈一擊打穿了擊刺殼獸。做工比劍堅固的盾刺進頭部，堅硬的衝擊令魔獸全身搖晃起來。隨著一陣破碎巨響，擊刺殼獸的肢體散落一地，並就此斷了氣。

「中隊前進！雖然多少會遇到一些阻礙，但不是對付不了的對手。」

「瞭解。第二中隊！包圍碎甲殼獸，分批處理！」

倘若連擊刺殼獸或碎甲殼獸這樣強大的個體也討不到便宜，殼獸群剩下的就只有數量優勢了。士兵殼獸一擁而上，意圖壓扁敵人，但就像等著這一刻似地，有人半路從側翼給予痛擊，是第三中隊的澤多林布爾部隊。

在第一、第二中隊發威的期間，第三中隊也擺好了陣式在森林裡來回奔走。井然有序的人馬騎兵同時展開突擊，在他們行進路線上的殼獸無不粉身碎骨，只能單方面承受蹂躪。

澤多林布爾的突擊能力無人能及，但它最厲害的還是機動能力。人馬騎士自由自在地穿梭戰場，愈是奔跑，身後留下的屍體就愈多。被敵人從中擾亂的殼獸群無法發揮數量優勢，可以說牠們的所有攻擊手段都遭到封鎖了。

由於銀鳳騎士團的登場，讓殼獸群一下子陷入絕境。

戰場的局勢開始產生重大改變。

第二十六話　殼獸女皇

在山峽關要塞讓前任國王和王子下車後，雙胞胎的澤多林布爾便載著艾爾的玩具箱，單槍匹馬地朝巨樹庭園的深處奮勇前進。

他們在前進途中屢次受到殼獸妨礙，不過都在澤多林布爾強大的突擊力下被一一擊潰了。即使如此，湧上前來的敵人卻只有愈來愈多。擁有驚人突破力的外敵似乎也讓牠們心生警戒。

「好像不太妙！後面還有好多！」

「艾爾，怎麼辦？要是被包圍就慘了，我們是要換條路線，還是折回去？」

就算澤多林布爾再厲害，畢竟還是單獨作戰，這樣下去恐怕會被大量敵人包圍、壓扁。相較於遲疑的雙胞胎，艾爾卻果斷地要他們繼續前進——只是做出了對策。

「前進方向維持不變，使用三式裝備。配合法擊做單點突破。」

「就等你這句話！」

「瞭——解——!!」

這輛被稱作三式裝備的貨車不單是一輛巨大的運輸工具，還是能將騎兵功能發揮得淋漓盡致、純戰鬥用裝備的測試用武裝。

澤多林布爾和後面的貨車連結，搭載了各式各樣的裝置。兩人忙碌地操作操縱桿附近的按鈕，進行必要準備。

「那要上囉，艾爾！解除固定……戰鬥展開，開始——!!」

他們一下達啟動命令，澤多林布爾拉著的貨車後半部便脫離了開來。艾爾坐在剩下的前半部分，讓玩具箱抓住連接用的接頭。連結上貨車的玩具箱輸送魔力和術式，使周圍的裝甲同時騷動起來。這輛車體大部分是由輔助腕連結的可動式裝甲所組成。收到命令的輔助腕舉起裝甲，逐漸改變配置，聚集圍攏到呈坐姿的玩具箱身邊。同時，收在裝甲內部的許多裝備也露了出來。折疊起的厚重刀刃突出，散發著黯淡光芒，豎起的兩具魔導兵裝則配置在玩具箱兩旁。

「戰鬥展開結束……來吧，三式裝備『馬戰車』參上!!」

那身影完全不似巨大的貨架馬車。滴水不漏的裝甲，突擊用的斬獸劍和魔導兵裝『轟炎騎槍』威脅般地突出，成為名符其實的馬戰車。

澤多林布爾發出一陣格外響亮的排氣聲，提升了突擊速度，拉著笨重的馬戰車奔跑、疾馳。『轟炎騎槍』對那些擋在路上的殼獸露出獠牙，這是一種以搭載在馬戰車上為前提，無法手持移動的超強力魔導兵裝。

散發鮮紅光芒的法彈朝著前進方向上的殼獸發射。『火焰騎槍』無法望其項背的滔天烈焰燒穿了甲殼的防禦，讓魔獸葬身火窟。『轟炎騎槍』的魔力來源不是澤多林布爾，而是玩具箱。玩具箱作為幻晶騎士雖然有缺陷，但由於搭載了複數爐的關係，魔力供給是綽綽有餘。玩具箱仰賴澤多林布爾的機動性移動，同時將大部分魔力使用在攻擊上。儘管命名為馬戰車，卻不只限於原本的用途，甚至擁有類似戰車的移動砲台功能。

馬戰車以最高速度衝向因『轟炎騎槍』的法擊而數量銳減的殼獸高牆。正面的敵人由持騎槍的澤多林布爾擊潰，周圍的敵人則成了斬獸劍下的亡魂。斬獸劍雖然不是鋒利的刃器，但與其說是劍，其外觀更像是鈍器。厚重的鐵塊乘著馬戰車的速度猛力一揮，就算是有甲殼保護的殼獸也承受不了。

馬戰車愈是前進，就生產出愈大量的殼獸屍體，並以所向披靡之勢奮勇前進。

◆

馬戰車一邊打倒路上的殼獸，邊往森林深處前進。

巨樹庭園是個無趣的場所。放眼望去盡是一片無止境的巨木林，讓他們對時間和位置的感覺開始麻痺。最先對這一成不變的景色感到厭倦的是亞蒂。

「嗳嗳，艾爾，我們到底要去哪裡啊？」

「這個嘛，妳認為這些殼獸為什麼要攻擊我們？」

對艾爾的反問，她不解地偏著頭，奇德代替她開口。

「啊，因為牠們『分巢』了，離開原本的群體了吧。」

「正是如此。從殼獸的社會型態來看，群體中心一定會有『女皇』。『分巢』原本就是因為新女皇誕生所造成的，所以，想從根本解決這次的『侵略』，就必須打倒女皇。而且我聽說女皇殼獸特別不好對付，這就是為什麼要由帶著三式裝備我們負責的緣故。」

「原來是這樣。好啊，對手愈大就愈刺激嘛！」

三人悠哉地閒聊，但澤多林布爾依然沒有放慢速度，在巨木之間迅速前進。一路上沒有敵人阻擋，維持著以往的幻晶騎士所不能及的行軍速度前進，讓他們在不知不覺間突破了士兵殼獸堅固的屏障。

異變突如其來地發生了。一陣穿過森林的尖銳破碎聲撼動了大氣。眼前的一幕令他們大受震撼——堅固程度不遜於一般魔獸的巨嚴樹，居然悽慘地攔腰折斷，伴隨著斷根殘枝飛濺倒下。

「……中大獎了嗎？」

折斷巨嚴樹這種事，就連幻晶騎士也無法輕易辦到——應該說憑人類的本事根本就辦不到。在這種狀況下碰上能粉碎巨木的某種東西……符合的答案並不多。

漫天煙塵中，隱約可見某個巨大且筆直豎立的影子。因為長度和附近的巨木林幾乎一樣，艾爾等人起初以為是巨嚴樹的樹幹，但他們很快發現那個『動了』。錯認為樹幹的『那個』，其實是『魔獸的腳』。

「艾爾！好像有個超級大塊頭出現了！」

「嗯，那個八成就是『女王殼獸』……比想像中來得大呢。」

就連艾爾自己也掩飾不了困惑。從濃煙中現身的魔獸超乎想像的龐大。更驚人的是，身體的上端可以碰到巨嚴樹的枝葉，且全身高度幾乎是由和巨木差不多粗壯的腿部構成，也難怪他們會看錯。

從遠處看，六隻步行腳和兩隻鉗爪的身體構造和殼獸相同。甲殼包覆的身軀好似蝦子一般彎曲。最引人注目的是身體下側的腹部，那裡沒有和其他殼獸一樣的甲殼保護，而是垂掛在軀體上，呈現超過身體好幾倍的巨大球狀。

其正式名稱叫做『孵卵殼』，是殼獸的產卵器官。女皇產下的卵會在體內孵化。殼獸的幼蟲時期在孵卵殼內度過，在成長為成體後才會離殼而出。『女皇殼獸』除了是該物種唯一擁有產卵功能的女王外，同時也是『巢本身』，也就是『群體本身』。

原來如此，巨大的腳部是為了支撐過大的腹部啊，艾爾悠閒地這麼想著。

然而他們不會知道，分巢的女王殼獸通常不會成長到擁有孵卵殼的程度。畢竟它妨礙行動，又可能成為弱點。已經發育出孵卵殼且具有『巢』功能的女皇為了分巢而移動——在殼獸的生態中可以說是異常事態，主要原因在於，這個群體繁衍的規模已經超過正常標準了。

「問題不在大小，而在於強度，先試著攻擊看看吧。」

面對巨大魔獸，他們的戰意仍然不減。馬戰車朝著女皇殼獸的腳下前進。不曉得是沒發現或是沒在注意，只見女皇一邊引發地鳴，一邊用緩慢的速度步行。沉重的孵卵殼對女皇來說也是相當大的負擔，牠似乎沒辦法再加快速度了。

「先停止牠的動作，集中攻擊腳部！」

玩具箱舉起馬戰車上的『轟炎騎槍』，然後直接朝著魔獸的步行腳發射紅色法彈。女皇好像這時候才注意到他們，停下腳步。馬戰車趁著這個空檔前進，並於擦身而過的同時揮起斬獸劍砍向牠的腳——卻無法給予有效的傷害，反而讓馬戰車因後座力彈起。

「哦！呀、啊!?」

有相當重量的馬戰車車體因衝擊而騰空，並且開始旋轉。駕駛座上的雙胞胎手足無措地瞠大眼。這樣下去，肯定會連車帶人嚴重毀壞。

緊接著，一道高大的火焰從空中的馬戰車上噴了出來，是艾爾啟動了玩具箱搭載的魔導噴射推進器。動力強大的推進器抵消了旋轉的力道，很快恢復了平衡。險些旋轉墜落的馬戰車好不容易成功著陸。所有人有好一會兒都說不出話來，而馬車依然若無其事地繼續跑著。

「……還是別攻擊腳吧。」

「噢、噢，贊成。」

三個人冷汗直流，決定先跟女皇拉開距離。儘管馬戰車逃離毀損的命運，但斬獸劍的根部卻因為衝擊出現裂痕。如果再來一次，鐵定會直接斷掉。

「能支撐那樣龐大的身軀，強度果然不可小覷，應該沒辦法用蠻力破壞吧。」

「那要怎麼辦，艾爾？連三式裝備都會被彈開，這樣相當不妙吧。」

「哎，直接攻擊弱點吧。」

馬戰車繞了一大圈轉回來，再度對女皇殼獸發動突擊。女皇終於意識到在自己周圍跑來跑去的小東西，對他們擺出威脅的架式。牠看到馬戰車筆直地跑過來，便舉起前腳猛力一踩。

「轉彎——!!」

澤多林布爾來了個急轉彎，身體大大傾斜，閃避踏下來的腳，後方的馬戰車也在玩具箱的噴射下強行改變了前進方向。

接著，艾爾趁女皇殼獸停下腳步的空檔連續發射『轟炎騎槍』。這次瞄準的不是腳，而是牠極其巨大的弱點——腹部的孵卵殼。即使射擊有些雜亂無章，但這麼顯眼的靶子也不可能落空。紅色法彈接連射進下垂的腹部，集結了大量魔力的團塊順從魔法術式化為地獄之火，在女皇腹部開出燦爛的爆炎火花。

之前一直顯得泰然自若的女皇殼獸首次失去平衡，發出苦悶的叫喊。火力強大的『轟炎騎槍』擁有足夠威力能將孵卵殼內部燒得一乾二淨。女皇的腹部噴發出熊熊烈火，當場不支倒地。

「哦，沒想到這麼簡單就解決了欸？」

「艾爾，一開始不要用衝的，這麼做不就好了嗎？」

亞蒂的吐槽沒有人回答。

「不管怎樣，這邊結束的話就回大家那裡……」

奇德因意料之外的戰果而放鬆說出這番話，接著卻被他身後一陣驚天動地的尖叫蓋過了。孵卵殼被燒毀的女皇殼獸雖然一時停止了動作，卻沒有死。

牠從口器噴出大量泡沫，炯炯有神的凸眼四下梭巡，又開始動了起來。終於，女皇的眼睛發現可恨的仇敵，蒙上憤怒的色彩。

女皇殼獸站了起來，連帶發出一陣類似纖維撕裂的「撲嗤、撲嗤」聲。聲音來自於剛才遭到破壞的腹部連接處，斷裂的則是支撐孵卵殼的肌肉纖維。聲音隨著牠起身的動作而愈來愈大，最後發出格外響亮的斷裂聲，孵卵殼完全和軀體分離了。孵卵殼是女皇的重要器官，不過少了它也不至於死亡，因為只要本體活著，就有可能再生。只不過，由於需要花費相當長的時間，因此對群體存續而言等同於致命的損害。

「喔，女皇陛下震怒了，暫時拉開距離吧。」

不等艾爾說完，雙胞胎就啟動澤多林布爾企圖逃離。一發現他們的行動，女皇殼獸也動了起來。

少了孵卵殼拖累，如今的女皇速度快得驚人，彷彿之前的遲緩都像假的一般。巨大腳部的移動速度甚至超越了馬戰車。牠很快追上，用步行腳發動猛力踩踏的攻勢。

「呃，慘了。」

巨腳的威力有如轟炸一般，隨著地鳴落在他們前進的路上，震裂了地面和樹根，撼動大地。要是直接撞上去，那就嗚呼哀哉了，雙胞胎連忙改變澤多林布爾的方向。玩具箱的魔導噴射推進器發出咆哮，結合兩者之力實現了不可能的急轉彎。他們忽左忽右，不停地切換前進方向，更發揮出沉重的馬車不應該有的靈活動作，一一躲開女皇落下的步行腳。

女皇的執念驚人，牠橫衝直撞、想盡辦法地想踩扁馬戰車。照理說會是粉身碎骨或翻覆的下場，但即使狼狽不堪，他們還是有驚無險地一一避開了。

「穿過去了！」

「就這樣跑進森林!!」

馬戰車滑進巨木林間，女皇殼獸則因為龐大身軀和巨嚴樹的妨礙而無法順利前進。他們藉此爭取時間和距離，討論著如何對付憤怒的女皇。

「慘了，牠的動作超快又很硬，三式裝備又打不過牠，該怎麼辦啊!?」

「嗯，堅硬就算了，沒想到速度這麼快。」

他們的身後傳來女皇殼獸打斷巨嚴樹的巨響。牠似乎沒打算放棄追擊馬戰車，一副要追著他們直到天涯海角的樣子。

「噯，艾爾，這樣很不妙吧？繼續帶著女皇殼獸跑的話，大家不是會有危險嗎？」

如果對上就連巨嚴樹都能折斷的女皇殼獸，即使是銀鳳騎士團也免不了一場苦戰。即便銀鳳騎士團有能力應對，後方也還有阿爾馮斯部隊需要照顧。光是想像把後面那隻帶過去會有什麼後果，就讓他們感到一陣恐怖。

「……也對。好，變更作戰計畫。請你們繼續在森林裡繞圈子，轉移牠的注意力。如果牠停下來，就在可能範圍內進行攻擊。」

「知道了！那你要怎麼辦？」

「我……去向女皇陛下請求謁見吧。」

說著，艾爾解除了玩具箱和馬戰車的固定。只要打開裝甲　玩具箱就能脫離馬戰車獨立行動。

他接著卸下裝在馬戰車上的『轟炎騎槍』，讓玩具箱背上的輔助腕握住它。它用上了兩邊的輔助腕，才好不容易把這支巨大又笨重的騎槍固定在機體上。

這時，澤多林布爾採取了繞到巨嚴樹陰影裡的行動。巨木遮住了女皇視線的那一瞬間，艾爾和玩具箱從馬戰車上跳了下來。他從巨嚴樹的樹蔭下觀察女皇殼獸的樣子，只見女皇眼中依然只有醒目的馬戰車，沒發現他下車了。

「好了，好戲接下來才要開始……」

艾爾啟動了玩具箱雙肩和腰上的魔導噴射推進器，機體的眼球水晶盯著參天巨木的樹幹。爆炸聲隆隆作響，玩具箱開始加速。一跳上樹幹，就發揮推進器的動力沿著樹幹垂直奔跑，他的目的是利用魔導噴射推進器，讓幻晶騎士『爬樹』。這個人的行動還是一如既往地瘋狂。

帶著鋼鐵與結晶構成的龐大重量的機體飛也似地跑上樹幹。不過，他才跑到一半，魔導噴射推進器的出力就突然發生異常，失去平衡的玩具箱大大扭曲了前進方向。

「這點小事不算什麼！」

艾爾當下踢了樹幹，再跳到附近的樹枝上緊緊抓住。較細的樹枝劈哩啪啦地斷裂飛開，好不容易才讓玩具箱靜止下來。幸好巨嚴樹足以承受幻晶騎士的重量，他才得救了。畢竟若有閃失，很可能就會這樣直接墜落。

「連續使用大量魔力還是有點不安呢。早知道會這樣，就應該多準備一些鋼索錨……回去以後再來檢討吧。」

艾爾不禁發起牢騷。魔導噴射推進器的異常起因於玩具箱構造上的缺陷：魔力轉換爐的控制不夠完善。如果是短時間啟動就算了，時間一久，就像抱著一顆不定時炸彈一樣。目前只能走一步算一步了。艾爾讓機體稍微休息一下，等出力穩定下來，又開始爬樹。這次不是直接跑上樹幹，而是從一根樹枝跳上另一根樹枝。

女皇殼獸已經近在眼前了。凸眼骨碌碌地轉動，捕捉到在巨嚴樹周圍跳來跳去的巨人身影。女皇顯得不甚在意，只把它當成擋路的東西，舉起破壞性的腳踢向玩具箱站著的巨木。立足之處突然被破壞，一下子讓玩具箱失去平衡。

「好樣的！不過既然都到這一步了——!!」

根部碎裂，巨嚴樹慢慢倒下。使用噴射穩住機體的艾爾就這麼全力衝了出去，趁巨木逐漸傾斜的短暫時間往上奔跑，爭取最後的一點高度。

他轉過機體的頭，幻象投影機上滿是破壞了巨嚴樹而繼續從容前進的女皇身影。玩具箱瞄準目標，在巨嚴樹上踢出最後一腳，乘著魔導噴射推進器的最大輸出動力飛躍而出。

女皇沒有料到他的行動，因此反應慢了一拍。以爆發性的速度跳出的玩具箱，就這麼漂亮地在女皇殼獸的背上著地。女皇轉動比龐大身軀小上許多的頭部，狠瞪著自己身體上出現的不速之客。

「哎呀，女皇陛下聖安。恕我冒昧，區區魔獸竟敢對我的幻晶騎士出手……請您做好覺悟。」

艾爾嘴上說著開玩笑的台詞，在女皇殼獸有所行動之前搶先突擊，瞄準的是巨獸頭部。要對付有堅固甲殼保護的大型魔獸，用普通方法不能造成傷害，只能針對弱點，集中攻擊了。頭部是所有生物共同且一目瞭然的弱點，也是體型愈巨大，就愈容易瞄準的部位。

女皇殼獸也沒有默默挨打。一對巨大的鉗腳襲向背上的異物。玩具箱斷斷續續地噴射推進器，鑽過女皇猛烈的攻擊，然後一口氣瞄準頭部，架起背上的『轟炎騎槍』縮短最後的距離。

還差一步就能抵達頭部。這時，艾爾卻忽地反轉魔導噴射推進器，用全力煞住機體。強烈的反向力道壓迫機體構造，使全身都發出摩擦的咯吱聲。那是因為剛才有個東西咻地掠過眼前。

那不是鉗腳。仔細一看，女皇殼獸的頭部周圍伸出了某種物體，狀似刀刃一般鋒利，是將食物送到嘴裡的、名為顎足的器官。女皇將肌肉當成彈簧使用，顎足揮動的威力甚至足以切斷鋼鐵。證據就是玩具箱的胸部裝甲被劃上一道筆直的傷痕。

「您真是多才多藝！早知道我也多帶一些裝備來就好了！」

鉗腳再次襲向猛然退開的玩具箱。面對牢不可破的雙重防禦，連艾爾也無從下手，加上立足點不是十分穩定，無法輕易靠近。

身體上有個怎麼也趕不走的異物爬來爬去，女皇也開始失去耐性了。牠大概是發現前腳的攻擊沒用，於是改變做法。突然間，玩具箱的腳下傳來一陣劇烈震盪，是女皇殼獸放低姿勢，粗暴地搖晃身體的緣故。原本就體積龐大的女皇殼獸劇烈動起來更是驚天動地，站在上頭的玩具箱被捲入狂風掃落葉還不足以形容的猛烈震盪中，光是想保持不被甩開就竭盡全力了。

「等、等等，這不太妙！」

劇烈動作讓女皇殼獸的身體化為凶器。艾爾巧妙地調整機體全身的避震器和魔導噴射推進器，在背上跳來跳去以維持平衡，還得小心別被撞到。這種做法顯然會讓玩具箱的魔力很快地消耗殆盡。他努力想找出反擊的機會，可惜狀況卻不是很樂觀。

為走投無路的他帶來轉機的，並不是艾爾或女皇殼獸。紅色法彈穿過林木而來，刺中女皇殼獸的腳和軀體等部位，激起熾熱的火焰。儘管因為甲殼保護而沒能造成重大傷害，衝擊卻使得巨獸失去了平衡，牽制牠的動作。

「艾爾，沒事吧!?我們也來幫忙!!」

放出法擊的，是掉頭返回的澤多林布爾。他們遠遠繞著女皇殼獸周圍奔馳，一邊胡亂發射留在馬戰車上的『轟炎騎槍』。看到他們的女皇殼獸隨即高聲尖叫，畢竟破壞孵卵殼的就是可恨的馬戰車。雖然殼獸智慧不高，但女皇還是記得宿敵的模樣。

「沒錯，瞄準這邊！妳的那些攻擊全部閃給妳看!!」

剛引來女皇的注意力，澤多林布爾又逃進森林裡去了。女皇殼獸撇下背上的小東西，轉而追在馬戰車後頭。

艾爾利用這個大好機會，悄悄地移動玩具箱。顎足的防禦讓他很難攻擊頭部。既然如此，就把目標改到腳部關節吧。看來他腦中『破壞巨大兵器的法則』依然健在。

玩具箱兩手拿好原本抓在輔助腕上的『轟炎騎槍』，接著對準腳的連接處。玩具箱搭載的兩具魔力轉換爐發出怒吼，開始全速運轉，輸送強烈的魔力進入魔導兵裝。極近距離內發射的法彈挾帶熾熱的能量刺入關節，魔獸的全身都在強化魔法的保護之下，單發的效果並不強。艾爾接著打進第二、三發，在看見它爆炸後就飛快閃開。下一秒，女皇殼獸的腳部根處便噴發出猛烈的火柱。

女皇尖叫著扭動身體。再堅固的甲殼都不可能覆蓋到關節，因為這麼一來就無法活動了。連巨獸也承受不了大火力的『轟炎騎槍』連續攻擊。

艾爾在痛苦的巨獸身上勉強維持平衡，進一步攻擊另一側的腳。法擊再度發威，掀起好幾次爆炸。每次都會激起女皇一陣暴動，不過牠的動作愈來愈虛弱。單側的腳部遭受集中攻擊，使龐大身軀開始傾斜。

「請別客氣，再來一發吧。」

艾爾從側面朝著逐漸傾斜的女皇殼獸射擊，衝擊使女皇失去平衡，重心愈來愈不穩，終於到了極限。支撐身體的腳部關節一旦被燒掉，就沒辦法抵抗地心引力。這隻龐然大物就此沉寂，在煙塵瀰漫中臥倒在地。

在背上撐到最後一刻的玩具箱在栽到地面前躍上半空，試著利用魔導噴射推進器減緩落下的速度，無奈之前的胡來導致出力不穩定，沒辦法順利減速。

「玩具箱，再撐一下子！讓我看看你的毅力!!」

艾爾輸入殘存的魔力讓推進器橫向噴射，硬是扭轉了落下的方向。拉著馬戰車折返的澤多林布爾趕往他的正下方。

「要接住艾爾的話就交給我吧——!!」

玩具箱對準了馬戰車一頭栽下。衝撞的瞬間，馬戰車的可動式裝甲和輔助腕代替緩衝材料，勉強接住了玩具箱。玩具箱全身竄過一陣刺耳的咯吱聲。有部分骨骼和肌肉扭曲斷裂，但艾爾不在乎地將控制轉移到馬戰車上，啟動完好的可動式裝甲和斬獸劍，很快地進入戰鬥態勢。

「就這樣給牠最後一擊！亞蒂、奇德，迴轉！」

兩人給了可靠的回應。澤多林布爾拉著馬戰車，以最高度速奔馳起來。

當煙塵散去，女皇殼獸依然倒在地上。腳被打斷，動彈不得了。牠的龐大身軀和高度反而害了自己，倒下之際的劇烈衝擊讓牠身受重傷。但即使在這種狀態下，女皇還在掙扎。牠的口器汩汩流出鮮血，揮舞還能動的步行腳試圖爬著前進。

馬蹄聲響起。馬戰車為了給予身負致命傷的女皇殼獸最後一擊而奔馳著。女皇幾乎已經沒有應對的手段了。顎足在倒地時因衝擊折斷；鉗腳雖然能動，但倒在地上的攻擊範圍有限，更別提步行腳了。

「將軍囉。」

艾爾輕鬆閃過牠垂死掙扎的最後一腳，馬戰車加上倖存的斬獸劍，用最高速度撞向女皇殼獸的頭側部位。厚重的鐵塊受到馬戰車瘋狂的速度帶動，一股腦兒地撞了上去，原本就因衝擊而碎了一半的頭部甲殼，如今真的被撞得稀巴爛了。女王頭部遭到撬開，裡面的東西噴得到處都是，女皇殼獸終於嚥下了最後一口氣。

「耶！這次真的解決了，艾爾!!」

「嗯，你們兩個都辛苦了。那麼，我們快跟大家會合吧。」

「瞭解!!」

討伐了女皇殼獸的三人沒時間沉浸在感傷中，加緊腳步返回阿爾杜塞山峽關要塞。

騎士團長回歸後，銀鳳騎士團無人能敵。失去了帶頭的女皇殼獸，殼獸群也失去控制，唯一的數量優勢也在阿爾馮斯的回歸下節節敗退。之後的戰役只能說呈現了一面倒的局勢。

過了約一個星期後，殼獸群就被消滅得一隻也不剩了。

第二十七話　森都

由於銀鳳騎士團的活躍表現，森都終於脫離了前所未有的危機。

他們把殼獸消滅得一乾二淨後，巨樹庭園仍有段時間處於紛亂的情況。這是因為雖然戰鬥結束、解除了戒嚴狀態，但許多阿爾馮斯還是被借去清理散落在巨樹庭園各處的殼獸屍體的關係。

從襲擊的規模來看，損害程度可以算是輕微的，幸好阿爾杜塞山峽關要塞幾乎沒受到什麼影響。另一方面，阿爾馮斯則損失了不少人和裝備，想必會為了今後的重建傷透腦筋吧。

說到銀鳳騎士團，等同是沒有損傷，頂多是馬戰車因為魯莽的突擊而造成的輕微破損吧。他們暫時駐紮在阿爾杜塞，協助重建工作。順帶一提，他們之中最出風頭的是第三中隊和澤多林布爾。一般馬車所遠不能及的運輸能力和速度讓他們成為強力的運輸大隊，澤多林布爾今天也滿載著物資，在路上忙碌地來回奔走。

跟他們比起來，大多負責警備的第一、第二中隊多少有了些餘裕。在他們執行警備任務的期間，有個人造訪了銀鳳騎士團。

「這回真的受你們照顧了。如果你們沒來，還不曉得我們會有何下場，搞不好還會全軍覆沒。」

來者是阿爾馮斯的成員之一，亞尼斯。

「您太客氣了，這也是我們的職責所在。」

面對低下頭的亞尼斯，主動出面應對的艾德加非常過意不去。過去在比試中敗在對方手下的經驗，讓艾德加對亞尼斯抱持著敬意。

「不管是什麼原因，我們得救了還是事實，而我們也並非素不相識的關係，所以我才想來致謝。」

「……我明白了，既然您都這麼說了。」

看艾德加還是一樣一板一眼，亞尼斯忍住苦笑。他也知道這樣的態度不適合用來對待恩人。

「話說回來，你的騎士真不錯。」

像是要轉移注意力一般，亞尼斯仰望一旁的阿迪拉德坎伯。外觀雖然和厄爾坎伯一樣低調樸素，但卻殲滅了以擊刺殼獸為主的好幾十隻殼獸，其戰鬥能力十足可畏。聽到座機被人稱讚，艾德加這回坦率地表達出喜悅。

「謝謝，阿迪拉德是我引以為傲的夥伴。」

「我想也是。看它這麼活躍的樣子，連我們也想要新型機了。你們的騎士團都是新型裝備吧？非常有震撼力呢。」

亞尼斯回想當時情形，即便不考慮澤多林布爾，配備了卡迪托雷的兩個中隊的表現還是只能用驚人形容。就算說它發揮出比相同數量的舊型將近數倍……不，十倍的能力也不為過。既然發生了這次的事，亞尼斯會希望引進新型機來強化阿爾馮斯也很正常。

「我想國內各地早晚都會汰換成新型的幻晶騎士。聽說這裡是重要據點，不用過多久就能優先獲得配給吧。」

「你說的對，真令人期待。」

聽了艾德加的回答，亞尼斯顯得很高興，露出有些孩子氣的笑容。

◆

幾天後，阿爾杜塞山峽關要塞來了一輛馬車，車上是名意外的訪客——國立機操開發研究工房的所長歐法・布洛姆達爾。國機研雖是重要的國家機關，但很難想像和這個秘密都市有什麼關聯。他一下馬車，便立即走到安布羅斯跟前。

「讓您久等了，先王陛下……首先，要為了拯救我們的『鄉』一事向您致謝。」

「嗯，等你很久囉。別客氣，這裡對我們而言也是很重要的場所，更是『法』規定的事情。」

歐法點點頭，然後看向被安布羅斯帶來的艾爾。

「那麼他……？」

「嗯，沒有比這更好的機會了。」

不明所以的艾爾偏著頭，輪流看著兩人。安布羅斯對他露出有些壞心眼的笑容，告訴他：

「唔，艾爾涅斯帝，我以前跟你做過某個約定吧？」

艾爾點頭。說到他們的約定，指的只有一件事。

「我們約好『如果做出最棒的幻晶騎士，就告訴你爐的秘密』。銀鳳騎士團此次的活躍著實精彩，還有你那架打倒女皇殼獸的騎士和那輛馬戰車。你做的這些騎士讓我非常滿意，因此，現在我就要履行約定。」

艾爾愈聽表情就愈發閃亮。依照約定，艾爾能獲得『學習魔力轉換爐的製作方法』的機會。魔力轉換爐可以說是幻晶騎士的心臟，將空氣中無窮無盡的以太轉換為魔力的魔導機關。有了它，幻晶騎士才能作為最強的兵器稱霸萬物。它就是艾爾構築幻晶騎士所缺少的、所不知道的、所不停追求的最後一塊碎片。

「……真的、真的可以嗎？」

「呵呵，畢竟這已是你砍殺的第二隻重量級魔獸啊，光憑這份功績也綽綽有餘了。即使退位，我也要以先王的名義回報你的付出才行，而且國王也同意了，你就當之無愧地收下吧。」

說到這份上，就沒有任何東西能阻止艾爾了。他態度一變，一副現在就馬上出發的樣子走向澤多林布爾，安布羅斯連忙制止他。

「喂，我一定會帶你去，別那麼衝動。這個山峽關要塞前方不允許任何戰力進入，可不能坐著澤多林布爾去啊。何況還有『法』的規定，只有『衛使』認可的人才能進入這塊土地。」

「衛使……？這麼說，我得和他見上一面才行。究竟是哪一位呢？」

安布羅斯意味深長地指指隔壁，身旁站著的是總是笑臉迎人的歐法。他來到艾爾面前，恭敬地行了一禮。

「請跟我來，銀鳳騎士團長閣下，就讓我招待救了我的故鄉的您前往『鄉』吧。」

阿爾杜塞山峽關要塞深處的門發出沉重的聲音打開了，那裡和巨樹庭園是反方向，有一條通往要塞後方的路。路的前方就是要塞所保護的魔力轉換爐產地和轉換爐本身的秘密。對艾爾來說，則是通往樂園的道路。

準備妥當之後，先王安布羅斯和艾爾便一同搭上歐法的馬車，意氣風發地穿過城門。在他們出發之後，門又再度關上，沒有任何人能通過了。

◆

阿爾杜塞山峽關要塞周圍是一片荒涼的山地景色。

艾爾等人乘坐的馬車在山間道路前進，路上瀰漫著不知從何處飄來的薄霧，視野不算很好。鋪整過的路面一直延伸下去，所以不用擔心迷路。不久，霧開始散去，視野逐漸明朗起來。

又前進了好一會兒，前方可以看到山峰愈來愈近了。過了那座山，眺望著馬車窗外景色的艾爾不禁啞口無言。

山腳下是一片坡度和緩的平地，多半由蓊鬱青翠的林地所覆蓋。森林對面又可見連綿起伏的山巒，左右也一樣有群山屏障。換句話說，這處平地是四面八方都被群山環繞的盆地，可說是由險峻的歐比涅山守護的天然據點。唯一方便來往的道路上則有要塞駐紮。這裡不愧是國內屈指可數的重要基地，在防禦上固若金湯。

盆地裡有的不只是森林。最吸引艾爾目光的，是幾乎和森林融合在一起的『巨大都市』。

盆地中央有座高大的尖塔，城市以此為中心呈放射狀地擴展開來。建築物不排擠樹木，而是宛若糾纏在一起般融入森林中。眼前所見的建築物樣式都是前所未見且奇妙的，至少和他以往在萊西亞拉、坎庫寧和揚圖寧等都市看過的都不一樣。這裡很明顯地存在著與弗雷梅維拉王國不同的『文化形式』。

「……那就是我們的目的地『森都』。」

這幅結合了人工與自然的壯闊景色令艾爾著迷，聽見安布羅斯開口後才回過神來。

「森都……那就是魔力轉換爐的產地，也是秘密沉眠的所在對不對！我就知道和製造方法一樣，產地也不對外公開……嗚呵呵，終於、終於讓我走到這一步了……!!」

艾爾整個人緊緊貼在馬車窗戶的玻璃上，定睛凝視街上的一景一物。雖然這樣盯著不放也看不出什麼名堂，但他就是怎麼也忍不住心中這股雀躍之情。

「住在森都裡的，都是隱匿者的後裔，魔法和技藝的族群『亞爾芙』之民。」

歐法接過話，一邊解開頭上披著的布料，底下的金髮流瀉而下，露出了那對從頭髮中伸出的『長而尖的耳朵』。大約有手心長度的耳朵清楚地表明了他异族人的身分。

「亞爾芙……這個，歐法先生是亞爾芙族的人嗎？」

「對，雖然我擔任『衛使』，住在鄉外面擔任和你們『徒人』溝通的橋梁，不過也是個不折不扣的亞爾芙人。」

艾爾聽著，忽然心生疑惑，偏著頭問：

「這麼說來，我從來沒遇過其他的亞爾芙人。莫非幾乎沒有亞爾芙人住在外面？」

歐法仍保持著笑臉，點點頭。

「因為大部分的亞爾芙人都定居在類似這座森都的『鄉』裡，一住下來就不會走了，像我這樣離鄉的『衛使』也不會隨便暴露身分。說起來，離鄉的人原本就屬於比較奇怪的種類。」

「……這該不會是為了隱藏魔力轉換爐的製造方法？」

艾爾感興趣的果然還是這個部分。真要說起來，他對亞爾芙的好奇心比較像是魔力轉換爐的延伸。突然探出上半身追問的艾爾讓歐法有點嚇到，一旁的安布羅斯忍俊不禁地道：

「呵呵，別這麼急性子。歐法的情況也不盡然是如此，是他自己因為某些原因不喜歡大肆張揚。此外，我們這邊也有自己的考量，是以他們的存在才會從歷史上消失了。」

坐回位子上的艾爾正襟危坐，完全是一副準備洗耳恭聽的架勢。表明了「快告訴我關於魔力轉換爐的知識」的態度。

「哈哈，老實說，我自己也不知道魔力轉換爐的製造方法啊。」

歐法對他熱血沸騰的樣子有些退縮，連忙提醒。

「我是很想現在馬上開始說明，不過擔任『衛使』的人本來就不會知道轉換爐的製法。」

這麼一想也是理所當然，不可能會把機密情報特意告訴離開鄉的人吧。

「是嗎……可是，到了那裡之後就會告訴我對吧？我真的……真的很期待。」

「很抱歉在你這麼期待的時候潑冷水……但是我不保證你一定能學會轉換爐的製法。」

歐法遲疑了一會兒，才下定決心接著道：

「……請試著想想，『只有我們亞爾芙』才能製造魔力轉換爐的含意。不只是為了保密，不只如此……而是因為這是『只有亞爾芙才做得到』的事。」

「那沒有關係。」

艾爾毫不猶豫，眼睛閃閃發光地立刻回答。

「全部聽完，仔細研究過，全都弄清楚，並且嘗試過，行不通的話就另尋途徑，還是不行的話我就會乾脆放棄了。先從聽完全部的階段開始。」

歐法再有智慧，也不得不放棄繼續說服了。

「哎，這樣也好。對了，抵達目的地之前還有時間，就來仔細介紹一下我們亞爾芙族，代替閒聊吧。艾爾涅斯帝，你覺得我看起來像幾歲？」

「……？二十五歲左右吧，看起來還不到三十歲。」

艾爾看向歐法還有他的尖耳朵，不解地回答。歐法則回了他一個有些壞心眼的笑容。

「猜錯了。正確答案是：我今年八十七歲。」

聽到他自稱比安布羅斯還要年長，艾爾有一瞬間露出微妙的表情。一邊白髮蒼蒼，外表也有符合年齡的皺紋；另一邊則是有著燦爛金髮，臉上找不到一道皺紋的年輕人。看著並肩而坐的兩人，實在無法想像歐法比較年長。

然而，歐法卻不是在開玩笑。與年齡極不相符的年輕外貌、亞爾芙、隱匿的民族——艾爾從這些資訊裡導出了某個答案。

「難道……亞爾芙族的壽命比我們還要長？」

反倒是歐法難得地睜開細長的眼睛，露出驚訝神色。

「正是如此……你居然這麼快就想到這一點，我還以為你會當成玩笑呢。沒錯，我們亞爾芙的壽命遠遠超過你們徒人，平均壽命在五百年左右，而且就算年紀增長，外表也不會有什麼變化。我再過幾百年也是這副模樣。」

艾爾表面上不動聲色，心裡卻有種近似驚訝的感覺。被稱作徒人的普通人類壽命頂多只有七十年。在這個世界能活到八十歲已經是驚人的長壽了。矮人族也差不多，他們算是肌肉比較發達的人種。

倘若在那些人之中，混進了就算置之不理也能活上七倍有餘的長生種族會怎麼樣？有著青春永駐的外表的他們，想必會和其他族群產生不必要的摩擦，而且吃虧的可能還是亞爾芙這一方。艾爾臉上的表情，像是明白了為什麼森都必須選在如此偏僻的地方落腳。

「所以你們才會像這樣隱居起來啊……」

艾爾有點低落地垂下眉，歐法卻若無其事地搖頭。

「嗯？哦，不是那樣的。亞爾芙族之所以隱居，是因為我們非常『怕麻煩』。」

原本端正坐姿，和歐法正面相對的艾爾聽到這句話，先是歪著腦袋，接著盤起手臂，然後半是祈禱剛才是自己聽錯地反問：

「……呃，不好意思，你說亞爾芙非常怎麼樣？」

「怕麻煩。」

直到剛才為止的嚴肅氣氛，只因為一句話就被毀了。

「這樣講可能有點語病。亞爾芙其實是一種很有意思的民族，由於活的時間過長，才會大大改變了我們的心理狀態。出生後到一百歲左右的階段，其實跟徒人沒有太大的不同。」

歐法指著自己點頭。的確，他看上去和徒人沒有很大的差異。

「不過，在那之後就完全不是這樣了。活到兩、三百歲的亞爾芙人會失去活力，失去對周圍環境的興趣，而活在睡眠和思索中，逐漸變得『怕麻煩』。壽命將近的亞爾芙人甚至被說和樹木差不多哦。」

這實在超過了艾爾的想像。看來這支掌握了他追求的秘密的民族，擁有相當獨特的生活方式。

◆

聊得正愉快時，他們乘坐的馬車即將抵達隱藏都市——森都。

從阿爾杜塞山峽關到森都之間，有條沿著山間鋪整的道路。起初只是涓涓細流，在不知不覺間變成大水流，最後沿著道路形成了河川。路與河川都沿伸到盆地中央，連接到市區。

包含馬車行駛的道路在內，市區裡的道路皆鋪有石板。流進來的河川分為細小的水路，在城裡四通八達地延伸開來。周圍生長的樹木繁茂，不像他們在途中看到的巨嚴樹那般巨大，頂多比幻晶騎士再高一些。這些樹不僅多節，樹幹還扭曲成怪異的形狀。那不規則且毫無統一感的模樣，愈看愈令人感到一種微妙的不安。

從林木間看見的建築物結構相當獨特，幾乎是倚著那些扭曲的樹木建成的。應該說，建築本身有一半和樹結合在一起，構成了房子的一部分。有的是緊緊相鄰，也有的從正中央直接貫穿。建材也很獨特：直接利用幾株特殊的植物當作骨架，再以木材、石材，以及灰泥組合而成。

「這座都市和森林共生共存呢。」

纏繞著樹木的建築物，這正是從他們的心理狀態所導出的、亞爾芙人特有的文化形態。

不久，馬車抵達了城市中央。這裡有個格外奇妙的建築，即使在幾乎與森林同化的森都裡也相當特別。

「這裡是森都的中樞機關，『森護府』。」

森護府是一座無瑕的白塔，在充滿了自然色彩的森都裡顯得非常醒目。整體由不規則的和緩曲面所構成，中央呈現螺旋狀往上收束，那高高豎起的尖塔使人聯想到某種螺類的殼。底部鼓起膨脹，由類似菌類群集、縱橫交錯的支線構造所支撐，其間還存在著莫名其妙的窗戶和走廊。

（這該不會是某種和女皇殼獸一樣巨大的殼獸身體的一部分吧？）

艾爾正陷入對未知生物的愉快幻想中，看到門扉敞開，彷彿在等待馬車到來，這才想起它同時也是『人類使用的建築』。

有個纖細的人影帶著衣物摩擦的窸窣聲從建築物裡走了出來。歐法的服裝和一般徒人沒什麼兩樣，但住在森都裡的亞爾芙人則沿襲著原本的文化。穿著方面，主要是披著自然的淡綠色布料，並以模仿草木或花朵的飾品別住。

來到一行人面前的亞爾芙人用獨特的姿勢行了一禮，接著帶領所有人進入森護府。

「歡迎先王陛下、歐法大人光臨。請往這邊走……大老在裡面等候各位。」

下了馬車的安布羅斯大方地點頭，帶著艾爾和歐法邁步前進。

森護府內部也使用了木材和外牆那種潔白的建材。或許由於採光設計良好，裡面明明沒有照明設備也完全不顯昏暗。

陽光偶爾會因為反射角度的關係，在牆上閃現彩虹色的光暈，艾爾輕輕轉頭，好奇地東張西望。那種光滑的質感實在不像人手能創造出來的，或許真的沿用了某種背著貝殼的巨大魔獸遺骸也說不定，他一邊想著這些無關緊要的事，一邊繼續走著。

森護府中央採用挑高的中庭結構，尖塔的正下方沒有天花板隔間，抬頭仰望就能直接看到尖塔的頂部。

一行人抵達室內中庭。那裡的擺設令艾爾想起『祭壇』或者『玉座』等字眼。原因無他，因為在中央隆起的高台有如椅子的形狀，上面還坐了一個人。

「好久不見囉，大老綺里。上次見面是我即位的時候，所以有三十年不見了吧。」

安布羅斯向坐在大理石椅上的人物搭話。在他身後，歐法屈膝跪地，雙手疊在頭上深深地垂下，行完獨特的禮之後就離開了。

大老『綺里・基爾約蘭塔』——乍看之下，坐在『玉座』上的是宛如少女一般的人物。如果要形容她的外表……總之就是『白』。肌膚白皙得簡直可以跟森護府的外牆媲美，連髮色也是半透明的。當艾爾發現她連睜開的眼眸深處都是銀色時，忍不住產生一種不協調感，那樣的色彩實在不像人類該有的。

她身穿以模仿自然為特色，色彩鮮豔的亞爾芙服裝，上面又層層疊疊地穿了好幾層白布與薄紗，讓她整個人看來有如落在草木上的瑞雪那般虛幻飄渺。

「也沒有那麼久，安布羅斯，只是你老了。」

她的聲音有如弦樂般悅耳，但總讓聽者覺得不安。她的語調裡沒有感情，平板至極且缺乏溫度。

倘若歐法的說明屬實，年長的亞爾芙應該對周圍幾乎不感興趣才對。而對他人失去興趣，表示感情變得愈來愈淡薄。跟她的聲音比起來，樹木在風中搖曳的沙沙聲還比較有人情味一些。

「這算什麼招呼？哎，我這種徒人就是這樣啦。」

像亞爾芙這樣長壽的種族，重視的不是青春，而是累積的年齡，位於族群頂點的『大老』也是如此。可是，從外表卻無從得知眼前的人物到底活過多少歲月了。

「那麼，我先告訴妳外面的情況吧。前幾天入侵巨樹庭園的殼獸群已經全部消滅了，絕不會危害到這座森都。」

「……是嗎，我沒有再感受到騷動的惡意。感謝你們的協助。」

他們簡單地互相致意後便馬上進入正題。依據亞爾芙族和徒人之間的協定，雙方沒有身分高低之別，只保留最低限度的禮節，因此談話進展非常迅速。

「嗯，因為有『法』的約定，妳不必放在心上。另外還有一件私事，妳可能聽歐法說過了，我們這裡有個人想請教關於『魔力轉換爐』的事。」

綺里紋絲不動地聽著，喃喃地道：

「你也要問這個呢。」

「我『也』啊。這倒是，想來我也不是第一個開口的人……」

「歷代的徒人之王至少都會詢問一次，每次帶來的人都不同。歷史上最為傑出的術士、騎士，還有學者。沒有哪次不是以失敗收場，你們還是學不會教訓啊。不，時代一直在變，這也難怪。」

從她當上大老以前開始數來，見過的徒人國王就多達六人了。對她們而言，這似乎已經變成了一種『慣例』。

「唔，這麼困難啊。不過，這回我帶來的不一樣。這可是個稀世之才，將來大有可為的孩子。」

「……你說孩子？」

在交談的期間，綺里的臉上依舊完全不動聲色。她的長相就徒人的審美觀來看非常美麗，但意外的是，什麼表情都沒有的臉，居然會這麼令人不舒服。跟她比起來，歐法的表情簡直可以說極為豐富了。

「再怎麼有才能也沒用，原本徒人的時間就不夠。不論再怎麼磨練，也無法達到我們的境界。以往那些人在徒人中也算佼佼者了吧，可即使如此，結果還是白費工夫。這次你竟然要讓年幼的孩子挑戰，我實在無法理解。」

「哎，別這麼吝嗇，搞不好會讓妳大開眼界哦？」

「安布羅斯，前任徒人之王啊，依『法』的規定，我們會尊重你的意見，但如果太無聊的話，我們也有拒絕的權利。這次雖承蒙相助，不過兩者不能混為一談。明知道白費工夫，我無意跟你們攪和。」

「原來如此，看來是我說得不夠清楚。我們當然也不想白跑一趟。他的實力在徒人中可說是非比尋常，畢竟他沒有用魔導演算機就啟動了幻晶騎士，已經具有這等程度的魔法能力……這樣妳還認為是白費工夫嗎？」

綺里臉上一片平靜，卻隔了一段時間才回話。

「這孩子……此話當真？」

「我騙妳做什麼？因為他有辦法做到這點，所以至今屢建奇功。再說，這次巨樹庭園的戰鬥中，打倒魔獸之主的也是他。」

安布羅斯喚來身邊的艾爾，一把推到綺里面前去。被綺里那雙連有沒有聚焦都看不出來的眼睛盯著瞧，讓艾爾整個人坐立難安。終於，她在一陣長長的沉默後，做出決定。

「基於『法』的規定，我就相信你吧，安布羅斯。孩子，感謝你保護了偉大的思索和這個鄉。你就挑戰看看吧。既然你有那份力量，跟過去的徒人比起來還比較有希望。徒人真是不可思議，明明年歲尚輕，還未成熟的孩子居然有如此作為……來人。」

「在這裡。」

一名亞爾芙男性對綺里最後的低語有了反應，迅速現身。

「帶著他們到裡頭去。其中一人希望學習魔力轉換爐的知識，就教到他滿意為止吧。」

亞爾芙男性恭敬地以獨特的姿勢低下頭，領著艾爾和安布羅斯走向森護府深處，知道自己被綺里承認的艾爾歡欣雀躍地跟在他後頭。安布羅斯在與綺里擦身而過時，抬頭望著她的側臉。

「謝謝妳，大老。倒顯得我在賣恩情了呢。」

綺里回答時甚至沒有將視線朝向他。就算五官再怎麼端正，一動也不動的表情反倒令人覺得毛骨悚然。

「思索的時間對我們來說至關重要，因此有其守護的價值。我只是支付了相應的代價罷了。」

安布羅斯點點頭，很快地消失在建築物深處了。

他一離去，獨自留在原處的綺里就閉上眼，重返偉大的思索時間。她的意識又再次滑入清澈的洪流中，逐漸擴散開來。

◆

數名人影靜靜地走在閃動著光芒的走廊上。

帶頭的是一名亞爾芙男性。長廊不斷延伸，彷彿沒有盡頭一般。有些無聊的艾爾仰頭看著安布羅斯，問道：

「話說回來，大老提到了『法』這個字眼，所謂的『法』到底是什麼呢？」

「嗯？簡言之，就是我們徒人和亞爾芙族之間的交流方式吧。在廣義上也包含了彼此間的貿易協定。」

「總覺得非常重要，但解釋得有點草率呢。」

「據說，亞爾芙將探求某種偉大的存在當作自己的使命。歐法也說過了吧，亞爾芙年輕時雖然尊重個人透過活動增加經驗，但隨著年紀增長，用在思索的時間就愈長。若是當了大老，就算一整天在思索上也不足為奇。畢竟活到那把歲數，對時間的感覺根本就不同了。」

艾爾回想起剛才與綺里交談的情況：說話時視線也不看人，幾乎動也沒動過。她活在與徒人不同的空間中。

「不過他們也是生物，不進食的話就會死。照理說，不是打獵，就是種田養活自己……所以才有『法』。」

隨著話題逐漸逼近核心，艾爾心中的不祥預感也愈來愈強烈。

「魔力轉換爐，他們用徒人難以製造的零件為代價，我們則提供食物和防衛。這就是協定的內容。」

「亞爾芙人真的完全不打算離開這個隱匿之鄉呢……」

「也不盡然，像歐法他們就挺活躍的。哎，不過成了大老之後大多會變成那樣就是了。」

擁有漫長壽命的種族在許多方面果然和徒人不同，要一起生活會很困難吧。目前和他們的關係可以說取得了一個相當好的平衡，艾爾這麼想著。

◆

亞爾芙男性領著他們來到森護府深處的一間房間。不管走到哪裡都是差不多的白色風景，一直不習慣的艾爾等人早就放棄認路了。這裡和室內中庭一樣充滿了柔和的光線，未經裝潢的房間裡只擺了幾張桌椅。

「根據大老指示，要我傳授你們關於魔力轉換爐的知識。」

他以有些僵硬的態度道。沒有綺里那種非人類的感覺，可能是超過了一百歲的實力者，但還保留了足以和徒人對話的感情吧。

「唔，我只是陪他過來的，有話就對那裡的艾爾涅斯帝說吧。」

對方將視線轉向早就坐到位子上，迫不及待地探出上半身的嬌小少年。看艾爾已經有一半身子都靠在桌上的樣子，亞爾芙男性的眼神充滿困惑。

「那、那麼，該從哪裡開始好呢？」

「全部，請從頭開始，告訴我關於魔力轉換爐的一切。」

被艾爾終於爬到桌上正座的氣勢所迫，男子決定公事公辦就好，不要想太多。

「我明白了。那麼，就從成立的經過開始大略介紹一下吧……」

於是他娓娓道來。所謂的魔力轉換爐是什麼？將以太轉換為魔力的構造又是從何而來？

「歸根究柢，我們稱為魔力轉換爐的東西，就是『生物的心臟』。」

這個世界的生物體內皆蘊藏著魔力，無一例外。體內沒有觸媒結晶，不能使用魔法的生物還是有產生魔力的功能。此外，我們還知道了在生物體內進行這個轉換過程的是『心臟』。和呼吸一起進入體內的以太被輸送至心臟，並在那裡轉換成魔力。

「進行轉換的核心，就在於我們心臟裡的『觸媒結晶』。」

「……觸媒嗎？所謂的觸媒結晶，難道不是為了把魔力轉換成魔法的東西嗎？」

艾爾的疑問很合理。人類透過觸媒結晶的工具才得以使用魔法。顯現魔法時，放出的魔力會還原成以太，再度回到空氣中飄盪。換句話說，觸媒結晶的功能和轉換爐恰好相反。

「是的，但這個變換不是單方面的。在某個特定條件下，可以將以太變換為魔力。要讓觸媒結晶發揮相反的作用，需要兩個東西。」

一是維持心臟跳動的血液循環。血液中的某種功能會和觸媒結晶反應，將『以太』轉換成『魔力』。二是魔法術式，生物的腦——刻劃在本能領域中的極為特殊的術式，會對此造成影響。據說過去發現了這個秘密的古亞爾芙賢者，做出了第一個魔力轉換爐。

「據說，最初的魔力轉換爐是在一個巨大銀器上描繪紋章術式，並盛滿生物的鮮血。」

儘管當時成功產生了魔力，但工具本身卻是失敗的。

原因很簡單：離開生命根源的血液很快就會失去活力。我想不必多說，需要經常更換生物鮮血的工具根本派不上用場。之後，古賢者仍不斷反覆進行錯誤的嘗試，想找出能代替血液的東西。

「結果，他們看上了現在被稱為『鍊金術』的技術體系。嘗試各式各樣的藥品與觸媒結晶的反應，花上一段連亞爾芙也覺得漫長的時間進行研究。」

亞爾芙賢者可謂偏執的嘗試，讓他終於在漫長的鑽研後得出某項成果。『血液晶』——藉由鍊金術人工製成的模擬血液。

「還有魔法術式。爐上刻有代表生命鼓動的崇高術式，我們稱之為『詩』，術式名稱是

『生命之詩』。」

刻劃於生物本能領域的、最初的魔法術式『生命之詩』，以刻劃在容器上的形式維持，然而，當時又產生了另一個問題，就是術式過於龐大了。

把『生命之詩』直接做成紋章術式的話，所需的銀板面積極為壯觀，甚至超過一架幻晶騎士。要縮小到現代比人類還小的大小，則需要另一種完全不同的方法。

「於是，我們使用了受以太強烈影響而產生的頂級金屬『精靈銀』，這也是為什麼只有我們亞爾芙才能製造轉換爐的原因。」

「那是金屬對吧？為什麼會是只有你們才能製造轉換爐的原因呢？」

「與其反覆說明，不如實際示範給你看比較快。請稍等我一下。」

語畢，亞爾芙男性便走出房間，很快地拿著一塊金屬回來。一看就知道，那與艾爾至今為止見過的任何金屬都不同。金屬泛著銀色光澤，令人吃驚的是，表面上還搖曳著淡彩虹色的光芒。無時無刻都在改變，呈現千變萬化的色彩。蘊藏著某種神秘力量這一點是無庸置疑的。

「精靈銀……以前我調查的時候，說轉換爐的材料需要的是精靈『石』。」

艾爾喃喃說著，想起以前看過的魔力轉換爐說明。

「精靈石？啊啊，那是為了推廣而改名。這種精靈銀極為稀少，只產於受到以太強烈影響的地方。最大的特徵是堅硬無比卻又柔軟，硬得連那個號稱鋼鐵與鍛造的民族都扔掉鎚子投降的程度。」

艾爾還有點納悶，仔細地端詳著眼前的金屬塊。怎麼也看不出來這個連矮人族都拿它沒輒的金屬跟亞爾芙有什麼關係。

亞爾芙男性倏地伸出手，在場的注意力一下子全集中到他手上——平凡無奇，就男性而言膚色有點白的手心。忽然，一團淡淡的光暈包圍住他的手，似乎正在發動什麼魔法。他一把抓住那塊精靈銀，就像捏住一塊黏土似地輕易改變了形狀。

「……您不是說堅硬無比嗎？」

「敲打無法改變形狀，不過由於精靈銀受到以太的強烈影響，所以會對某一種魔法產生反應，變得像黏土一樣柔軟。」

「……！難不成，您說只有亞爾芙人才辦得到的是……」

艾爾看他的手，手心被淡淡的光輝所包圍。將視野放到手的整體來看，就能看出明顯的異常——男性什麼都沒有拿。沒錯，明明在使用魔法，卻『沒有拿魔杖』。

注意到艾爾變了臉色，男性緩緩點頭。

「如您所想的，我們體內有使用魔法的觸媒結晶，所以能運用魔法並加工精靈銀。這就是徒人和矮人族都辦不到的、我們的特技。而且恕我直言，徒人的諸位並不具有足以編寫『生命之詩』，同時使用多種魔法處理精靈銀的魔法能力。我們在魔法能力上也很突出。」

亞爾芙人在加工精靈銀之際運用特殊魔法，因而發明出在內部編入高密度術式的技術，成功縮小了刻劃『生命之詩』的裝置，是使用銀板的紋章術式所遠不能及的。

一直沉默地傾聽的安布羅斯，聽到這番話也不禁沉吟。這麼一來，其他民族的確無法模仿。他同時也理解了亞爾芙人拒絕公開情報的原因，他們的自信原本就是來自於生物構造上的差異。

「以上就是製作方法，這麼解釋您還滿意嗎？」

觸媒結晶、血液晶、精靈銀。組成魔力轉換爐的各項要素都已揭曉。艾爾同時思考著如何解決這些問題點，並在興趣驅使下接著問：

「轉換爐的動力又是怎麼決定的呢？我的意思是，要改變哪個剛才提到的要素，才能提升動力？」

「主要是依據觸媒結晶的大小和以太的轉換效率。事實上，我們都知道魔獸體型愈大，心臟的結晶就愈大。另外，關於作為轉換中樞的觸媒結晶，如果使用『取自魔獸體內』的結晶，就能提升轉換效率。但在生物體內的觸媒結晶似乎會產生某些變質。」

答案跟之前比起來單純許多，這讓艾爾有些失望。

「明明那麼簡單，你們卻沒試過嗎？」

「這……因為調整很困難。」

目前主流的魔力轉換爐都是用礦山開採出的觸媒結晶。不僅產量、品質穩定，也容易處理。相反的，如果使用取自魔獸的觸媒結晶，據說取自一般決鬥級以上的魔獸心臟便足夠了。只不過動力雖然會增強，品質也非常不穩定。即使只用於轉換爐的運轉，也須針對每一個觸媒的特性，進行繁雜的調整。再加上最大與最低動力間的波動非常劇烈，還需要用來穩定的裝置。說穿了，就是做一個轉換爐要費的工夫太大了。對國家而言，轉換爐是愈多愈好，跟動力強大，卻湊不齊數量的原料相比，國家更重視可以穩定量產的原料。這道理不言自明。

然而遺憾的是，對這名勇闖亞爾芙隱都的機械宅來說，那種『理所當然的道理』毫無意義。艾爾猛然回頭望向安布羅斯。

「總之，在理論上，只要使用『夠大的魔獸心臟的觸媒結晶』，就能做出非常強力的轉換爐！先王陛下，恕我冒昧，我有個符合條件的最佳選擇!!」

「真巧，我也是。唔，你接著要問心臟的處置吧？當然『還留著』囉。你想要的最佳選擇……艾爾涅斯帝，用了那個的確能做出非同凡響的轉換爐，不過在製作的過程中肯定也會伴隨超乎想像的困難，這樣你還要挑戰嗎？」

安布羅斯回望艾爾的表情是前所未有的嚴肅，但又很快死了心，態度軟化下來。沒錯，問了也沒用。一般人連想都不會想挑戰，只憑著一股熱情的話，早就放棄了吧。

到了這個地步，還期望有更進一步的結果時，就已經是無可救藥的『瘋狂』了。

「好吧，那原本就是你擊敗的東西，就隨你處置……把『陸皇龜』的心臟拿去吧。」

至於艾爾怎麼回答，就不必說了。

◆

夜幕逐漸籠罩森都。安布羅斯和歐法踏出隱匿之鄉時，太陽已經完全落下，森林陷入一片陰森的黑暗中。掛起提燈的馬車慢慢駛向山峽關要塞。

「先王陛下，就那樣讓艾爾涅斯帝留下好嗎？」

「他都說在沒學會轉換爐的製法以前不會回去，趴在桌子上不走了，我也沒有其他辦法。雖說我已經引退，但總不能一直陪下去。」

艾爾就這麼留下來學習關鍵的『生命之詩』，卻發現沒這麼簡單。畢竟它比控制幻晶騎士的術式更為龐大，號稱是史上最大規模的魔法術式。光是抄寫『生命之詩』的文件數量就已經多得離譜，艾爾再厲害，想全部學會也需要時間，於是安布羅斯決定把他留下。

「別擔心，住宿和回去的方式都安排好了，他滿意了就會自己回來。在那之前，我們也有些東西要安排好。」

安布羅斯一點也不懷疑艾爾能完全學會轉換爐的製法一事。這樣的話，他一回來肯定會開始製造轉換爐。他必須為了那個時候做準備。

「前途吉凶難料，你不覺得很期待嗎？」

「……我覺得很可怕，到底是什麼驅使那名少年做到這種地步？」

安布羅斯盤起胳膊，挺起胸膛斷言道：

「我也怕得不敢問。」

當他們回到阿爾杜塞山峽關要塞時，意外地發生了一場糾紛。

「艾爾不回去的話，我也要在這邊等！」

「先王陛下，他是我們的騎士團長，懇請您准許我們等待他歸來。」

艾爾沒回來。聽完事情始末（魔力轉換爐的部分則是含糊帶過）的銀鳳騎士團員們，理所當然地表示自己也要留下。因為他們不能更深入阿爾杜塞了，所以留在這個要塞等候。

「好吧，你們隨意……各位，那個有趣的人就拜託你們了。」

銀鳳騎士團已經是個命運共同體了。安布羅斯沒有責備他們，乾脆地下達許可，然後便和埃姆里思等人回王都處理後續事宜了。

至於艾爾學得亞爾芙的所有學問，帶著滿腔灼熱的欲望和滿足感歸來，則是大約一個月之後的事。

第二十八話　鬼神降臨

旭日剛升起，空氣中開始帶起些微熱意的時候，一架澤多林布爾在西弗雷梅維拉大道上飛馳，朝著銀鳳騎士團的根據地——奧維西要塞的方向前進。模仿馬的下半身強勁有力地奔馳，沒多久便抵達了目的地。

澤多林布爾熟門熟路地進入停機場，那裡停著成排的卡迪托雷和其他澤多林布爾。它對著在那些機體腳下東奔西走的鍛造師和騎操士們揮手，隨即走向隔壁，採取了停機姿勢。

一對少年、少女從駕駛座上跳下，是雙胞胎奇德和亞蒂。他們平時住在萊西亞拉學園市的老家，用澤多林布爾當作往來奧維西要塞的移動方式。雖說那是分配給他們的專用機，不過從他們把騎士團的公家設備當成交通工具，卻沒有任何人介意的這點來看，銀鳳騎士團果然在某方面比較鬆散。

奇德和亞蒂探頭往附設的工房裡瞧。和平常一樣，裡面傳來不間斷的鐵鎚敲打和怒吼聲，作業匆忙地持續著。他們一發現老大的身影，就飛快地跑了過去。

「老大——早安！噯，艾爾在老地方嗎？」

「早——」

「噢，少年還是一樣，待在老地方，不知道在弄什麼東西。」

老大指著工房一隅。聽他這麼說，亞蒂一臉果不其然的樣子，盤起手臂嘆氣。

「真是的，艾爾老待在這裡不回家，艾爾的媽媽說她最近都沒怎麼見面，很寂寞哦！老大你也說他幾句嘛！」

「這可不行，很抱歉，妳就忍耐到『這傢伙』完成為止吧。」

老大一樣盤著胳膊，老實地說，只不過說的內容很冷淡。亞蒂將視線轉向老大所謂的『那傢伙』。

那是開發中的幻晶騎士。或許是因為機體是從頭開始打造，處處可見謹慎處理的工程和反覆嘗試的痕跡，附近有一大群騎操鍛造師在作業。為了這一台機體，銀鳳騎士團幾乎是全體動員了。

機體本身的構造也相當特殊。從金屬骨架來看就已經和一般的形狀不同，軀幹周圍爬滿了粗大的金屬管，腹部則保留了無謂的大空間，似乎要放入什麼巨大的裝置。

「哎，也對啦，畢竟是眾所期待的新型機體。再說，艾爾也不是那種有人勸了就會停的人。」

奇德半放棄地嘀咕。只有亞蒂打算當面唸唸艾爾，直接朝著工房一隅跑過去。

老大目送她跑開，很快又回到崗位和其他人大呼小叫起來了。

「好，巴特少年！過來一下！這邊的配管和這邊連起來的話，會更流暢一點……」

「老大，就算那很重要，你也已經改十次了欸!!」

今天的奧維西要塞也響徹著愉快的慘叫聲。

在奧維西要塞的工房一隅，有個奇妙的『房間』。周圍只擺放了當成隔間的板子，完全就是一副倉促完工而成的模樣。

房間裡還算寬敞，沿著牆壁的書架上擺滿大量書籍，幾乎全被騎操士或騎操鍛造師的教科書，還有幻晶騎士相關的各式文獻所占據。中央有張巨大的作業用桌。有時製圖，有時用來做實際的加工等多方面用途，桌面上覆蓋了大量的墨水漬和刀痕。

這間房間的外面寫著：『騎士團長室（臨時）』。

照理說，率領騎士團的人物不會被分配到這麼簡陋的辦公室。說來奇怪，但其實順序正好相反。是騎士團長占據了工房一角埋頭作業，又把作業用的大量資料搬進去，差不多形成了一個『巢』，結果大家才決定在那裡幫他做一個房間。

這間有著如此愚蠢由來的騎士團長室（臨時），它的主人艾爾今天也一如往常地埋頭工作。和平常不同的是，那裡還有另一位人物。

「……以上就是這次的報告。另外，還有一件偶然聽說的事情。西方諸國近來似乎瀰漫著一股火藥味，說不定很快某個國家就會有大動作。」

高銚瘦長，體型勻稱的人影。她是藍鷹騎士團的所屬騎士——諾拉。她依然是一副淡漠的態度，高聲朗讀定期報告的內容。騎士團長靠在桌上（不是辦公桌，而是作業用桌）靜靜地聽著報告，聽完最後的部分，微微眯起眼。

「這與那個『賊人』有關嗎？我很疑惑，為什麼在那之後他沒有任何動作？」

「萬分抱歉，這終究只是謠言，無法證實。屬下只是認為應該知會您一聲。」

「我知道了。哎，不管怎麼說，意思是我還有時間對吧？關於那個謠言，如果火藥味變得更濃的話，再請妳告訴我。」

「遵命。那麼，屬下告辭了。」

諾拉行了一禮後便轉身離開房間。艾爾目送她離去，然後視線盯著半空中，像是在思考什麼，不過很快又繼續回到作業中了。

亞蒂來到騎士團長室（臨時）前，沒有馬上進去，而是停下來做了個深呼吸，順便開始整理頭髮和服裝。從數年前開始留長的頭髮，如今已長到背後了。天生的捲髮髮質，在來到這裡的期間嚴重打結。她有些煩躁地努力拉直頭髮，又很快明白這麼做沒用而死了心。迅速調整心情，鼓起勁正準備進入騎士團長室（臨時）——

然後就和剛從房裡出來的諾拉面對面碰個正著。在意外的地方碰見意外的人物，讓亞蒂維持著踏出一步的姿勢僵住了。諾拉面無表情地打量她好半晌，然後忽然像是要抱住她似地靠過來，在她耳邊悄聲道：

「沒關係，妳放心，我絕對不可能打艾爾涅斯帝大人的主意。」

留下這句低語和驚訝得再度凍結在原地的亞蒂後，諾拉瀟灑離去。至於過了好一會兒才回過神的亞蒂，則露出太陽般燦爛的笑容，一頭闖進騎士團長室（臨時）。

一進房間，首先躍入眼裡的是一副巨大鎧甲，藍色塗裝，身高約二・五公尺的高大騎士鎧甲。它其實是艾爾專用的幻晶甲冑『摩托比特』。

極其滑稽的是，摩托比特正靈巧地縮起那副大塊頭，在作業用桌上進行精細操作。就算它五隻手指俱全，但那樣高大的身軀還能進行如此精密的操作，其強大的潛在能力可見一斑。

說到駕駛它的艾爾，他並沒有坐在摩托比特上，而是在一旁拉了把椅子坐在上頭，凝視著指尖。他雙手握著銀線神經的尖端，另一側與摩托比特相連，藉著銀線神經傳達操縱指示。也就是說，他正從外部操作摩托比特。

他之所以會表演這麼有趣的特技，原因在於摩托比特正在加工的物體上。

那其實是『精靈銀』。想對這種特殊金屬進行加工，需要像亞爾芙人一樣，一邊使用魔法，一邊進行作業。當然，艾爾再神通廣大，只要他還是徒人，就辦不到那種特技，但這是指他親手去操作的情況。

幻晶甲冑的手由結晶肌肉操作，這既是一種觸媒結晶，也能直接使用魔法。換句話說，用幻晶甲冑就能模擬類似亞爾芙的情況。因為這些原因，這陣子的艾爾才會老是盯著巨人鎧甲做精密黏土工藝。

這般離奇古怪的光景對亞蒂來說早已是司空見慣，只見她毫不在意地一把撲上去抱住艾爾。

「嗚呵呵呵，艾爾！今天也很努力呢！緹娜阿姨叫你偶爾也要回家哦！」

「喔噗……亞蒂，妳從正面抱，我就看不到前面了。這樣啊，母親她……我想差不多告一段落了，到時回去一趟吧。」

亞蒂自己也拖了椅子移動到他身邊，艾爾則像什麼都沒發生過似地重新進行作業。

他的表情非常認真。即使是他，要一邊處理『生命之詩』，一邊用幻晶甲冑加工精靈銀也不是那麼容易的事。必須維持著瀕臨極限的處理能力和高度集中的注意力，特意放慢處理速度才能勉強負荷。這使他無法長時間進行作業，只能每天一小步一小步地前進。儘管這項作業讓人抓狂又非常考驗耐性，不過只要跟機器人有關，艾爾都能樂在其中。

「這是魔力轉換爐對吧？」

亞蒂詫異地望著幻晶甲冑鍛造的金屬。艾爾自製魔力轉換爐一事在銀鳳騎士團中也屬機密。知情的只有雙胞胎、各中隊長和老大等人而已。其他團員頂多認為團長又在做奇怪的東西而已，雖然這麼想也未必是錯的。

「嗯，這是我的、我親手製造的、專屬於我的機械心臟。」

艾爾作業的手沒停下來，如此陶醉地低語。使用師團級魔獸心臟的大型魔力轉換爐——只要有了這個，就能實現艾爾的夢想。骨架部分的設計圖已經開始動筆，也委託老大他們製造了。這時候工房裡應該也正在進行作業。

「嗯——樂在其中的艾爾好～可愛哦。」

至於亞蒂，則是和平常一樣摟住艾爾，一副就要湊上前磨蹭臉頰的樣子。作業中的他不會動，所以也沒理由拒絕，只隨她擺佈。從開始做轉換爐的那天起，這一幕正逐漸變成每天的慣例。

亞蒂像這樣享受了好一會兒艾爾的觸感，忽然有了個好點子。

「對了！嗳嗳，艾爾，等這個完成以後，再一起去戰鬥吧。我會把小澤和馬戰車開出來！」

「好主意。反正完成後也需要試乘，就問問陛下，請他告訴我們哪裡有麻煩的魔獸巢穴吧。」

真是唯恐天下不亂的約會邀請。難以想像這是年輕男女該有的對話，只有當事人無比認真且興高采烈地愈聊愈起勁，可惜負責吐槽的人不在。順帶一提，奇德這時正忙著維修澤多林布爾。

聽到這段對話的，只有摩托比特，而它也只是片刻不停、一語不發地持續製造著爐器罷了。

◆

一年過去，迎來西方曆一二八一年。

自殼獸襲擊亞爾芙的隱匿之鄉——森都以來過了約半年。順帶一提，這起事件因屬高度機密，沒有像其他事件一樣冠上正式名稱。惟有少數關係人之間悄悄流傳著『殼獸災禍』這樣的通稱。

弗雷梅維拉王國正值春光明媚的時節。山野間草木繁生，精力充沛地伸展枝葉。

這樣舒適的時節，奧維西要塞卻籠罩在一股旺盛的熱氣中。怒吼般的指示此起彼落，騎操鍛造師們比平時更為忙碌地東奔西走。有什麼事眼看就要開始了。

熱氣的源頭來自於工房最深處的一架幻晶騎士。

那架機體上四處蓋著布罩，讓人無從一探究竟，但從布料隆起的方式來看，可以看出形狀相當特異。周圍不僅保留了很大的空間避免撞到，甚至連維修用的底座都經過特殊改造。看得出來他們為了這架機體花了相當大的工夫。

「好，就這樣慢慢放下來，慢慢的，對準地點！很好，開始安裝！」

老大指示的巨大音量幾乎要震破工房的玻璃。起重機用鎖鍊吊起的某種機器正慢慢地從機體上方放下。機體背面呈現高高凸起的形狀，看上去極其怪異。當吊下的機器被放進背後敞開的空間裡，機體肩膀附近的鍛造師們隨即快手快腳地展開作業，陸續將金屬管線裝到那台機器上。

「進氣裝置裝好了嗎!?好，開始基底運轉！喂，還不快給我把銀線神經接上！魔力傳輸要開始了!!」

機器呈巨大的卵型——那正是艾爾費盡心血做成的魔力轉換爐。它在機體背上高高地隆起，大小遠遠超過一般的爐。

這架機體和玩具箱一樣裝載複數的轉換爐，一具在腹部，一具在背部。有鑑於過去的失敗，機體從結構從頭調整，一開始就做成對應兩具轉換爐的設計。即使外型怪異，卻改善了構造上的不合理之處。

不久，工房裡開始響起進氣裝置的尖銳噪音，是連普通幻晶騎士也不能無視的程度。配備了特大型爐的機體就是如此驚人——轉換爐順利地提升動力，伴隨著震耳欲聾的氣流大合唱，又很快轉為蓋過所有聲音的尖叫。周圍的鍛造師們也忍不住蓋住耳朵。

忽然間，壓迫耳膜的噪音停止了，取而代之的是從機體揚聲器中傳來的清澈、悅耳的嗓音。

「主轉換爐的魔力傳輸開始，確認大型爐『皇之心臟』啟動。動力降到最低，進入休眠狀態，將控制由主轉換爐轉讓給『女皇之冠』。用通常動力站起來。」

聲音的主人是艾爾。他已經坐上了機體的駕駛座。

這架機體置入兩具轉換爐。一是使用師團級魔獸『陸皇龜』心臟的大型爐『皇之心臟』，另一具是使用旅團級魔獸『女皇殼獸』心臟的中型爐『女皇之冠』。兩者皆為艾爾全力打造、這世上絕無僅有的巨作。

接收到強大的魔獸心臟爐所供應的壓倒性魔力，充滿力量的機體即將甦醒。各部位的結晶質肌肉開始收縮，奏出如弦樂器般的音色。

一開始動的是手臂，還是從放置大型爐的背部長出的『四隻』怪模怪樣的手臂。這架機體除了一般的手腳四肢，還多了四隻手臂，即擁有合計共六臂的怪物。解開纏繞在機體上，用以支撐的鎖鏈，長得離譜的手臂伸展開來。仔細一看，手上還有刀刃般鋒利的細長五指。

接著，動作擴展到全身，覆蓋機體表面的布一一滑落，露出底下隱藏的全身。

變形的不只手臂，這架機體連外裝的形狀也很與眾不同。配置多重裝甲板的構造在其他機體上也能見到，不過這架機體特別多。此外，還有多處前所未有的設計和配置，更突顯了它的特殊性。

銀鳳騎士團的團員們屏氣凝神，注視著機體的起動。其中，原本和大家一樣觀察全身的亞蒂，忽然將視線集中在某一點上。這架奇妙的幻晶騎士，它的頭部上——

「人的……臉？」

機體的臉孔模擬人臉，覆上了一副齜牙咧嘴、擺出威嚇表情的面具。

在一般情況下，幻晶騎士的頭部是獲得視野的裝置，是為了設置並保護眼球水晶的部位，因此大多以防禦力為優先考量，而在臉上覆蓋名為面甲的裝甲板。即使要做外觀設計，也多是針對面甲進行。這架機體戴上想來並不具有裝甲功能的人臉面具，又在外側戴著頭盔，那人味十足的外表總給亞蒂一種可怕的印象。

駕駛座上的艾爾微笑著，不，應該說是在笑，不停地笑著。他的笑似乎永無止境，並非有什麼好玩的事，不過是因為打心底感到無比喜悅罷了。他花了十六年的歲月不停追求，他親手製造的、專屬於他的機器人，現在就在這裡。

還好他及時關掉揚聲器，不然這傻笑聲就會傳到外面了。打從剛才開始他就一直是這副傻笑的樣子，一邊用臉頰磨蹭或用手來回撫摸駕駛座附近，又或是心滿意足地望著幻象投影機。

機體從外面看來是很奇怪沒錯，但內部更是怪得離譜。中央是艾爾的駕駛座，兩旁有操縱桿，而在操縱桿旁邊還設置了『有如鍵盤樂器般、配置規律的按鈕』這樣的神秘機器。他當然沒有在幻晶騎士上開演奏會的念頭。這台機器名為操鍵盤，正如其名，它是模仿在前世的地球文明中，一種輸入指令到電腦的機器。

不只追加的四隻手臂，這架機體還在各處搭載了一大堆特殊裝置。為了控制這些裝置，以往的控制設備已經完全不敷使用，所以他才引進了這種在前世相當熟悉的機能。不僅如此，機體內還裝載複數的小型魔導演算機，用來當作統合大量裝備的輔助機能。操鍵盤再加上駕駛本人的直接控制，才總算讓這個集異常裝置於一身的傢伙動了起來，徹底變成除了艾爾以外的人連一根手指也動不了的缺陷機體。

「生日快樂，我的機器人，我的夥伴，我的——」

這架機體的外觀看來奇怪也不無道理，畢竟它只為了艾爾存在。無論是功能還是外觀，全反映出他的感情。

正因如此，艾爾才會在這架機體上刻入他的『起源』。換言之，和不同於這裡的世界連繫的靈魂，過去未能實現的夢想，都只能用這副姿態呈現，除此之外沒有別的答案了。

這架機體在這個世界被稱作幻晶騎士。然而，從它的外形來看，毫無疑問地該被叫作『鎧甲武士』。

「——『伊迦爾卡』！」

鬼面六臂的鬼神，在異世界誕生了。

超越了世界的因果和道理，力量與破壞的化身就在這一刻顯現。

接續《魔法&騎士4》

輕小說

LIGHT NOVELS

騎士&魔法 3

（原著名：ナイツ&マジック3）

作者：天酒之瓢

插畫：黒銀

譯者：郭蕙寧

日本主婦之友社正式授權繁體中文版

【發行人】范萬楠

【出　版】東立出版社有限公司

台北市承德路二段81號10樓　TEL：(02)2558-7277

【劃撥帳號】1085042-7

【戶　名】東立出版社有限公司

【劃撥專線】(02)2558-7277　總機0

【美術總監】林雲連

【文字編輯】廖晟翔

【美術編輯】彭裕芳

【印　刷】勁達印刷廠

【裝　訂】台興印刷裝訂股份有限公司

【版　次】2015年05月24日第一刷發行

2017年06月14日第二刷發行